A PROFECIA, AS ESTRELAS E O MAGO DE SABÁ

DE ROMA A JERUSALÉM

Editora Appris Ltda.
1.ª Edição - Copyright© 2024 do autor
Direitos de Edição Reservados à Editora Appris Ltda.

Nenhuma parte desta obra poderá ser utilizada indevidamente, sem estar de acordo com a Lei nº 9.610/98. Se incorreções forem encontradas, serão de exclusiva responsabilidade de seus organizadores. Foi realizado o Depósito Legal na Fundação Biblioteca Nacional, de acordo com as Leis nºs 10.994, de 14/12/2004, e 12.192, de 14/01/2010.

Catalogação na Fonte
Elaborado por: Dayanne Leal Souza
Bibliotecária CRB 9/2162

C824p 2024	Correa, Eduardo A profecia, as estrelas e o mago de Sabá: de Roma a Jerusalém / Eduardo Correa. – 1. ed. – Curitiba: Appris, 2024. 270 p. : il. ; 23 cm. ISBN 978-65-250-6082-8 1. Roma. 2. Jerusalém. 3. Astronomia. 4. Política e governo. I. Correa, Eduardo. II. Título. CDD – 937

Editora e Livraria Appris Ltda.
Av. Manoel Ribas, 2265 – Mercês
Curitiba/PR – CEP: 80810-002
Tel. (41) 3156 - 4731
www.editoraappris.com.br

Printed in Brazil
Impresso no Brasil

EDUARDO CORREA

A PROFECIA, AS ESTRELAS E O MAGO DE SABÁ

DE ROMA A JERUSALÉM

FICHA TÉCNICA

EDITORIAL	Augusto Coelho
	Sara C. de Andrade Coelho
COMITÊ EDITORIAL	Ana El Achkar (UNIVERSO/RJ)
	Andréa Barbosa Gouveia (UFPR)
	Conrado Moreira Mendes (PUC-MG)
	Eliete Correia dos Santos (UEPB)
	Fabiano Santos (UERJ/IESP)
	Francinete Fernandes de Sousa (UEPB)
	Francisco Carlos Duarte (PUCPR)
	Francisco de Assis (Fiam-Faam, SP, Brasil)
	Jacques de Lima Ferreira (UP)
	Juliana Reichert Assunção Tonelli (UEL)
	Maria Aparecida Barbosa (USP)
	Maria Helena Zamora (PUC-Rio)
	Maria Margarida de Andrade (Umack)
	Marilda Aparecida Behrens (PUCPR)
	Marli Caetano
	Roque Ismael da Costa Güllich (UFFS)
	Toni Reis (UFPR)
	Valdomiro de Oliveira (UFPR)
	Valério Brusamolin (IFPR)
SUPERVISOR DA PRODUÇÃO	Renata Cristina Lopes Miccelli
PRODUÇÃO EDITORIAL	Sabrina Costa
REVISÃO	Cristiana Leal
DIAGRAMAÇÃO	Bruno Ferreira Nascimento
CAPA	Mateus de Andrade Porfírio
REVISÃO DE PROVA	Bianca Pechiski
	Jibril Keddeh

APRESENTAÇÃO

Abimael é um estrangeiro na cidade de Roma, durante o Reinado de Cesar Augusto, que questiona a política e a relação entre as pessoas. Acredita que um dia tudo vai mudar. Ele sente que algo pode acontecer, e tudo começa a ter sentido quando recebe uma mensagem de seu pai, que lhe pede para cumprir uma missão para desvendar uma profecia antiga. Para isso, Abimael terá que enfrentar obstáculos, buscar respostas em Roma e realizar uma viagem a Jerusalém. Durante a jornada, descobre seu verdadeiro passado e novas revelações, que mudarão seu futuro e o da humanidade.

AGRADECIMENTOS

Agradeço à minha amada esposa, Christiane Thomaz, que me acompanhou na criação deste romance e, *in memorian*, aos meus pais, José e Lourdes. Em alguns personagens, há um pouco de cada um deles.

SUMÁRIO

PRÓLOGO... 13

CAPÍTULO 1 — ARA PACIS AUGUSTAE E O SONHO 16

CAPÍTULO 2 — A GRAVIDEZ DE NARA........................ 21

CAPÍTULO 3 — A MISSÃO 26

CAPÍTULO 4 — UM VELHO AMIGO 35

CAPÍTULO 5 — A VISITA.................................... 41

CAPÍTULO 6 — QUEM É DOMITIUS?.......................... 47

CAPÍTULO 7 — A VISITA DE DOMITIUS...................... 53

CAPÍTULO 8 — O CENTURIÃO CLAUDIUS 56

CAPÍTULO 9 — CLAUDIUS E O SENADO 60

CAPÍTULO 10 — OS PAPIROS................................ 64

CAPÍTULO 11 — UMA VISITA INDESEJÁVEL................... 70

CAPÍTULO 12 — ABIMAEL E O RABINO....................... 76

CAPÍTULO 13 — UMA GRANDE HISTÓRIA 80

CAPÍTULO 14 — O MENSAGEIRO............................. 89

CAPÍTULO 15 — A PERSEGUIÇÃO............................ 94

CAPÍTULO 16 — O CONFRONTO 97

CAPÍTULO 17 — VISÃO FILOSÓFICA 101

CAPÍTULO 18 — A DESCOBERTA 107

CAPÍTULO 19 — O ASTRÔNOMO............................... 112

CAPÍTULO 20 — UM CÓDIGO.................................. 116

CAPÍTULO 21 — NARA AJUDA O ASTRÔNOMO.............. 121

CAPÍTULO 22 — UMA VISITA AO SENADOR.................. 125

CAPÍTULO 23 — UM DOM DE HERANÇA 134

CAPÍTULO 24 — A REVELAÇÃO DE GALESO 139

CAPÍTULO 25 — AS ESTRELAS E O REI 144

CAPÍTULO 26 — O PORTO DE OSTIA ANTICA 149

CAPÍTULO 27 — CLAUDIUS DECIFRA A MENSAGEM......... 155

CAPÍTULO 28 — ABIMAEL EMBARCA PARA A VIAGEM....... 161

CAPÍTULO 29 — A PARTIDA 166

CAPÍTULO 30 — A CAMINHO DO MAR 170

CAPÍTULO 31 — OS PRIMEIROS DIAS 174

CAPÍTULO 32 — O NÁUFRAGO 179

CAPÍTULO 33 — A BATALHA 183

CAPÍTULO 34 — O RESGATE DE ABIMAEL 188

CAPÍTULO 35 — DOMITIUS AMEAÇA O SENADOR.......... 192

CAPÍTULO 36 — ENFIM A CAMINHO.......................... 195

CAPÍTULO 37 — A CHEGADA A NAZARÉ..................... 200

CAPÍTULO 38 — PARA A CIDADE DE JERUSALÉM............ 204

CAPÍTULO 39 — O ATAQUE 208

CAPÍTULO 40 — UM FERIMENTO QUASE MORTAL.......... 211

CAPÍTULO 41 — A EXECUÇÃO................................ 216

CAPÍTULO 42 — ENFIM JERUSALÉM 221

CAPÍTULO 43 — A VISITA AO TEMPLO 227

CAPÍTULO 44 — OS ESCRIBAS E A PROFECIA 234

CAPÍTULO 45 — A CHEGADA A BELÉM 239

CAPÍTULO 46 — O GRANDE ENCONTRO..................... 246

CAPÍTULO 47 — A GRUTA 251

CAPÍTULO 48 — DE VOLTA PARA CASA...................... 258

CAPÍTULO 49 — A MENSAGEM PARA O PAI.................. 263

CAPÍTULO 50 — UM GRANDE PRESENTE 267

PRÓLOGO

Foi no vigésimo sétimo ano do reinado de Cesar Otaviano Augusto, que tudo começou a mudar para Abimael, um estrangeiro que morava na Cidade de Roma. Naquele ano passou a ter visões em sonhos, algo inexplicável, diferente de tudo, que nunca havia acontecido antes. Coincidência ou não, foram aparecendo misteriosamente, quando Abimael passou a discordar radicalmente das práticas políticas de Roma, inclusive chegando ao ponto de questionar a dimensão divina, que envolvia o poder do imperador. Abimael não conseguia entender se havia algum tipo de relação entre o que pensava e o aparecimento das visões; chegou a pensar se, talvez, outro sinal apareceria para esclarer o que estava acontecendo com ele.

Com o passar do tempo, mudava sua forma de ver e interpretar o mundo. Abimael passou a observar a realidade de outra maneira.

Durante aquele ano, com tudo que estava acontecendo em sua mente, ardia um ideal de libertação e igualdade, que o fazia tecer críticas quando lia e traduzia os manuscritos de filosofia e política da biblioteca do senado, principalmente quando se deparava com os interesses irracionais das classes mais altas. Além disso, surgiam com mais frequência e uma duração maior as visões em seus sonhos, as quais surgiam como luzes que se apagavam rapidamente. Cada vez mais, sentia estar relacionado à política de Roma, justamente quando ele pensava sobre Roma e as aflições dos reinos que estavam subjugados: "O poder de Roma e suas práticas estariam sendo afetadas? Esses sonhos querem me dizer algo?", pensava ele.

Abimael via que o Império Romano e seu modo de aplicar sua política não era o ideal, ele desejava um futuro melhor para todos e não parava de pensar sobre o que lia e o que sonhava. Então, outros questionamentos surgiam como uma premunição: "O mundo romano será um divisor de águas para um mundo que surgirá nos séculos seguintes? Um dia tudo isso vai acabar, mas de que forma? Os reinos serão libertos?".

Conforme o tempo ia passando, Abimael se perguntava o que poderia aparecer de bom, nesse mundo romano que modificaria a atual situação de flagelo. Para as camadas mais sofridas, seus questionamentos iam se tornando mais fortes, e não aceitava o que outros diziam, como se fosse a única verdade. Isso lhe trazia um conflito interno, que se tornava mais incômodo.

Durante muitos anos, Abimael foi um homem dedicado ao seu ofício na biblioteca. Era um bom observador, analisava o contexto político e social do Império Romano e sabia muito bem que estava vivendo um momento especial. Acompanhava de perto a manutenção da "Pax Romana", que se expandia em todas as províncias e reinos, mas que para ele tinha outro significado, era uma forma de dominação que afligia e matava um número considerável de pessoas. Não escapava nenhuma classe social; escravos, pobres, estrangeiros e, principalmente, mulheres que serviam de tapete da política opressora, que implantava a cultura e a paz, pela força de sua Legião Romana.

Naquele ano, Roma alcançou o auge na segurança política, econômica e social, mas toda a força da estrutura administrativa foi creditada ao imperador, devido ao seu controle da Legião Romana, que anteriormente estava nas mãos dos cônsules e prefeitos. Os romanos passaram a dar os créditos das vitórias a Otaviano Augusto. Ele tinha certeza de que nada poderia abalar o seu império; seus feitos eram admirados e temidos, pela força de seu poder em conquistar e pacificar as províncias, fortalecendo seus domínios e alcançando as terras em torno do mar Mediterrâneo, inclusive o norte africano. Durante sua administração, foi transformando a cidade de Roma, que, desde suas origens, era de tijolos e construções rústicas, em uma cidade grandiosa de edifícios de mármores.

Roma era um lugar desejado por muitos estrangeiros, pelos atrativos de uma metrópole, pela possibilidade de qualquer pessoa usufruir do poder de mercado e economia de uma grande cidade. Muitos diziam que a cidade tinha superado até mesmo a capital do Egito, em seu maior momento de apogeu, alcançando um crescimento cultural e comercial sem precedentes. Por isso, muitos estrangeiros, como Abimael, foram tentar a sorte em Roma, mas poucos conseguiram alcançar a estabilidade econômica desejada; aqueles que tiveram menor sorte sofreram o descaso e o preconceito da população e da elite romana, tendo uma vida de servidão.

Desde criança, Abimael tinha um comportamento imperativo, seu pai sabia que ele tinha uma mente brilhante, aprendia línguas estrangeiras de forma muito rápida e tinha muitos questionamentos. Não era normal para uma criança da sua idade, nada podia segurá-lo, sempre desejava realizar o que passava em sua mente e, quando alcançou a maior idade, o pai não conseguiu impedir sua partida. Abimael saiu de sua terra natal, o reino de Sabá, no Oriente, para aventurar-se na cidade de Roma.

Durante o caminho que percorreu para chegar a Roma, conheceu Nara, em uma caravana, se apaixonaram; depois de algum tempo se encontrando em Roma, decidiram se casar. Juntos, enfrentaram as dificuldades de se estabelecer na cidade até Abimael conseguir um ofício na biblioteca do senado, onde impressionava com sua habilidade de ler e traduzir textos antigos. Ali, viu a oportunidade de crescer entre os escribas, foi esse lugar que abriu as portas para ele se tornar um cidadão romano e usufruir de certos privilégios.

Certo dia, Abimael acordou subitamente após outro sonho, mas desta vez foi mais forte e longo, parecia real. Era final de noite, estava prestes a amanhecer, ele se levantou cambaleando da cama e, cuidadosamente para não acordar Nara, foi até a porta do quarto que levava à sacada, ali tinha uma vista privilegiada, era um dos pontos mais altos da cidade. Via-se dali toda a área que comportava o fórum romano, o Palácio Imperial e outras construções e monumentos, ficou ali pensando no sonho que teve e respirando profundamente o ar matinal, que o tranquilizava.

Nara sentiu a falta do marido na cama e, vendo a porta da sacada meio aberta, foi até lá.

— O que o fez levantar tão cedo hoje? — perguntou preocupada.

— Desculpe, não quis te acordar! Tive mais um daqueles sonhos estranhos e despertei assustado, então achei melhor tomar um ar.

— E no que está pensando?

— Sobre as minhas origens, o reino de Sabá, minha terra. Não se preocupe, volte a dormir, vou ficar mais um pouco contemplando a vista e a brisa da noite.

Nara sabia que os sonhos de seu marido não eram como os de qualquer pessoa; ela podia ver no rosto de Abimael. Os pensamentos dele foram sendo incomodados pelas cenas e imagens que não conseguia compreender, ficava se perguntando o que poderia acontecer além das visões, outro sinal para dar sentido o que estava sentindo, outra pergunta surgiu "Por que tudo isso começou a surgir naquele ano?".

CAPÍTULO 1

ARA PACIS AUGUSTAE E O SONHO

Após a refeição da manhã, Abimael resolveu não trabalhar, precisava ir ao mercado para repor seu estoque de tintas e materiais com os quais trabalhava em sua pequena sala, nos fundos de sua casa. Ali estavam alguns manuscritos que traduzia, era um serviço que realizava em particular para alguns patrícios. Nara estava preocupada com o marido, devido ao último pesadelo e ao mal-estar que tivera. Quando Abimael lhe contou que não iria ao trabalho, ela resolveu também fazer algumas compras, pois precisava comprar mantimentos, utensílios e tecidos, assim poderia observá-lo melhor e assegurar que nada aconteceria com ele.

— Poderíamos fazer algo a mais do que ir ao mercado, estou a fim de um passeio interessante, aproveitar o dia para descontrair, o que você acha? — perguntou Abimael.

— Você está pensando em fazer o quê? — respondeu Nara.

— Faz tempo que não visito alguns lugares que gosto, mas não sei se você vai querer.

— Que tipo de lugar?

— Alguns monumentos, mas podemos passear ao redor também, tem muita coisa boa por lá.

— Sem problema, não me importo. — Nara ficou intrigada, suspeitando que seria algo com que ele sonhara. Não era o tipo de passeio que ela queria, mas achou melhor fazer a vontade de Abimael.

Foram ao mercado e depois ao local que Abimael queria visitar, era uma das mais belas representações da Pax Romana que tanto ele falava, chamava-se Ara Pacis, expressão que cultuava o período de paz e prosperidade no Mediterrâneo alcançado com as vitórias militares de Cesar Augusto. Ficou na sua cabeça desde que a visitara pela primeira vez, quando foi morar em Roma, refletia seu verdadeiro significado. Apesar de o governo romano ter abraçado o mundo conhecido, aquele monumento sempre seria lembrado pelas conquistas que subjugavam os pequenos reinos.

Abimael certa vez comentou com Nara sobre o custo da paz que Roma se vangloriava de ter alcançado, alcançada por meio de guerra e interferência política arbitrária. Não aceitava isso porque também era estrangeiro. A questão de um império subjugar outros não o agradava muito; mesmo sem liberdade e autonomia como povo, no ar pairava, entre os cidadãos romanos, essa expressão de paz e controle que vinha dos monumentos e das ideias que eles transmitiam, de um imperador divinizado. Não era de se estranhar que eles estavam no topo da pirâmide do poder mundial, seguros e reinantes.

Ao chegarem ao monumento Ara Pacis Augustae, Nara ficou surpresa com a beleza e o tamanho da obra; não era enorme, mas a arquitetura e os detalhes que envolvia todo o monumento eram muito chamativos. Todas as figuras em alto-relevo remetiam ao imperador Cesar Augusto, seu idealizador, com denominação divina; os demais que compunham as figuras eram de senadores, mulheres nobres e soldados romanos, Nara sentia que aquelas cenas transmitiam a quem as contemplasse segurança e proteção pelo governo imperial.

Abimael, apesar de tudo, tinha uma grande admiração pelos monumentos da cultura romana, eles sempre o atraíam quando passava pela cidade.

Andaram em volta do monumento, apreciando-o. Nara gostava de observar cada detalhe, sua intenção não era comentar algo, mas chamar a atenção de Abimael, talvez quisesse impressioná-lo; descobrindo alguma coisa naquelas ilustrações que ele não percebera. Seria muito difícil, pois não havia em Roma alguém mais detalhista do que seu marido, mas não custava tentar.

Nara sempre tinha uma carta na manga para agradar seu esposo, algo muito simples, bastava perguntar o que significava tudo aquilo para aumentar seu ego e o prazer de fazer suas explanações, exatamente como ele fazia com os jovens alunos que iam estudar na biblioteca. Abimael prazerosamente apresentava-lhes suas explicações, mostrando todo o seu conhecimento. Nara sabia que, para deixá-lo feliz, era só fazer as perguntas certas.

Percorrendo o monumento, ela viu uma sequência de pessoas esculpidas em alto-relevo nas paredes, desviou de Abimael e ficou parada com um olhar pensativo. "Vou ver se consigo chamar a atenção dele, vou ficar parada olhando e fazer uma cara de curiosa, quero ver a sua reação", pensou Nara. Abimael notou que ela olhava as figuras e ficou curioso, lentamente foi se aproximando e observando a reação dela, parou ao seu lado e não resistiu em perguntar.

— O que aconteceu? O que lhe chamou atenção?

— Não entendi o que está representando todas essas pessoas? Acho que… — Nara ficou falando diversas hipóteses sobre a representação de pessoas enfileiradas, mesmo sabendo muito bem o que representava.

— Talvez seja alguma forma de fuga. O que você acha?

Abimael com calma explicou com detalhes o que significava.

— Este monumento foi construído para celebrar no retorno de Cesar Augusto da campanha que fez em Gália. O que você está vendo é uma procissão de boas-vindas, agora vamos entrar que vou te mostrar o altar dedicado ao imperador.

Nara deixou que Abimael ficasse explicando cada significado, das virgens, dos sacerdotes, dos animais de sacrifícios e das cenas mitológicas, que ornamentavam todo o templo do lado de dentro.

— E essa loba amamentando essas duas crianças? — perguntou ela.

— A história dessas duas crianças é relatada pelo poeta Virgílio, que narra a origem de Roma. Na biblioteca tem várias cópias, um dia vou levar uma para lermos juntos.

Nara não sabia se estava mais impressionada com as esculturas ou com as histórias que Abimael narrava, ele tinha uma explicação para tudo, menos para as cenas de seus sonhos. Ela ainda tinha esperança de que, em algum momento, ele pudesse deixar escapar alguma informação ou sinal para ela começar a entender, mas nada dava certo.

Após ficarem mais algum tempo no monumento, foram descansar e comer alguma coisa, o tempo estava passando rapidamente.

— Acho melhor irmos para casa, estou muito cansada — disse Nara.

— Tem razão, acho que por hoje chega — respondeu Abimael.

Eles recolheram seus materiais e foram caminhando de volta; quando estavam no meio do caminho, alguns pensamentos passaram pela cabeça de Abimael. Aquela visita ao monumento e a conversa com Nara o fizeram pensar mais uma vez sobre o que levava o povo romano a acreditar na expressão da "Pax Romana"; não era simplesmente uma dominação política ou a boa ordem administrativa e política do Império. Ele sentiu que algo grandioso aconteceria e que, de certa forma, estava relacionado com aqueles sonhos; não no sentido que aquilo representava, era mais profundo, porém não sabia o que poderia ser, talvez não em Roma, em outro lugar. Aquela visita parecia comprovar que não seria no mundo romano, mas Abimael precisava de algo maior para se convencer.

Por alguma razão, ele ficou parado, com os olhos fixos em alguma coisa, seu olhar estava longe, e de repente vieram em sua mente as cenas de seu último sonho; ele começou a perceber que poderia estar ligado ao monumento e ao que representava. Tudo era visível na fisionomia de Abimael, um ser sensível aos acontecimentos da história que o rodeava, afinal era um tradutor de textos vindos de vários lugares do mundo conhecido, de povos que traziam riquezas em literatura, religião, arte, arquitetura e tudo mais que os povos poderiam transmitir. Nara, percebendo que Abimael havia parado, olhou para trás e viu algo estranho estampado em seu rosto.

— Você está pensativo e calado desde a visita ao monumento, o que está te perturbando? — indagou ela.

— Lembra o que te disse sobre a "Pax Romana" e os sonhos que estou tendo? — respondeu ele.

— Sim! Esses sonhos que até agora você não me contou! — disse Nara.

Nesse momento ela não aguentou e resolveu, de uma vez por todas, pressioná-lo a dar explicações: — O que há de importante nisso?

— Tenho uma intuição muito forte que algo importante poderá surgir! — falou Abimael.

— Do que você está falando? É muito estranho o que você está dizendo — retrucou Nara.

— Eu sei, mas acredito que não é apenas intuição, julgo que os meus sonhos estão relacionados a algo, só não sei o que é. Alguma coisa está me dizendo, nunca tive isso antes!

Abimael ficou pensativo, mas, para não deixar Nara preocupada, disse:

— Não se preocupe, acho que é coisa da minha cabeça, vamos ficar em paz!

Nara já estava no seu limite da paciência e não quis adiar a conversa, segurou nos braços do marido e, olhando em seus olhos, perguntou:

— Me diga, de uma vez por todas, o que você sonhou que está te incomodando tanto, eu não vou suportar mais. Sou sua mulher e exijo que me explique!

— Eu te entendo, vou lhe contar, mas vou pedir para contar tudo amanhã, não estou com cabeça para falar agora, me perdoe e entenda, prometo que amanhã eu contarei — respondeu Abimael.

Nara ficou olhando com cara de quem não estava satisfeita, mas não falou nada, e os dois seguiram seu caminho.

Ao chegarem em casa, ela certificou-se de que todos os mantimentos tinham sido comprados e que não faltava nada, afinal fora muito trabalho para comprar e ainda seria também para guardar e organizar tudo.

Quando acabaram, Abimael serviu uma taça de vinho, e foram jantar. Como estavam cansados, dormiram mais cedo do que o costume, mas antes ele tomou mais duas taças de vinho. Nara sabia que era para não ficar pensando no que ela dissera na volta do passeio e achou melhor não insistir em perguntar sobre o sonho, seria melhor esperar outro momento. "Um bom vinho tranquiliza a mente e terá uma boa noite de sono, de qualquer forma amanhã ele vai ter que contar", pensou ela.

CAPÍTULO 2

A GRAVIDEZ DE NARA

No dia seguinte, Nara acordou cedo e foi fazer a refeição da manhã, a empregada ainda não havia chegado. Abimael ainda estava na cama, ela preparou tudo com rapidez e deixou na mesa, pois logo ele acordaria e iria ao trabalho.

Nara estava ansiosa, mas decidiu que não tocaria no assunto por enquanto; outro motivo a preocupava, há alguns dias estava sentindo enjoos, tinha uma leve suspeita de que estava grávida. Nara e Abimael estavam há algum tempo desejando ter um filho.

Ela tinha acabado de tomar um chá par aliviar os enjoos. "Acho que estou grávida, mas preciso ter certeza para não dar falsas esperanças a ele, afinal está passando por um momento conturbado", pensou.

Não demorou muito, Abimael acordou e parecia mais tranquilo. Ele se sentou à mesa, e Nara, observando que sua fisionomia estava melhor, ficou mais tranquila.

— Dormiu bem? — perguntou ela, vendo-o comer como se não tivesse muita fome.

—Dormi sim. Você acordou mais cedo ou eu que acordei tarde? Perdi a noção do tempo, o clima hoje está estranho, parece que ainda está escuro.

— Na verdade, as duas coisas — respondeu ela sorrindo. — Você ficou acordado até mais tarde, espero que esteja com a cabeça mais leve, pois, quando voltar do trabalho, vamos ter uma conversa séria sobre seus sonhos. De hoje não passa, entendeu?

— Fica tranquila, tive uma ótima noite de sono. Mais tarde conversamos durante o jantar, vou me aprontar, estou atrasado, hoje vai chegar algum material importante, relatórios da região da Gália e tudo mais, informações de mercadorias e alguma coisa para eu traduzir.

Abimael se levantou, deu um beijo em Nara e saiu rapidamente, no exato instante em que a empregada chegava.

— O senhor está atrasado, não? — Abimael deu uma risadinha concordando e disse que não ficaria para o almoço.

Assim que ele saiu, Nara foi se arrumar, estava com pressa e ansiosa, precisava tirar a dúvida que há dias a incomodava. Depois foi até a cozinha falar com a empregada.

— Estou saindo, mas volto antes do almoço, preciso resolver algo importante.

A empregada achou estranho, pois Nara estava com a fisionomia meio preocupada, algo de estranho estava acontecendo.

Nara foi para o outro lado da cidade. Ela havia conhecido um homem com habilidades na medicina antiga, de origem egípcia, muito idoso. Sua experiência em problemas de enfermidades e outros tratamentos com ervas medicinais era famosa; até nos casos mais complicados, que os grandes médicos em Roma não conseguiam resolver, ele obtinha grande resultados.

Nara chegou ao local que indicaram, viu que a casa era relativamente grande, mas simples, entrou e ficou observando as várias ervas secas penduradas na parede, potes com poções sobre uma mesa; o local era escuro, e ela observava tudo com receio.

Um homem velho apareceu, tinha uma aparência estranha, vestia-se como um egípcio, seu rosto estava pintado, e sua cabeça, raspada; parecia um bruxo ou feiticeiro, mas, na prática, não era nada disso. Era uma vestimenta que usavam em sua terra, mas muita gente tinha medo; o pavor da enfermidade, porém, era maior. Ele, com uma voz calma, pediu que Nara aguardasse e entrou em uma sala.

Ela estava num banco próximo a uma sala onde havia poções, instrumentos e ervas de todos os tipos, era um aroma de flores e cascas de árvores e, ao mesmo tempo, um pouco de algo ressecado que não conseguia identificar. O homem apareceu novamente e a chamou para outra porta que dava nos fundos da casa, parecia um pequeno jardim; no centro havia uma pequena tenda, algumas mulheres sendo tratadas por homens e mulheres. Os pacientes gemiam, e Nara notou que um deles tinha uma ferida grande na perna, uma mulher estava limpando e colocando algumas ervas no local.

O homem perguntou qual era o problema de Nara.

— Eu preciso saber com certeza se estou gravida — respondeu ela.

— Por que você quer saber? Quer tirar a criança?

— Não! De forma nenhuma! Só preciso ter certeza para não dar falsas esperanças ao meu marido.

— Além dos sinais normais de gravidez, fez algum tipo de teste?

— Sim, uma amiga veio aqui há algum tempo e me explicou a técnica que o senhor lhe ensinara. Eu fiz há uns 10 dias, segui corretamente o procedimento, coloquei a cevada e o trigo em dois sacos e no dia seguinte coloquei a urina.

— E qual foi o resultado?

— Os dois cereais germinaram, isso quer dizer que estou grávida?

— Com certeza!

— Mas esse resultado é eficaz? — Nara estava ansiosa.

— É eficaz sim, minha jovem, há muitos séculos, nós, egípcios, realizamos essa técnica, e até mesmo os gregos antigos. Posso garantir que, de cem mulheres que vêm me consultar e utilizam essa técnica, 99 tiveram o resultado correto, não precisa se preocupar.

Agora deite-se na cama e deixa eu te examinar. — Ele começou a massagear a barriga de Nara e pediu para colocar uma folha em suas partes íntimas.

Ela achou estranho, mas aceitou. Depois ele pegou e colocou num recipiente, virou-se para ela e disse:

— Não há dúvida nenhuma, você está grávida!

Nara ficou feliz, pagou o homem e voltou para casa. Enquanto caminhava, pensava "Como vou contar para Abimael? Falo hoje ou espero um pouco mais? Acho que vou decidir, assim que ele chegar em casa".

Abimael chegou cansado, com papiros traduzidos, nos quais havia informações sigilosas de documentos adquiridos pelo alto comando da Legião Romana. Haviam sido tomados dos arquivos dos reinos que Roma subjugava, de várias partes da Europa, sobretudo da Gália e de localidades ao norte da África. Eram todos os dados políticos e agrícolas para serem cobrados os impostos em forma de mantimentos que abasteciam o império. Com muito cuidado, ele guardou em uma de suas caixas.

Nesse momento Nara se aproximou, com um ar de felicidade e preocupação, afinal, não sabia se contava ou deixava para um outro dia; estava ansiosa para ver a reação de Abimael.

Ele percebeu o olhar de felicidade no rosto dela, não estava como de manhã, preocupada com seus sonhos.

— Aconteceu alguma coisa boa? Você parece muito feliz! — disse.

Com firmeza e delicadeza, Nara se sentou na cadeira e decidiu contar a grande novidade, que mudaria suas vidas. Ela olhou bem nos olhos do marido, que estava com um olhar desconfiado, e disse:

— Abimael, precisamos conversar sobre algo muito importante, espero que você goste, esteja preparado para a notícia que vou te dar.

Ele ficou intrigado, terminou de guardar os papiros no alto do estande e se virou para ela, depois de um forte respiro, disse:

— Você está fazendo muita cerimônia para dar uma notícia, espero que seja boa! Mas não iríamos falar sobre meu sonho, que você quer tanto saber?

Quando Nara ia começar a falar, eles ouviram uma forte batida na porta, pareciam estar esmurrando-a.

Nara se assustou, e Abimael se levantou rapidamente.

— Nossa, parece que estão querendo derrubar a porta! — disse ela, levantando-se e indo atender.

Abimael em pé, observando a atitude da esposa, pensou "Acho que ela vai dispensar a pessoa rapidamente e não vai ser nada educada, não quero estar na pele de quem quer que seja".

Nara, ao abrir a porta, viu um homem com uma aparência estranha, não era de Roma, vestia uma roupa diferente e tinha tecido enrolado sobre a cabeça.

— Não se assuste, senhora, venho de muito longe e preciso falar urgente com Abimael, trago uma mensagem de grande importância de seu pai.

Ela ficou assustada, pediu para ele esperar e fechou a porta; colocou as mãos na cabeça e pensou "O que vai ser agora? Que noticia ele está trazendo? Será que o pai de Abimael está doente ou morrendo? Faz muito tempo que ele não dá notícias".

— Abimael, acho melhor você mesmo atender, é uma pessoa que vem trazendo notícias de seu pai.

Abimael olhou assustado e logo foi à porta saber quem era; ao abrir, reconheceu pela roupa ser alguém de sua terra natal.

— O senhor é Abimael? — perguntou o mensageiro.

Abimael deu uma olhada mais detalhada, viu se o homem possuía alguma arma e respondeu. — Sou eu mesmo, por que a pergunta?

— Poderia me dizer o nome de seu pai?

— É Joctã, nasci na terra de Sabá, por quê?

O mensageiro, vendo que a resposta estava correta, disse: — Seu pai mandou esta mensagem com urgência, ele pede que você leia e siga as instruções dadas.

Sem dizer mais nada, o homem entregou a Abimael um papiro enrolado, selado com cera e marcado com o símbolo de sua família, montou em seu cavalo e, antes de partir, deu outro recado:

— Quando terminar sua missão, voltarei para receber uma carta sua para seu pai, nela você vai descrever o que ele está pedindo na mensagem.

Abimael ficou olhando o mensageiro partir sem entender o que seu pai queria dele.

Entrou em casa meio assustado, sentou-se e colocou o papiro em cima da mesa.

— O que o homem disse? O que está escrito nesse papiro? — indagou Nara.

Abimael olhou para ela, depois para o papiro, estava com receio de abri-lo e ver o que continha nele.

Nara ficou olhando seu marido sem saber o que dizer ou fazer, se perguntava sobre o sonho, se falava que estava grávida ou se pediria para abrir aquele papiro.

CAPÍTULO 3

A MISSÃO

Abimael ficava olhando o papiro em cima da mesa, sem saber o que fazer; Nara receava que algo trágico estivesse escrito ali. Ela começou a ficar impaciente e pensou em como resolver aquela situação. Já tinham problemas demais, não seria uma simples carta que adiaria a notícia que tinha para dar. Num impulso, e de forma ríspida, mandou que Abimael abrisse logo a carta.

— Você vai ficar aí olhando para esse papiro, esperando que, num passe de mágica, ele se abra? Pegue logo, vamos ver o que diz!

Abimael, como num despertar, pegou o papiro e abriu-o rapidamente; tirou a fita que o envolvia e o desenrolou, percorrendo os olhos sobre ele. — Estranho! — disse.

— O que está de estranho?

— A mensagem no papiro está em uma língua antiga da Pérsia, e meu pai não costuma escrever dessa forma… a não ser… ficou pensando, parecia que estava lembrando algo importante.

— A não ser o que, Abimael? Fala logo! — falou Nara aflita com tanto suspense.

— Certa vez, quando eu era criança, meu pai enviou uma mensagem dessa forma para um tio que vivia muito longe; eu perguntei por que estava escrevendo daquele jeito, e ele me disse que escrevia assim apenas quando era algo muito importante, para dificultar a leitura; é uma linguagem que poucos sabem.

Abimael leu a mensagem em voz alta.

Caríssimo filho, estou enviando esta carta para lhe dar uma notícia e uma missão. Você percorreu um longo caminho até chegar a Roma, em busca de conhecimentos, agora peço que pare o que está fazendo e dedique-se totalmente àquilo que vou pedir, pois é de suma importância. Leia com cuidado e vá em busca daquilo que, segundo os meus cálculos, está prestes a acontecer.

Você faz parte disso, como eu também, por herança de família, observamos e estudamos as estrelas. Os sábios e anciãos do reino de Sabá e de localidade próximas estão prevendo um evento cósmico; a missão não é apenas se preocupar com esse evento, mas um outro que está ligado a ela. Segundo eles, com base em certas profecias antigas, que se referem ao povo de Israel, nascerá uma criança que mudará o rumo dos povos, o que está prestes a acontecer. Os cálculos ainda não são precisos sobre, por isso peço sua máxima atenção. Enviei alguns membros do nosso conselho para Israel com o objetivo de verificar o que acontece por lá, e as notícias que recebi não foram muito animadoras; há um ambiente conturbado na região, por isso a dificuldade de saber exatamente quando e onde encontrar a criança que nascerá.

O evento cósmico provavelmente é um prelúdio dessa profecia, assim, quando esse evento ocorrer, enviaremos alguns de nós para presenciar o nascimento da criança e termos a certeza da realização da profecia. Porém, temo que, por causa da presença romana das circunstâncias políticas da região, fracassemos em encontrar a tal criança. Portanto, verifique, na região de Roma, alguém oriundo de Israel que possa nos explicar com mais detalhe do local e quando tudo isso ocorrerá. Se tiver êxito nas informações, vá imediatamente a Israel verificar pessoalmente os fatos das quais estou falando. Quero que procure em Roma alguém que possa lhe ajudar a iniciar sua missão; quando obtiver sucesso, mande uma mensagem informando todos os detalhes. Boa sorte!

Saudades

de seu querido pai, Joctã

Abimael acabou de ler a mensagem e olhou para Nara, que ficou em silêncio; assim ficaram os dois por alguns instantes. Nara, sem dizer nada, foi para a cozinha, não quis comentar sobre o que estava acontecendo.

Abimael ficou sentado vendo sua esposa sair, olhou novamente para a mensagem e ficou intrigado com o conteúdo; resolveu ler novamente.

Enquanto isso Nara andava de um lado para outro, estava confusa com o teor da carta e não sabia o que fazer, se ajudaria o marido ou o desmotivaria. Porém, antes de fazer qualquer coisa, tinha que contar sobre a gravidez. Tudo isso caiu como uma nuvem preta em sua cabeça. "É muito difícil tomar qualquer decisão agora", pensou.

Quando Nara estava na cozinha pensando no que fazer, ouviu um barulho estranho e foi até a sala; lá viu Abimael caído no chão, desacordado. Ela correu para ajudá-lo, tentou de várias maneiras reanimá-lo, seus olhos estavam girando, ela ficou desesperada, voltou à cozinha, pegou algumas ervas e colocou próximo ao nariz dele, que lentamente começou a despertar.

Abimael se levantou com a ajuda de Nara e se sentou na cadeira, ainda atordoado.

— O que foi que aconteceu, Abimael? — perguntou assustada.

— Você não queria saber sobre as visões em meus sonhos? Então, quando estava lendo novamente a mensagem de meu pai, elas apareceram de uma forma tão forte que perdi a consciência — respondeu Abimael.

— Enquanto se recupera, vou trazer uma taça de vinho, vai lhe ajudar — falou Nara.

Voltando com o vinho, colocou-o sobre a mesa e perguntou: — Me fale melhor o que aconteceu e o que a mensagem de seu pai tem a ver com seus sonhos?

— Está bem, vou começar do início. Faz algum tempo que tenho lido muito sobre a "Pax Romana" e a política do imperador, incluindo a forma de ele influenciar a cultura romana, sem falar da questão de achar como um filho divino.

— Sim, você já tinha me falado sobre sua insatisfação sobre isso.

— Não somente insatisfação, mas também indignação. Não acho que seja esse o modo que a civilização futura deve seguir; enfim, com o passar do tempo, surgiram também alguns sonhos, e com eles algumas visões, nada normal para qualquer pessoa. Esses sonhos vinham como uma luz forte, com algumas cenas, no começo eu não conseguia identificar, mas, com o passar do tempo, tornou-se mais forte e claro.

— Que imagens aparecem nessas visões?

— No começo não tinham uma forma defina, aí, quando ficaram mais forte se visíveis, deu para identificar algumas cenas, como estrelas e um local que não conheço. Sobre esse lugar tive um sentimento muito forte de tristeza; parecia um templo, mas não estava muito nítido. O que mais me chamou atenção foi uma criança recém-nascida, não dava para ver os detalhes, mas me pareceu ser uma criança muito importante.

— Uma coisa que eu não estou entendendo é o que tem que a ver a "Pax Romana", a política e o imperador com essas visões?

— Não sei dizer direito, Nara, mas, quando voltamos do monumento Ara Pacis e tive aquele leve apagão, percebi que, de uma forma ou de outra, tem alguma relação. Talvez essa criança seja a mudança da estrutura romana.

Nara ficou pensativa, imaginando quem seria essa criança que irá mudar a realidade que Abimael era contra.

— Me diga uma coisa, essa criança vai nascer em Roma? Será que vai nascer de uma família nobre e se tornar imperador?

— Não! Pelas cenas que vi, ela não nascerá em Roma, acho que a carta de meu pai está dizendo que será em outro reino, em Israel! Quando eu li pela segunda vez a mensagem, as visões apareceram novamente, e fiquei desacordado.

— Tudo isso ainda é muito estranho, não sei o que pensar e dizer...

— Eu acho que algo está acontecendo, e essa mensagem se encaixa muito bem, preciso pensar melhor no assunto.

— Precisa mesmo porque tem muita coisa em jogo, esses sonhos, a carta e nós...

— Nós? O que você está querendo dizer? É sobre a notícia que você ia me dar antes de aparecer aquele mensageiro? Percebi que você iria me dizer algo importante.

Nara percebeu que era esse o momento, não podia perder a oportunidade: — Estou grávida!

Abimael ficou espantado com a notícia, mas muito feliz, então abraçou sua mulher.

— Que notícia maravilhosa! De quanto tempo você está?

— Algumas semanas, o suficiente para ter certeza. Fui hoje a um especialista, e ele me garantiu que estou grávida. Agora o que vamos fazer?

Abimael soltou Nara, colocou a mão na cabeça e disse:

— Acho que devemos pensar com calma sobre o que vamos fazer daqui em diante, sobre a gravidez, a mensagem e meu trabalho, mas uma coisa é certa, vamos pensar juntos em como resolver essa situação da melhor forma possível.

— Precisamos ter muita paciência e calma, mas agora vamos comemorar. Amanhã veremos o que fazer — disse Nara.

Ж

No dia seguinte, Abimael se levantou antes de Nara, assim que os primeiros raios de sol apareceram na janela. Estava um dia quente, ele desceu as escadas e foi à porta para ver o movimento da rua. Havia poucas pessoas circulando, Abimael olhou para o céu, estava claro e azulado, sem nuvens, com uma brisa refrescante batendo em seu rosto. Era um ótimo momento para refletir sobre o que aconteceu no dia anterior, a mensagem de seu pai e a gravidez de Nara.

Abimael ficou pensando no que deveria fazer, também sobre tudo o que já fizera, seu trabalho, todo seu esforço para sair de sua terra Natal, as dificuldades que enfrentou e agora a vida estável na cidade de Roma.

Fica difícil tomar um rumo quando se tem uma rotina cheia de informações e conhecimentos, além do prazer de desfrutar das novidades vindas de vários povos e os caminhos para o desenvolvimento do Império Romano, mas outros rumos estavam aparecendo, ele precisava se aventurar, correr um risco para, talvez, não chegar a lugar nenhum.

Enquanto pensava sobre tudo isso, principalmente sobre o dia em que chegara a Roma para iniciar uma vida cheia de desafios, lembrou-se de uma visita a uma pessoa que também viera de sua terra natal, mas era totalmente diferente, uma profetisa. Ela tinha um laço forte de amizade com a família de Abimael. Esse fato veio em sua mente como uma luz, e ele pensou "Se eu fosse visitá-la, antes de ir ao meu tio, ela me ajudaria? Naquele dia, não me recebeu, mas, depois de tantos anos, vale a pena tentar". Enfim se decidiu, precisava dar os primeiros passos para saber que caminho deveria fazer.

Algum tempo depois, Nara acordou, procurou pelo marido e, não o encontrando, desceu.

— O que você está fazendo parado em frente à porta? — perguntou ao ver Abimael.

— Vamos tomar nossa refeição da manhã, vou trabalhar mais cedo hoje e à tarde vamos conversar sobre a mensagem.

Nara não fez nenhuma pergunta, tinha certeza de que Abimael tinha algo em mente; ela o seguiu até a cozinha e o ajudou com a refeição, sem falar sobre o assunto.

Durante a refeição, ficou observando Abimael e imaginou o que estava passando na cabeça dele; seu jeito e sua fisionomia eram claros para ela, sabia que ele faria a missão, seria o melhor, mas agora não adiantava falar nada.

Abimael terminou sua refeição, se levantou e foi em direção a sua bolsa de trabalho, guardou a carta de seu pai, deu um beijo em Nara e saiu.

— Até mais tarde!

Ж

Abimael não tinha contado a ideia que teve para Nara, sua intenção era de dar o primeiro passo sozinho, queria saber melhor se o conteúdo da mensagem de seu pai e as visões em seus sonhos tinham alguma relação. Ele foi à casa da profetisa amiga de seu pai, tinha planejado fazer uma visita e ter a opinião de alguém muito especial.

Era um bairro conhecido por haver muitas mulheres com fama de feiticeiras, não muito distante, um local discreto na parte de trás dos novos templos construídos pelo imperador em homenagem a alguns deuses. Nesse lugar viviam várias sacerdotisas, os homens não circulavam por ali pela má impressão que o local dava, mas Abimael não quis nem saber, pensou em ir lá antes do trabalho, tinha certeza de que teria tempo de sobra para fazer o que precisava. Ele conhecia bem a localidade, apesar de não ter mais voltado após muitos anos, precisava consultar a sacerdotisa, afinal ela era descendente de Sibilas de Cumas, ou Sibilas Babilônica. Era muito consultada devido a adivinhações e aconselhamentos, seus descendentes herdaram sua fama; ela tinha sido consultada por Alexandre o Grande da Grécia, e o convenceu, por intermédio de oráculos, a invadir o Egito, o que lhe rendeu muito dinheiro e prestígio. De sua descendência só restou ela. Na época em que Abimael tinha se estabelecido em Roma com Nara, foi procurá-la, mas ela não quis recebê-lo, e até hoje não sabe o porquê. Agora, depois de muitos anos, resolveu tentar novamente por um motivo muito especial, buscar um conselho sobre o que fazer com o pedido de seu pai.

Abimael percorreu calmamente as ruas do bairro, sabia muito bem onde ficava a casa da tal profetisa, era um lugar silencioso, com mulheres circulando; elas o olhavam como se reprovassem sua presença. Abimael bateu à porta e se sentiu como na primeira vez, quase nada mudara, de repente apareceu uma linda jovem com uma roupa branca e turbante.

— Estou à procura da profetisa, ela é conhecida de minha família, morava há muitos anos no reino de Sabá, diga que sou filho de Joctã do reino de Sabá — falou Abimael.

— Meu Jovem, acredito que isso não é suficiente para saber quem você está procurando, aqui tem algumas profetisas, precisa ser mais preciso — respondeu a mulher sem lhe dar muita atenção.

Abimael se aproximou impedindo que ela fecha a porta na sua cara, e ela o olhou com uma cara de poucos amigos.

— Ela é descendente de Sibilas de Cumas — disse Abimael.

A fisionomia da jovem então mudou, e ela o deixou entrar. Pediu que se sentasse e aguardasse.

— Não acostumamos receber homens estranhos, mas, como você disse ser desse local e que a conhece, vou lhe dar um voto de confiança.

A mulher entrou em uma sala no fundo do corredor, e Abimael ficou sentado aguardando, imaginando o que poderia acontecer.

Alguns minutos depois, a mulher voltou e pediu que ele a acompanhasse, eles foram até um quarto que estava meio escuro e cheio de velas e incensos. Ali viu a profetisa deitada, a mulher falou baixinho em seu ouvido anunciando o visitante.

— Ela está muito doente, você tem pouco tempo; após falar o que precisa, peço que se retire.

Abimael se aproximou, sentou-se à beira da cama e, quando falava quem ele era, a mulher deu um sorriso e o interrompeu, pegando em sua mão. Em seguida falou:

— O que você tem a dizer para mim?

Abimael, calado, pegou o papiro de seu pai e entregou à profetisa. Ela o desenrolou com dificuldade e começou a ler. Abimael notou que ela sabia muito bem a língua em que estava escrita a mensagem. Quando terminou, devolveu o papiro e fechou os olhos, como se estivesse pensando no que iria dizer; ao abrir os olhos, pegou novamente nas mãos de Abimael e lhe disse:

— Essa profecia é antiga, um rei é esperado; é muito maior do que eles imaginam, os sinais escritos neste papiro são verdadeiros, e o tempo está chegando. Meus antepassados já previam a sua chegada, eu mesmo tive visões sobre isso.

— Há mais pessoas como você, que têm essas visões em forma de profecia? — perguntou Abimael.

— Não há muitos hoje, há muitos charlatões, que estudam formas de enganar as pessoas, acredito ser muito difícil encontrar uma profetisa ou um profeta que tenha a possibilidade de realizar oráculos ou obter visões que indiquem algum acontecimento que possa determinar o futuro.

— Há alguns anos, quando cheguei a Roma, a pedido de meu pai, vim lhe pedir alguns conselhos, mas a senhora não quis me atender, por quê?

— Lembro muito bem quando veio aqui; recusei em atendê-lo, pois sabia que não era a hora ainda, mas sabia que um dia você voltaria, por causa da profecia, e não por causa dessa mensagem que seu pai enviou.

Abimael ficou intrigado com as palavras dela, parecia que a profetisa tinha uma ligação muito forte com seu pai. Uma pergunta ficou em sua mente "Se não fosse devido à mensagem do pai, qual motivo o levaria a estar ali falando com ela?". Ele ficou olhando aquela senhora, que o olhava de uma forma estranha, como se esperasse uma informação além da mensagem do papiro.

— Você tem algo que deveria me contar, Abimael? — perguntou a profetisa com um tom questionador.

— A senhora deve imaginar que não foi somente a mensagem, algo estranho está acontecendo há algum tempo, as visões que tenho recebido têm sido mais fortes, acredito que estão relacionadas com a mensagem.

A profetisa deu um sorriso, se ajeitou na cama com dificuldade e, se inclinando para Abimael, fez uma revelação.

— Sua mãe é minha sobrinha, ela carrega no sangue esse fardo de oráculo, mas não conseguiu desenvolver o dom, agora sei que foi passado para você. Seu pai, por isso lhe enviou a mensagem, sabia que algo despertaria em você.

Abimael ficou chocado com a revelação, não imaginava que teria essa possibilidade de ter visões, devido à herança de sangue de sua família, muito menos de fazer parta da família da profetisa.

— Não fique assustado, isso não acontece com frequência, só quando uma profecia está prestes a se cumprir. Me fale como ocorreram essas visões!

— Nos meus sonhos, a última vez foi quando li a mensagem de meu pai, vi uma criança recém-nascida em um lugar pobre. Sonhei também com algumas estrelas estranhas no céu e um jardim que, ao mesmo tempo, dava uma sensação maravilhosa e uma agonia; vi também gotas de sangue numa pedra nesse jardim.

— É o tempo, meu rapaz, já chegou a hora da profecia se cumprir, e meu conselho é que atenda ao pedido de seu pai. Você tem que cumprir essa missão, está no seu sangue, aproveite a oportunidade!

— Mas por onde começo? Não sei nada sobre essa criança que vai nascer!

— Busque referências na carta! Siga seus instintos!

De repente a mulher começou a tossir e tocou um sininho que estava numa mesinha ao lado de sua cama, rapidamente a linda jovem apareceu e, segurando o antebraço de Abimael, o conduziu para fora do quarto.

— Você não tem mais tempo, por favor siga o seu caminho! — disse ainda a profetisa.

Abimael foi à biblioteca do senado pensando no que ouvira. Passou o dia inteiro trabalhando e pensando no que deveria fazer. "Já dei meu primeiro passo, qual será o segundo?".

CAPÍTULO 4

UM VELHO AMIGO

Ao final da tarde, a preocupação de Abimael era também o que Nara poderia pensar sobre tudo aquilo que tinha falado com a profetisa, isso o incomodava profundamente. Ao voltar do trabalho, tomou um banho, foi até a sala de trabalho e ficou se questionando se a cidade de Roma seria suficiente para recolher as respostas de que seu pai precisava. Lendo novamente a carta, percebeu que a missão era mais complexa; de uma coisa ele tinha certeza, deveria fazer uma viagem à longínqua terra de Israel, pois lá haveria de encontrar o evento cósmico e a criança que a carta mencionava.

Quanto mais pensava sobre o assunto, mais seu corpo ficava quente, por causa da preocupação, chegava a suar. Andou pelo cômodo, uma pequena biblioteca particular, pensou em Nara e percebeu que deveria pedir a opinião dela quanto ao que deveria fazer, mas antes tinha que expor todas as possibilidades e consequências.

Nara entrou na sala e, percebendo a aflição do marido, perguntou:

— O que está te incomodando tanto que fica andando como um cachorro correndo atrás do rabo?

— Hoje, antes de ir trabalhar, fui me consultar com aquela profetisa que te falei quando cheguei a Roma, lembra?

— Lembro! E ela te recebeu?

— Por incrível que pareça, ela me recebeu bem!

— Então me conte tudo o que aconteceu nessa visita!

— Vou lhe contar, começando com o que aconteceu na casa da profetisa, parecia que ela estava prevendo algo sobre tudo o que estava na carta de meu pai. Disse que eu deveria atender ao pedido. Você tinha que ver a reação dela quando eu contei sobre o sonho!

— Qual foi?

— A melhor possível! Ela sabia sobre a profecia e que um dia eu voltaria para falar com ela. Sabe por quê?

— Não faço a menor ideia?

— Quando conversávamos sobre as visões, ela me contou a história das Sibilinas e falou que eu tenho como herança de sangue ser uma pessoa com o dom das visões.

— Herança? Como assim, sua família por acaso tem alguma ligação com esse tipo de gente?

— Sim, e eu não sabia até ela me contar que era tia de minha mãe.

— Você acredita nela?

— Acho que sim, afinal meu pai tinha uma amizade muito grande com ela, sempre ouvi falar dessa profetisa com muita simpatia. Quando saí de casa para vir a Roma, ele pediu que eu a procurasse.

— E o que você pensa sobre tudo isso?

— Não sei, mas é inevitável seguir adiante. Se eu prosseguir, terei que realizar uma pesquisa profunda e uma viagem a essa terra distante e desconhecida, não sei quanto tempo levará para concluir tal missão. Penso em você e no nosso filho ou filha, nesse momento precisamos ter calma, pois você tem menos de nove meses até dar à luz, e até lá muita coisa vai acontecer.

— Seja o que for, e se você tiver que fazer essa viagem, tenho certeza de que estará aqui a tempo para ver o nascimento de nosso filho. Não é possível que leve mais tempo que isso! Você tem alguma ideia de como vai realizar a pesquisa?

— Não, tenho que pensar com calma. A profetisa disse que eu deveria buscar referências na carta.

— Agora o que precisa fazer é dormir, descasar a mente, aos poucos vai descobrir. Acho que vai levar algum tempo ainda, então não se preocupe agora, nada como uma boa noite de sono para pensar melhor.

Ж

Assim que Abimael acordou no dia seguinte, veio-lhe uma inspiração. Ele ficou pensando na ideia que surgira e decidiu colocá-la em ação, talvez seria esse o segundo passo que a profetisa encorajou. Levantou-se e foi à cozinha tomar sua bebida, depois foi para seu escritório fazer algumas anotações. Pegou o pergaminho e alguns materiais para fazer anotações, assim ele poderia tentar, de alguma forma, conseguir uma pista.

Nara, percebendo a ausência do marido na cama, levantou-se e se caminhou para a cozinha, viu-o escrevendo e não quis interromper seu trabalho, sabia que ele estava planejando algo. Então voltou para o quarto e adormeceu. Não queria se preocupar com o que ele estava fazendo para não ficar irritada.

Abimael terminou de fazer suas anotações, subiu para o quarto e viu que Nara ainda dormia; não quis acordá-la e se arrumou para o trabalho.

Assim que chegou, foi direto para a antessala. Era um local grande, com mesas cheias de papiros e assistentes tentando organizar tudo nas várias estantes conforme o assunto; era parecida com a biblioteca de Alexandria, dizia Abimael aos seus assistentes. Dizia também que os escritos da língua latina deveriam ser colocados de forma a ter fácil acesso, mas nesse dia era diferente. Ele estava separando os materiais e, por vezes, parava e olhava para a sua bolsa, pensava que poderia ler a carta novamente e tentar encontrar uma ideia para começar sua busca por uma resposta razoável. Ficou relutante durante toda a manhã, isso o incomodou muito, desviava muito a atenção e parecia que o tempo não passava, ele ficava angustiado, até que se rendeu a sua ansiedade e deixou seus afazeres, pegou sua bolsa, levou para um canto da sala, perto de uma janela grande onde batia uma luz radiante, o que lhe dava uma sensação de bem-estar e coragem. O ambiente era calmo e confortável, longe dos novatos que constantemente o incomodavam, pegou a carta e resolveu ler mais uma vez. Ao final ficou pensando onde, na cidade de Roma, poderia obter as respostas que seu pai pedia naquele papiro. Abimael leu mais uma vez a mensagem e entendeu que precisava fazer mais do que uma simples pesquisa, seria necessário averiguar os fatos e as referências tanto da mensagem do papiro como de seus sonhos, antes de fazer a tal viagem a Israel. Certamente não poderia ir de mãos vazias, precisava colher as informações corretas.

Ao final da tarde, depois de muito pensar, resolveu ir para casa e no caminho foi olhando para todas as pessoas que passavam.

Decidiu parar em uma banca, ficou olhando quando de repente um homem que parecia ser um viajante de um lugar muito longe e que tinha acabado de chegar em Roma, visivelmente perdido, pediu licença:

— Poderia me dizer onde fica o local de comerciantes de tecidos?

— Há vários lugares aqui que vende tecidos, você não tem alguma coisa que me possa ajudar, por exemplo uma referência?

— Tenho sim, são comerciantes de tecidos do oriente, eles usam um turbante como o meu.

— Mas é claro, eles ficam mais ao norte da cidade. É simples, você segue reto nessa rua e logo chegará.

O viajante agradeceu e seguiu o caminho. Abimael ficou olhando até o homem desaparecer e então teve uma ideia.

— A referência... como não pensei nisso antes?! Agora entendo o que a profetisa queria dizer! Se eu pegar uma referência na mensagem de meu pai, saberei como fazer a pesquisa.

Ele então pegou o papiro em sua bolsa para ler novamente. Em sua mente repetia "a referência! A referência!".

— É isso, achei! Meu pai deu a resposta que eu precisava!

Ele guardou a carta e correu para casa, ansioso para falar com Nara e já começar a planejar uma estratégica.

Chegando, foi imediatamente falar com sua esposa, que estava em sua biblioteca lendo. Ela o viu e, percebendo que ele estava eufórico, perguntou:

— Por que você está agitado assim?

— Agora sei por onde começar, precisamos de um ponto de referência, lembra o que dizia a carta de meu pai?

— Sim, e daí?

— Percebi que nela há uma informação, mais que isso, a referência para começar a nossa jornada em busca de informações.

— Mas você vai buscar essas informações com quem? Tem alguma ideia de quem possa te ajudar?

— Sim, na mensagem de meu pai, está escrito que deveria procurar alguém em Roma, ele, por alguma razão, não mencionou nome de ninguém, mas com certeza deve estar se referindo a uma pessoa... Lembra um velho amigo de meu pai? Ele veio de minha terra há muitos anos, contava histórias dos lugares onde passava; eu era jovem e ficava encantado com o que ele dizia, foi uma inspiração, tanto que comecei a pensar em seguir seus passos.

— Não entendo como ele pode ser a referência? No que ele pode ajudar?

— Foi ele que me abrigou e conseguiu, pela sua influência, que eu me estabelecesse em Roma, enquanto a gente namorava. Era na casa dele que eu morava, meu pai tinha pedido para procurá-lo assim que chegasse, mas faz muito tempo que não o vejo, deve estar muito velho. Sei que é um homem muito sábio, viajou por vários reinos, conhece a cidade de Roma como a palma de sua mão. Ele era como um irmão para meu pai, deve saber de muitas coisas, amanhã vou procurá-lo, espero que esteja bem de saúde e lúcido para me ajudar em alguma coisa.

Ж

Na manhã seguinte, Abimael se arrumou e colocou uma roupa característica para percorrer lugares sem que fosse identificado como membro da alta classe romana. Ele iria aos bairros das classes mais pobres, onde não era bem-vindo alguém da classe alta do Império Romano. Abimael não queria se arriscar, poderiam ser hostis, sua preocupação era de assalto com consequências graves. Aquelas pessoas tinham características violentas, não perdiam uma boa oportunidade de arrancar algo de valor de alguém importante num lugar como daqueles.

Abimael levou um bom tempo percorrendo as ruas estreitas e vielas. Quando chegou ao local, viu que muita coisa estava mudada, não sabia se era para melhor ou para pior. Ali que ele fora acolhido, sabia muito bem como era a realidade do local. Apesar de algumas coisas terem mudado, não era bom andar sozinho, mas essa era a solução que tinha, precisava ser rápido para não ter uma surpresa desagradável.

Nas casas era possível ouvir discussões e brigas, isso não tinha mudado, típico da periferia de Roma, onde ele ficara por um bom tempo, antes de se mudar para mais próximo do centro de Roma. Nara odiava esse lugar, mas, se não fosse por ele, não saberia como progredir em sua profissão; apesar de tudo, sabia onde estava e como lidar com aquelas pessoas. Deu algumas voltas pelo bairro, olhando o lugar onde tinha

morado, ficou lembrando tudo pelo que tinha passado e as dificuldades para alcançar seu objetivo, até que localizou a casa onde seu velho
amigo morava.

Abimael se aproximou da porta, mas hesitou em bater, estava
ansioso para reencontrar seu amigo, na realidade mais pelo que poderia
ouvir dele.

De repente, antes de fazer qualquer coisa, a porta se abriu, e ali
estava ele, Sabtecá, que olhou para Abimael e disse:

— Porque demorou em bater na minha porta, Abimael? Estava te
observando pela janela, você estava rondando a rua como um cachorrinho
perdido e faminto. — Deu uma risada. — Mesmo vestido desse jeito, é
impossível não o reconhecer; faz muito tempo, mas, cada dia que passa,
você fica mais parecido com o seu pai.

Abimael ficou sem saber o que dizer, estava confuso com a reação
de Sabtecá, que em seguida subitamente o abraçou.

— Sinto muita falta de seu pai, não tenho mais idade para fazer
viagens longas; antes de vir para esta cidade, passávamos dias nos aven-
turando na terra de Sabá. Com a mão no ombro de Abimael, o convidou
para entrar.

CAPÍTULO 5

A VISITA

Abimael entrou e se lembrou do tempo em que havia morado ali. Ficou olhando a sala, adorava ficar ali lendo todos aqueles papiros, notou que havia muito mais agora.

— No tempo que fiquei aqui não havia esses tecidos — disse.

— São todos feitos à mão por artesão do oriente, coloquei na parede e no chão.

Passaram pelo quarto onde ele ficava; abriu a porta e viu uma série de desenhos da constelação, o amigo tinha fascínio em estudar as estrelas e seus mistérios.

— Depois que você foi embora transformei esse quarto em um local de arquivo, aqui só tem materiais de constelações, a maioria eu que desenhei.

Quando chegaram à cozinha, Abimael percebeu que era bem maior que antes e estava cheio de ervas secas penduradas.

— Para que tantas ervas? — perguntou.

— Quando a gente fica velho, precisa usar os meios que a natureza nos dá, são ervas medicinais. Eu tinha aprendido no oriente e pelos lugares que passei, foi difícil conseguir, deixei esse lugar meio escuro, é bom para a conservação do material, principalmente quando é época de calor.

Abimael se sentou e ficou olhando seu amigo fervendo a água para o chá, percebeu que ele vestia as roupas que sempre adorava, um manto que ia dos ombros aos pés.

— Acho melhor você ir para a sala, aqui tem um cheiro meio forte, pode lhe dar enjoo, vou fazer um chá especial para nós.

— Sei que tipo de chá você vai fazer, é aquele que meu pai adora, não é? — Sabtecá deu uma risada.

— Vê se não enche, você gosta também.

Abimael voltou para a sala e, por algum tempo, ficou revirando os papiros que pareciam novos; ficou lendo até o chá ficar pronto.

Sabtecá, voltando da cozinha com o chá e dois copos com algumas iguarias, disse:

— Muito bem, Abimael, o que lhe traz aqui depois de tanto tempo? Seu pai está bem, não está? Faz muito tempo que não tenho notícias dele.

— Está sim! É sobre ele que vim falar, ou melhor, sobre o que ele mandou para mim, é uma mensagem que recebi há alguns dias.

— Uma mensagem? Ora que há de tão importante nessa mensagem que fez você sair da alta classe da elite romana para esse bairro tão pobre para falar comigo?

— O que me fez vir até aqui é o conteúdo dela, acho que vai te interessar também, e muito. Estou com dificuldade de realizar o que meu pai me pediu e tenho certeza que você poderá me ajudar.

— Deve ser muito sério o que seu pai está pedindo, ele não é de pedir nada a ninguém, mesmo você! — Deu uma risada. — Deixa eu ver este papiro.

Abimael entregou-o para Sabtecá, que o desenrolou olhando para o amigo, imaginando o que poderia conter ali. Via-se, em seu rosto, um olhar de apreensão. Sabtecá começou a ler lentamente e disse:

— É a letra de seu pai, a reconheço de longe, mesmo usando uma língua antiga; há algumas palavras que costumavam ser um verdadeiro rabisco. — E deu uma risada.

Ficou lendo a carta enquanto Abimael observava sua reação. Ele ficou com um olhar sério; ao final da mensagem, seus olhos se dirigiram novamente para o início, Abimael observava. Uma coisa que tinha aprendido com o amigo era que, para entender bem um texto, devia ler pelo menos duas ou três vezes. O que mais chamou sua atenção foi a sobrancelha de Sabtecá, que se movia como se ele estivesse impressionado.

Ele enrolou a carta e entregou para Abimael dizendo: — Qual é a dúvida?

— Como assim, qual é a dúvida? O que você me diz sobre a mensagem de meu pai? Eu tenho muitas dúvidas, ele pede para eu buscar informações de alguém que nem sei quem é! Aliás, alguém está prestes a nascer e nem sei quando e onde, não sei como começar, esperava que pudesse me ajudar com alguma informação.

— Abimael, somos de origem do reino de Sabá, um dos reinos mais antigo, seu pai e seus antepassados, como os meus, eram de uma linhagem que tinha relações comerciais com outros reinos, éramos muito próximo da rainha de Sabá, a mais importante entre reis e rainhas. Você conhece muito bem essa história, não é?

— Conheço, essa rainha foi até Israel confrontar a sabedoria de Salomão, e ele respondeu com muita sabedoria todas as suas perguntas a ponto de impressioná-la.

— O tempo foi passando e a relação entre o reino de Sabá e o reino de Israel foram se entrelaçando no meio comercial, mas também para um grupo que mantinha contato no campo religioso. Esse grupo fazia parte dos antepassados de seus pais, dos meus e de muitos outros; durante séculos mantivemos contatos até o momento em que houve uma decadência do reino de Israel, que foi sucumbido e exilado durante anos na Babilônia, sob o domínio de Nabucodonosor. Desde então perdemos contatos, porque não havia mais um rei, da descendência de Davi, mas não perdemos o que era mais importante, o lado da crença no Deus de Israel.

— Não estou entendendo uma coisa, o que a criança mencionada na mensagem de meu pai e a história do povo de Israel tem a ver com o povo de Sabá?

— Há alguns textos que, para o povo de Israel, são sagrados, neles é mencionando que um menino nascerá e que muitos povos, inclusive o nosso reino de Sabá, vão reconhecê-lo como rei; será um rei que fará prodígios e trará paz, ou algo parecido. Desde então muitos sábios e magos de nossa terra têm esperado por um sinal da sua vinda, e esta carta diz sobre algo que parece o sinal que eles esperam, um evento cósmico.

— Um sinal esperado com base em um texto que para eles é sagrado?

— Não é somente este texto, é uma processa do Deus de Israel; há muitos outros textos sagrados que mencionam a vinda desse rei. Essa profecia tem se fortalecido há mais ou menos duzentos anos; prevista por profetas e, a cada tempo que passa, se fortalece mais.

Abimael lembrou que visitara a profetisa de Sibila e pensou se deveria contar para Sabtecá. "Será que eu conto? O que será que ele vai achar sobre o que ela disse?". Ficou calado enquanto tomava seu chá, mas Sabtecá percebeu em seus olhos que estava preocupado.

— Está me escondendo algo? Você contou para mais alguém sobre esta mensagem? — perguntou Sabtecá.

Abimael, com uma cara de espanto, olhou para ele e respondeu sem pensar:

— Contei para a profetisa de Sibila!

— Não acredito que foi visitar aquela mulher, fui visitá-la várias vezes e fui escorraçado por ela, não sei como seu pai tinha uma amizade com ela! — disse Sabtecá.

— Eu sei por que eles tinham uma grande amizade, ela é tia de minha mãe! Descobri quando fui visitá-la.

Sabtecá ficou chocado com a descoberta e pediu que o amigo lhe contasse tudo o que tinham conversado, inclusive as visões em seus sonhos. Abimael narrou cada detalhe do que tinha acontecido em sua visita à casa da profetisa.

— Imaginei que ela sabia de algo, mas não que ela contasse a verdade sobre sua mãe, esta é a explicação das visões que está tendo em seus sonhos, seu pai mandou a mensagem achando que algo desse tipo estava acontecendo com você.

— Então é verdade, a profetisa é tia de minha mãe! Entendo o que está dizendo, mas onde posso conseguir as informações e que evento cósmico é esse? Não sei nada dessa profecia nem quando vai acontecer? E o mais importante, o local onde vai nascer essa criança…

— Infelizmente não sei, mas o sinal que seu pai está dando é esse evento cósmico, que os sábios e os magos de nossa terra estão prevendo. Você tem que buscar nas profecias mais informações, é isso que deve ter como referência! Eu imagino que alguns sábios e magos de Sabá e do Oriente já devem ter partido, ou estão prestes a partir para saber onde essa criança vai nascer; acho que eles não têm tanta informação quanto você.

— Mas sobre o evento cósmico eles devem saber. Por que meu pai não detalhou isso na carta?

— Não sei, mas ele deve ter alguma razão para não fazer isso.

— No quarto onde eu ficava, vi vários desenhos de estrelas, mapas astrais, não tem nada ali que possa dar alguma pista?

— Ali tem desenhos de vários lugares, Egito, Mesopotâmia e até Grécia, consegui com um mercador de relíquias, mas nada que possa indicar um evento que seja tão importante. Sinto muito, talvez você consiga encontrar alguém que tenha mais conhecimento nesse campo das estrelas.

— E onde poderei consegui-lo, você tem alguma ideia ou sabe de alguém que possa me ajudar?

— Espere um pouco aqui, vou escrever uma mensagem para uma pessoa que vai lhe ajudar, vai levar alguns minutos.

Sabtecá foi para outro lado da sala, e Abimael ficou pensando que as coisas estavam começando a se encaixar, mas também pensava que teria muito trabalho e muita paciência para tentar compreender tudo.

Algum tempo depois, Sabtecá voltou trazendo um papiro dobrado e fechado, no qual estava descrito o local e a pessoa que Abimael deveria procurar.

— Aqui está o endereço onde você deve ir; ao chegar, entregue isso para poder ser recebido sem problemas.

Abimael pegou o papel e viu que estava fechado com um selo.

— Por que está selado? Não posso ver o que está escrito?

— Não pode abrir, é para sua segurança; se estiver aberto quando entregar, você pode correr perigo, não me pergunte o porquê, só siga estas instruções e terá acesso a ele.

— Quem é ele afinal? E como pode me ajudar?

— Confia em mim, se quer conseguir algo, é com ele que vai encontrar. Quando conversarem, você vai entender; é uma ótima pessoa, inteligente e culto. Quando ele era jovem, ajudei-o de muitas maneiras, por isso se sente em dívida comigo, é uma longa história.

Sabtecá, vendo Abimael pensativo, disse: — Tudo pelo que você está passando é algo misterioso e obscuro por enquanto, mas, com o tempo e esclarecimento, vai encontrar algo maior que pode imaginar. Vou lhe dizer mais uma coisa, seu pai e os outros de nossa terra, assim como o povo de Israel, estão realmente à espera de alguém, não sabemos quando e onde, muito menos como ele será, isso você vai ter que descobrir, é o que seu pai está pedindo na mensagem.

Abimael se levantou, agradeceu, deu um abraço forte no amigo e foi embora pensando que agora tinha mais um passo a dar. À porta ele olhou para Sabtecá e perguntou:

— Uma coisa que ainda não entendo, por que meu pai quer que eu investigue essa profecia? Por que não escolheu algum sábio de nossa terra, que é mais preparado do que eu, para encontrar essa criança? Por que ele fez esse pedido?

— Há uma razão para tudo, não sei lhe responder, agora é com você, que tenha sucesso na sua missão! O que pude fazer é só isso, da minha parte acaba aqui.

Sabtecá ficou olhando Abimael partir e disse a si mesmo: "Ele está descobrindo aos poucos o seu verdadeiro dom, mas chegará o dia que vai saber de tudo, seu pai foi esperto em mandar a mensagem".

CAPÍTULO 6

QUEM É DOMITIUS?

Abimael, após sair da casa de Sabtecá, vagou pelas ruas de Roma, tentando fazer uma ligação lógica entre o que o amigo tinha falado e seu sonho. Tinha tempo suficiente para pensar sobre o assunto, pois o caminho de volta era longo; ficou imaginando como ia falar com a pessoa que Sabtecá tinha indicado, olhando a mensagem fechada, com uma vontade louca de abri-la. "Se eu fizer isso, perderei a chance de ter acesso a tal pessoa, mal sei quem é, mas, segundo Sabtecá, terei uma grande ajuda para prosseguir e alcançar as informações que preciso."

Nara viu Abimael entrar, parecendo cansado, mas com um ar de que tinha conseguido algo para a sua pesquisa.

— Conseguiu alguma informação com seu amigo? E como foi a visita?

— Foi rápida e boa. Apesar de não o ver há muitos anos, ele me reconheceu.

— Aquele lugar ainda deve ser horrível! Mudou alguma coisa para melhor?

— Não muito, vi crianças gritando e confusão, o que mudou mesmo foi a casa dele.

— Conseguiu alguma informação importante? Ele ajudou?

— Sim, com algumas informações e a confirmação da profecia. Ele disse que essa profecia é esperada por algumas pessoas em nosso reino, eu não sabia disso; ele disse que meu pai a conhecia, você nem imagina a história que ele me contou, tudo começou com a rainha de Sabá.

— Eu sei dessa história, minha mãe me contou, sei que ela teve um filho com o rei de Israel, era o rei Salomão — disse Nara.

— Você conhecia esta história?

— Era mais uma lenda do que uma história.

— Então, a partir daí, a relação do reino de Sabá com o de Israel começou, mas a profecia vem bem depois. Há um texto sagrado que menciona que ofertaríamos presente a esse rei.

— Mas ele disse alguma coisa para descobrirmos algo mais concreto?

— Sim, ele me deu uma mensagem com um endereço, é uma recomendação para que a pessoa possa me receber.

— E você sabe quem é essa pessoa?

— Não! Só me passou o endereço e a recomendação dele. Vou conhecê-lo quando o encontrar.

— E quando vamos nessa suposta pessoa?

— Nós?

— Mas é claro, ou você acha que vou ficar aqui recebendo notícias aos poucos? Daqui em diante vou te acompanhar!

Abimael ficou pensativo, mas achou uma ótima ideia, viu que ela tinha razão, afinal Nara era uma mulher muito inteligente e poderia muito ajudar.

— Muito bem, então vamos amanhã à tarde e descobrir mais sobre a profecia que meu pai descreve na carta.

Ж

Na tarde seguinte, Abimael e Nara foram para a direção onde estavam os monumentos que tinham visitado, um pouco mais distante da "Ara Pacis Augustae". Observaram algumas casas de tamanho médio e outras de grande porte, eram lindas e de aparência luxuosa. Num certo momento, Abimael pediu para Nara parar e disse:

— Já ouvi falar sobre esse lugar.

Ficou observando e tentando lembrar o que era tudo aquilo e onde tinha ouvido falar. Olhou em volta e viu algumas pessoas com roupas bem ornamentadas, pareciam ser da alta classe. Ele fez sinal para um deles e perguntou:

— Estou à procura de uma pessoa que mora em uma dessas casas, me passaram o endereço, mas não encontro a casa.

— Aqui moram algumas pessoas que nem nós conhecemos, só sabemos que são importantes e ricas, tem alguma indicação sobre que casa está a procurar? — respondeu o homem.

Abimael mostrou-lhe o bilhete com o endereço e um símbolo que desconhecia.

— Sei que fica nesta rua, mas não sei qual é a casa — disse.

— Eu sei, é a maior, esse símbolo é o brasão que está desenhado na porta, fica mais adiante, mas acho que vai ser difícil falar com alguém lá, tem um de segurança que não deixa ninguém entrar, com certeza ele não recebe nenhuma visita.

— Obrigado, mas vou tentar!

Abimael e Nara seguiram em direção à casa que o homem tinha indicado. Ao chegarem perto, viram que era bem diferente de todas as outras, parecia que as paredes eram grossas e as janelas pequenas. Abimael conferiu o desenho do brasão, era idêntico ao que estava na porta. Ele ficou parado pensativo, imaginando o que poderia encontrar e quem seria a pessoa com quem iria conversar. Nara olhava para ele esperando uma atitude e perguntou:

— Está pensando em que? Está com receio de algo?

— Não, estou só pensando no que vou encontrar. Que bom você está comigo!

Abimael bateu à porta, após alguns instantes apareceu para abri-la um homem alto e forte, com uma espada na bainha, seu rosto não era nada agradável.

— Quem são vocês e o que desejam? — perguntou.

Abimael achou muito estranho esse tipo de pergunta para alguém que atende a um visitante, mas logo deu-lhe o bilhete e pediu que entregasse ao responsável. O homem ficou olhando, e então Abimael disse:

— Só entregue para o responsável, eu fico esperando.

O homem entrou e bateu a porta com força. Abimael e Nara ficaram ali esperando por quinze minutos, no meio do frio que abatia a cidade de Roma.

O homem voltou, pediu desculpas e os mandou entrar. Agora a fisionomia dele estava mais agradável; eles entraram, e Nara percebeu que ele era um centurião romano. Enquanto caminhavam para uma sala ao fundo do corredor, observaram pinturas diferentes com estilos e características de várias localidades. Chegaram a uma sala onde dois homens estavam sentados num sofá, cumprimentaram-se, um deles pediu que eles se sentassem e esperassem que a pessoa que procuravam viria em breve.

Após vinte minutos, com aqueles dois estranhos e em silêncio, apareceu a pessoa que esperavam.

— Muito prazer! Meu nome é Domitius, e você é o Abimael, certo? Mas quem é essa linda mulher? Sua esposa? Na mensagem não mencionava a presença dela?

— Sim, é minha esposa, se chama Nara. Há algum problema de ela estar comigo aqui respondeu Abimael com uma voz de indignação.

— Se é sua esposa, não há problema nenhum, ainda mais sendo amigo de Sabtecá. O bilhete que você me entregou, uma parte eram códigos que continham seu nome e o que você veio fazer aqui, além do motivo para que eu o pudesse recebê-los.

— Por que é tão difícil entrar aqui e falar com você?

Domitius ignorou a pergunta de Abimael.

— Primeiramente vamos nos sentar, assim vamos conversar sobre o assunto que lhe trouxe até aqui, só estou atendendo vocês por causa do Sabtecá! Me dê o papiro e me deixa ver o que está escrito nele.

Antes de entregar o papiro, Abimael ficou olhando para os dois homens sentados, pareciam suspeitos.

— E esses dois? Quem são?

— São meus auxiliares, fique tranquilo! São de confiança e amigáveis! Eles são muito reservados, parecem antipáticos, mas é o jeito deles. Vamos direto ao motivo que te trouxe aqui, me dê a carta que seu pai enviou!

Abimael ficou inseguro em entregá-la a uma pessoa estranha, mas pensou "Sabtecá disse que ele era de confiança". Então entregou-a para Domitius, que logo começou a ler. Depois passou para os dois homens lerem também. Abimael ficou observando e notou que aqueles homens eram mesmo especiais, não era qualquer um que conhecia a língua usada na carta.

— Muito bem! — disse o Domitius. — O que você quer saber? O que querem de mim?

— Você deve ter percebido que a mensagem fala de uma profecia, tenho duas perguntas. A primeira é como buscar mais informações sobre o conteúdo dela? E onde posso encontrar a criança mencionada?

— A primeira pergunta é fácil de responder, você terá as informações que precisa, mas já vou avisando, não vai ser nada fácil. Já a segunda é quase impossível, não é apenas onde, mas quando e como encontrá-la, e para isso é importante saber de uma coisa!

— Saber o quê?

— Você conhece a história do povo de Israel? Conhece todos os textos e o motivo da vinda dessa criança?

— Não sei quase nada, mas por que é importante saber a história de Israel? O que preciso saber é como encontrá-la!

Os dois homens olharam com espanto e reprovação para Domitius, Abimael e Nara perceberam e não entenderam a reação deles.

Domitius se inclinou, olhou nos olhos de Abimael, indignado por não saber o fundamental, e disse de forma agressiva:

— Se você acha que não é importante conhecer a história desse povo, como pode entender a importância dessa profecia? E mais, que tipo de homem vai procurar, se não sabe a importância que ele tem para esse povo? Você precisa de uma referência de como ele é! Se não, será como procurar um cavalo num estábulo!

Nara ficou espantada com o tom de voz e falou:

— O que quer dizer com isso? O que há por traz desta profecia e desse homem que virá?

Domitius encostou na cadeira, controlando-se para não ficar mais nervoso do que já estava, e falou:

— Você trabalha com o que mesmo?

— Trabalho com tradução de documentos obtidos nos espólios de guerra na biblioteca do senado; lá há vários escritos de reinos distantes sobre o domínio do imperador, literatura, arquitetura, textos religiosos e muito mais...

Domitius deu uma risada e perguntou:

— Não leu nada do povo de Israel além de informações da produção econômica que o Império Romano retira de seus reinos?

— Nada, a não ser informações da produção agrícola.

— Nada da religião? Não é a função dos soldados ou dos seus superiores entregar para você esse tipo de informação?

Abimael olhou para Nara, desconfiando de algo, e com a voz embaraçada disse respondeu:

— Não, não trouxeram nada sobre a história religiosa do povo de Israel.

— E sabe por que não chega nada para você? Porque nada sai de lá no que se refere aos escritos sagrados. Não são entregues facilmente, e os soldados romanos não querem problemas para não prejudicar o que é mais importante, a produção de alimentos e a paz na região. Você sabe muito bem que os romanos, numa situação de revolta, só avisam uma vez, não há uma segunda chance, e o imperador quer evitar isso, além disso eles não se interessam por essas questões religiosas.

— E como vocês sabem da profecia? — perguntou Nara.

— Os poucos escritos que possuímos foi por influência de alguns romanos que protegem e favorecem os interesses de alguns comerciantes hebreus em Israel e os que vivem em Roma, só assim podemos conseguir textos sagrados desse povo sem que ninguém faça perguntas!

— E que tipos de escritos vocês têm? É sobre a profecia deste homem?

— Tenho alguns que vai te interessar muito, mas está ficando tarde e tenho muita coisa para fazer. Você deve aguardar o meu contato, alguém irá até o seu encontro com o meu segurança em uma carroça, você vai entrar sem fazer qualquer pergunta, ele te vai trazer até aqui. E lhe dou outra instrução, não venha mais me procurar, de agora em diante sou eu que faço contato, entendeu?

Abimael fez um sinal positivo, não queria questionar o porquê daquele procedimento. Domitius se levantou, pediu para eles se retirarem e os encaminhou até a porta.

— Até mais, aguarde a chegada da carruagem e não se preocupe, vou entrar em contato logo — disse se despedindo.

Abimael e Nara voltaram para casa se perguntando o que ele pretendia com o pedido. Por todo o caminho, conversaram sobre o que tinha acontecido na casa de Domitius.

CAPÍTULO 7

A VISITA DE DOMITIUS

Domitius ficou observando Abimael e Nara indo embora, seu assistente, que estava ao seu lado, perguntou:

— Por que o senhor disse que entraria em contato? Está preparando algo para eles?

— Sim, ele precisa copiar um texto muito importante que vai ajudá-lo a compreender a carta de seu pai.

— Que texto? Eu conheço?

— Não, é um que está em uma sala nos fundos da casa, onde guardo manuscritos, é de grande valor, vou te mostrar!

Domitius e seus assistentes percorreram um corredor e entraram numa sala que dava acesso a uma pequena biblioteca, eles não conheciam aquela parte da casa, apesar de estarem lá por muito tempo hospedados, dando assistência e estudando. Havia lá alguns objetos e poucas estantes, tinha um local como se fosse uma caixa embutida na parede por detrás daquela sala, estava trancado. Domitius abriu com uma combinação e retirou de alguns manuscritos um que era importante para Abimael, era um rolo pequeno envolvido com uma fita.

— É esse o manuscrito que o senhor vai pedir para ele copiar?

— Sim, vou pedir que faça uma cópia, aqui tem informações importante para ele.

— Mas, se estava guardado como se fosse um tesouro, o senhor vai deixá-lo copiar?

— Nem tudo que está guardado a sete chaves deve permanecer assim, há momentos em que deve ser exposto e para a pessoa certa; para mim não há problema nenhum, principalmente alguém como Abimael, para ele será especial.

— Quando ele escrever e souber o conteúdo, o que vai fazer?

— Isso não é comigo, ele vai ter que decidir o que fazer com esse texto.

Ж

Abimael e Nara estavam exaustos pelo percurso que fizeram, afinal foram e voltaram a pé, ele se arrependeu de não ter ido com seu cavalo, mas se sentiu aliviado pelo objetivo alcançado.

Já próximos de casa disse para Nara:

— Estou exausto com essa caminhada, mas também ansioso, pois sinto que estamos avançando com rapidez, agora é só esperar o contato de Domitius e ver o que acontece.

Ao chegarem, ele seguiu para a estante de materiais, separou tinta e alguns papiros em branco para o trabalho, não queria deixar para a última hora, não sabia se podia ser no dia seguinte ou dali a uma semana, o importante era não perder tempo. Nara ficou olhando Abimael separando o material e colocando em uma sacola.

Finalmente perguntou: — Aquele homem, o Domitius, o que ele realmente faz?

Abimael fechou a sacola, respirou fundo, olhou para o teto, ficou pensando um pouco e respondeu:

— Segundo os gregos, ele é o tipo de homem que faz uma reflexão e uma análise de forma profunda da realidade, assim podem traçar uma estratégia política conforme os dados que coletam. Ele recolhe fatos e informações e tira suas conclusões, é um filósofo, um pensador.

— Mas quem se interessaria por alguém que vive com esse tipo de serviço? Que serventia tem?

Abimael deu uma pequena risada e disse em um tom forte: — O imperador!

— Você só pode estar brincando comigo?

— Sabe, Nara, um homem de poder não pode ficar dependendo somente de pessoas que ficam ao seu lado, ele precisa de opinião e orientação mais racional, por isso frequentemente o consulta, para discutir e ouvi-lo, antes de tomar suas decisões, para agir de forma correta. Ele é o tipo de pessoa com quem qualquer rei gostaria de se aconselhar para tomar uma decisão ou executar algum plano, para entender o que se passa a sua volta. Não é apenas uma análise política, você entende? Ele pensa o que ninguém imagina, significa estar sempre um passo à frente.

— E como você sabe disso? Ele nem falou nada quando estávamos lá.

— Você não reparou no homem que nos atendeu? Eu o já vi no palácio do imperador com alguns senadores, seu uniforme era de um centurião.

— Isso eu tinha percebido!

— Foi a primeira pista, a segunda foram os manuscritos na prateleira da sala. Eram confidenciais porque havia em alguns deles o símbolo do imperador, e a terceira é que eu sabia que havia alguém com quem o imperador se consultava, já tinha uma ideia, pois por várias vezes soube que ele vinha para esse lado da cidade, confirmei pela forma como conversamos, pela postura dele e tudo mais. Você não percebeu quando ele disse que nem tudo chega à biblioteca do senado?

— Será que ele conhece a profecia? Quando leu a carta, demonstrou que não era desconhecido para ele, inclusive sabia a língua em que estava escrita, assim como os ajudantes.

— Acredito que sim, mas não sei se de forma superficial ou mais profunda. O que sei é que ele deve ter algo importante, por isso que pediu para não voltarmos a sua casa. Agora é esperar ele aparecer.

Ж

Enquanto tentavam dormir, Abimael ficou pensando sobre tudo desde que recebera a carta de seu pai, o que dizia nela, o que significava tudo aquilo, a visita ao seu velho amigo e a Domitius. "O que ele tem de importante para mostrar?" Olhou para o lado e viu que Nara já tinha pegado no sono, sentiu pena dela, estava cansada. Sua preocupação era o que poderia vir mais tarde, que rumos ele tomaria, então percebeu o tamanho do problema que tinha em suas mãos, pensou se tudo aquilo valeria a pena e porque seu pai o tinha escolhido em vez de alguém mais próximo, mais qualificado.

CAPÍTULO 8

O CENTURIÃO CLAUDIUS

Durante aquela semana, enquanto Abimael arrumava seus materiais para levar ao trabalho, como fazia todos os dias, percebeu algo de estranho, uma movimentação incomum nas ruas, um barulho que não era típico. Ele se arrumou e foi mais cedo para saber o que estava acontecendo.

Saiu de casa em direção à praça principal, algumas pessoas corriam, outras andavam rapidamente para aquela direção; havia uma discussão entre elas, que não dava para entender o que diziam.

Abimael foi com aquelas pessoas, umas empurrando as outras. No meio do caminho avistou um amigo e acenou para tentar chamar sua atenção; de tanto insistir, o amigo percebeu, o reconheceu e correu em sua direção.

Abimael o cumprimentou e perguntou: — Por que tanta correria? Estão indo para a praça central, onde fica o fórum?

— Você não ficou sabendo que duas Legiões Romanas acabaram de chegar trazendo espólios? Os tribunos vão distribuir uma parte dos espólios para agradar a população — respondeu o amigo.

— Essa é a política do imperador, agora entendi o motivo de tanta correria!

Ele sabia muito bem que tudo isso irritava o senado, que não viam com bons olhos esse tipo de prática. Abimael tinha entendido que essa divisão de espólios fazia cada vez mais aumentar a popularidade do imperador, enquanto a imagem dos senadores ficava mais desgastada.

— Não me lembro de nenhuma expedição da Legião Romana, muito menos que realizariam uma batalha, acho que minha memória está fraca… De onde estão vindo?

— Eles ficaram seis meses ao norte, vinham das lutas contra alguns povos daquela região que teimavam em se rebelar contra Roma, não sei exatamente onde. Fiquei sabendo na época que foram para conter uma rebelião, e você sabe muito bem que a política de Roma para quem faz tal prática não é muito agradável. Roma dá somente um aviso; se persistir, não há dúvida nenhuma de que a invasão é inevitável.

— Sei bem, já ouvi sobre isso. Mas então foram em expedição para destruir tudo o que encontrasse pela frente? Não fiquei sabendo! — Abimael imaginava a violência que acontecera com aquele povo.

— Eles não poupam ninguém, dos mais ricos até os mais pobres, na cidade ou no campo, onde há produção de alimentos. Para o imperador, não há segunda chance, o preço para isso é alto para Roma, mas serve de lição a outros povos, para quem afrontar o Império Romano.

— Deve ter ido muitos legionários para essa execução.

O amigo colocou a mão no ombro de Abimael e disse:

— Sabe quem foi nessa expedição? O Claudius, seu amigo! — E deu uma risada irônica, pois sabia que Claudius não era bem um amigo que todo mundo desejava ter. — Ele comandou uma das legiões, com certeza deve estar mais arrogante do que nunca!

Abimael fez uma cara de que não tinha gostado da provável e desagradável presença de Claudius, não gostava muito das intromissões e discussões que frequentemente tinha com ele, apesar de serem amigos. Toda vez que Claudius vinha de uma excursão militar, voltava com um punhado de objetos escritos dos povos que venciam, tentando descobrir alguma técnica militar ou qualquer outra informação que poderia lhe ajudar a ter um bom apoio por parte do imperador.

Abimael, ao chegar à praça principal, ficou observando todos aqueles legionários desfilando, e o povo eufórico. Eles acenavam e gritavam freneticamente, aquela cena despertou uma tristeza nele, pois não gostava que qualquer reino pudesse estar subjugado ao Império Romano, ou qualquer outro em nome de uma "Pax Romana", sabia que não era um bom sinal de avanço no respeito à vida. Viu também muitos homens e mulheres sendo trazidos enfileirados, acorrentados e amedrontados, sabiam que seriam vendidos como escravos para as classes altas da sociedade romana. Sua sorte estava em jogo; poderiam ser comprados por famílias mais acolhedoras ou simplesmente para trabalharem em serviços pesados.

O amigo cutucou Abimael apontando alguma coisa, e, quando ele olhou, viu de longe Claudius em seu cavalo, sorridente e imponente, era tudo o que não queria ver, a arrogância estava estampada em seu rosto. Isso bastou para ele, se despediu do amigo e foi para o trabalho, pensando de que forma e quando tudo aquilo acabaria.

Ж

O centurião Claudius, depois de uma longa e exaustiva viagem ao norte do continente, onde se encontravam os reinos rebeldes, regressou com uma vitória esmagadora. Era um grande líder e tinha ao seu lado soldados experientes; sua missão era abater a rebelião e, como consequência, conseguir espólios, mas Claudius tinha outra paixão: encontrar objetos e materiais que poderiam fornecer conhecimentos, textos de engenharia, história, documentos e, o que mais o fascinava, textos de caráter místico ou religioso. Ele acreditava que essas informações davam uma certa força de luta aos povos que combatiam Roma, afinal era muito difícil combatê-los, achava que era um elemento que deveria ser explorado pelo Império Romano, que tinha dificuldades nessas batalhas, apesar de as técnicas de combate das Legiões Romanas serem bem treinadas e eficientes. Claudius sempre se preocupou com as fronteiras que separavam o território romano do norte da Europa com a Ásia, fazendo ao máximo barricadas e estratégicas para dificultar as invasões e facilitar o ataque.

Claudius estava à frente da Legião Romana quando entrara na cidade, exibindo os prisioneiros que se tornariam escravos, todos enfileirados; ele dispersou seus soldados, não ficava para presenciar a euforia do povo, preferia ir ao bordel mais distante da praça central onde se divertia e bebia, depois da recepção da população, eufórica pelos espólios distribuídos.

Algumas horas mais tarde, tudo ficou mais tranquilo, e Claudius resolveu sair do bordel e ir para casa. Passou pela praça principal, onde viu de longe o leitor de notícias anunciando as novas, notícias do senado ou do imperador. Foi até lá para saber quais eram as novidades; em cima do cavalo mesmo, de forma arrogante, sem qualquer tipo de preocupação com as pessoas que estavam ao seu redor, ficou encarando o leitor de notícias, que estava desconfiado e amedrontado, pois sabia que Claudius era violento e arrogante, mas proferiu as notícias como deveria de ser.

No último anúncio, Claudius se interessou por algo, uma missão que seria realizada por um senador.

... navios sairão do porto em direção ao oriente, seu destino será o Egito, passando pelo Mediterrâneo, levarão mercadorias, armas e provimentos para nossos legionários, ao retornar trarão toda variedade de materiais e riquezas para o povo romano, assim fica decretado tudo o que acabo de informar para o bem de Roma e seu povo!

Claudius achou estranho porque não era o único local viável para essa viagem, já que havia outros caminhos. O mais correto era pela costa do continente, e não pelo Mediterrâneo, ficou intrigado também porque não seria pelas estradas feitas pelo Império, logo imaginou que o motivo seria a rapidez da viagem, mas era perigoso por causa dos navios piratas. Ele tinha certeza de que essa expedição correria perigo, mesmo que fosse a forma mais rápida para chegar ao Egito.

Claudius pensou em ir ao senado buscar mais informações sobre o objetivo da viagem, além disso poderia aproveitar e ir também, mesmo correndo risco. "Ah o Egito! Nunca fui a esta terra maravilhosa, cheia de segredos da religião, da tecnologia das pirâmides e dos seus instrumentos de guerra… Que oportunidade ótima de conseguir algo valioso!", pensou.

Saiu com seu cavalo de forma brusca e foi para casa; pensou em descansar e depois fazer uma visita aos seus amigos senadores, que eram poucos, pois a maioria repudiava sua presença no senado.

Ж

Antes de descansar, Claudius foi separar o material que tinha conseguido; seu plano era levar para Abimael antes de entregá-lo à biblioteca romana.

O material que conseguiu na expedição ao norte, a possível viagem ao Egito, tudo isso deixou Claudius mais ambicioso, formulando planos. Seu intuito era se apropriar das informações primeiro, sua estratégia era estar sempre um ou dois passos à frente de qualquer um que queria possuir tais informações e usá-las para seu próprio proveito. Por essa razão Abimael era fundamental, traduzindo o que já possuía e o que poderia trazer do Egito.

No dia seguinte, Claudius partiu para o senado romano.

CAPÍTULO 9

CLAUDIUS E O SENADO

Claudius foi ao átrio do fórum romano, um local onde Cesar obrigava os senadores a se reunirem antes de estrarem no plenário. Claudius ficou olhando, ele se divertia com o incômodo deles, afinal estavam no santuário dedicado a Cesar, mas também onde realizavam seus negócios públicos. Não era nada agradável, mas quem iria contrariar?

Alguns senadores estavam conversando, haviam terminado as discussões em torno dos problemas políticos, e Claudius percebeu que o clima entre eles estava tenso, principalmente por causa dos espólios que favoreciam o poder do imperador junto ao povo, o que indiretamente atingia o prestígio dos senadores. Tinha que ser cauteloso, afinal era um dos responsáveis pelo sucesso do espólio, tinha que ser um verdadeiro político, e não um soldado de alta patente a serviço do imperador. Precisava demonstrar que era um aliado para os senadores também. "Maldita política!", pensava.

Ficou parado no canto junto as paredes do fórum. Naquela posição via o movimento dos magistrados, senadores e daqueles que eram da elite. Ele observava e falava consigo: "Um bando de interesseiros que se privilegiavam dos mais poderosos; não saíam do fórum, eram como moscas rodeando a carniça".

Claudius nunca se acostumou com esse tipo de ambiente, quando saía em expedição sentia-se muito melhor, aliviado de estar longe daquelas cobras venenosas e traiçoeiras. Quando voltava, via no fórum os mesmos vícios, as mesmas conversas paralelas, as tramas e disputas políticas, mas era fundamental ele estar presente, afinal era daquele local que vinha o apoio financeiro e as influências que precisar para alcançar seus objetivos. Então procurou a oportunidade de conversar com um de seus aliados, o senador Maximus, que, para defender seus interesses, também precisava estar ao lado do imperador.

Algum tempo depois, apareceu o senador entre algumas pessoas influentes, entre eles os patrícios e alguns religiosos; percebendo a presença de Claudius, o senador o chamou, abrindo os braços. Claudius pensou "A falsidade revestida de sorriso da hipocrisia!" e se aproximou, o senador o apresentou aos amigos.

— Aqui está o centurião Claudius, o mais importante e influente entre os nossos comandantes de guerra, ele é o único que não se importa com os espólios, nem ouro ou prata! — Seu tom passava confiança, os amigos deram uma risada discreta e cumprimentaram Claudius; era um bom sinal, evitaria um certo problema no futuro.

— Sou um homem de posses; diferente de vocês, meus interesses estão para algo maior do que simples espólios de guerra, se voltam para o poder do conhecimento, os limites que a imaginação pode alcançar — falou Claudius.

Com essa resposta queria desviar a atenção dos senadores, que estavam bravos com aquela situação dos espólios. O senador Maximus, percebendo a intenção de Claudius, logo foi falando:

— Nosso amigo Claudius se interessa por escritos dos povos conquistados, papiros que contenham informações que possam ajudar Roma a crescer em força, informações, técnicas dos povos contra os quais ele bravamente luta em nome de Roma.

— São coisas que vocês não dão valor, não é mesmo senador? Muitos de vocês acreditam serem magias e superstições — disse Claudius.

— Trouxe algo que vale apena desta vez? Ultimamente nada de importante veio desses bárbaros — disse um patrício, rico e influente junto ao senador. Era uma pessoa gananciosa e traiçoeira, tinha grandes posses de terra próximo de Roma, Claudius sabia muito bem com quem estava lidando.

— Tenho certeza de que valeu a pena desta vez, os escritos são indecifráveis, mas as ilustrações me dão certeza disso. Vou levar até um dos nossos melhores tradutores.

— Você tem um preferido na biblioteca Claudius? — perguntou o patrício.

— Não é questão de preferência, mas de competência — respondeu o senador, que sabia da ligação entre eles.

— É o Abimael, ele vai traduzir para mim. Com certeza, desta vez irei esfregar na cara de muita gente a importância de adquirir essas informações.

— Esse rapaz não é o estrangeiro que se tornou cidadão romano e conseguiu uma posição na biblioteca?

— Abimael é um dos melhores tradutores, ou o melhor. Estou certo de que ele vai decifrar o que está escrito, afinal não são os estrangeiros que vivem nesta cidade que resolvem os problemas que Roma não consegue? Esse império não seria tão próspero sem eles, não é mesmo caro senador?

— O que você está querendo dizer Claudius? Que os romanos não conseguem fazer melhor que os estrangeiros? — Irritado, o patrício elevou a voz.

— É claro que não! — respondeu Claudius com uma risada.

O patrício olhou para o senador esperando uma resposta em sua defesa, mas Claudius não queria deixar o amigo se indispor e tomou a palavra.

— Ora, senador, você sabe muito bem que quase tudo que temos é graças aos serviços e conhecimentos que os estrangeiros possuem. Vou dar um exemplo para clarear sua ideia, a maioria dos médicos bem-sucedidos são estrangeiros, a medicina que eles aplicam resolve muito melhor que a nossa. E, para não perdermos esses médicos, o que o imperador faz? Declara esses estrangeiros cidadão romanos. E digo mais, quem desses quer voltar para sua terra, tendo os privilégios como cidadão romano?

O senador Maximus deu um sorriso, pediu licença aos amigos, pegou pelo braço de Claudius e desceu as escadarias do fórum para uma conversa em particular.

— O que está acontecendo com você, Claudius? A situação não está nada fácil! O poder do imperador está cada vez maior, precisamos fortalecer os laços entre nós, senadores, os patrícios, magistrados e, principalmente, com as lideranças das Legiões Romanas. Precisamos de sua cooperação, e dos outros, para contrapor o poder que está se fortalecendo ainda mais; esses espólios são um sinal de que as coisas andam mal para nós, e, para agravar, ele incentiva a política do pão e circo para distrair a atenção do povo. O que me diz sobre isso?

— É possível que o senado avance na questão do poder, mas não vai superar o do imperador, estou a serviço de Roma, aliás eu faço mais por Roma do que o senado inteiro fez durante anos. Vocês estão preocupados com seus interesses, já passou da hora de agirem, e não conta com meu apoio, a divisão entre vocês vai acabar afundando o senado. Sinto muito, mas, se você não está interessado nas minhas descobertas e no meu trabalho, a nossa conversa acabou, esperava um apoio maior de sua parte. Fiquei sabendo que o senhor vai fazer uma expedição naval ao Egito, só vim para saber mais informações sobre essa viagem. Quero saber todos os detalhes!

O senador ficou sem graça, olhou para os lados e disse:

— Não posso falar sobre isso agora; outra hora, prometo.

Claudius saiu irritado em direção ao outro lado do fórum; apertando os passos, se encaminhou para casa sem saber de fato qual era a intenção da expedição. Precisava descansar e separar o material que levaria à casa de Abimael; apesar de não serem muito amigos, por certas divergências, sempre foi recebido.

CAPÍTULO 10

OS PAPIROS

Alguns dias se passaram, Abimael e Nara saíram para dar um passeio e fazer compras, estavam assimilando o sentido da carta que tinham recebido, que realmente era algo muito importante, a dúvida era o que viria pela frente. Durante o passeio, conversaram sobre seguirem em frente para ver o que aconteceria, talvez algo extraordinário ou uma frustração. O passeio foi esclarecedor, e eles acordaram que deveriam seguir juntos para entender e enfrentar o que viria; duas horas retornaram para casa e, quando estavam se aproximando, avistaram uma carruagem diferente em frente à casa.

— Há uma carruagem em frente à casa. Quem você acha que é? — perguntou Nara.

— Pelo tipo da carruagem, deve ser alguém importante. Olha como está vestido o condutor! Com uma roupa escura e capuz, não consigo ver seu rosto — disse Abimael.

Nara não soube responder, mas tinha certeza de uma coisa, era alguém que não conhecia e importante. Quando se aproximaram da carruagem, Abimael foi olhar quem estava dentro, mas o condutor deu uma batida com sua vara na porta e apontando que o visitante já estava em sua casa.

Abimael e Nara tentaram ver quem era, mas, como estava tarde e o capuz cobria seu rosto, não deu para saber.

Ao entrarem em casa, viram sentado na sala Domitius, que se levantou e desculpou-se pela visita não anunciada.

— É uma surpresa você estar aqui, pensei que a carruagem era para me levar até a sua casa, e não que o trouxesse à minha — disse Abimael surpreso.

— Tudo bem, não se preocupe, é melhor assim, o meu segurança está na carruagem. Sua empregada foi muito gentil em me acomodar. Como as coisas se desenrolaram antes do previsto, achei melhor me adiantar e vir o quanto antes.

Abimael e Nara ficaram intrigados porque ele se interessaria em ter ido a sua casa.

— O que o fez mudar de ideia para vir aqui? — perguntou Nara.

— São dois motivos, o primeiro é que eu trouxe um material que vai lhe interessar, Abimael. O segundo é que fiquei sabendo que um rabino muito importante chegou de viagem para visitar algumas comunidades de Israel em Roma, ele está vindo de Corinto e está hospedado em uma casa na periferia da cidade.

— O que é um rabino? — perguntou Nara.

— Rabino é como um mestre que ensina a cultura e religião ao seu povo.

— E como ele pode nos ajudar? — Quis saber Abimael.

— Antes de responder, tenho uma pergunta. Quanto você sabe sobre a história do povo de Israel?

— Na verdade pouco, sei da sua localidade geográfica, conheço a história do rei Salomão, pelo motivo de minhas origens, nasci e cresci no reino de Sabá, e esses povos tiveram um relacionamento importante.

Domitius coçou a cabeça.

— Acho que não vamos começar do zero, mas preciso lhe dizer uma coisa, se quer alcançar seu objetivo, é necessário conhecer a fundo a história desse povo, para entender essa profecia. Alguém que recebeu a missão descrita na mensagem de seu pai vai ter que aprender mais sobre eles, se não, vai ter muita dificuldade de entender o significado dessa criança.

— E como vou conhecer a história desse povo? — perguntou Abimael.

— Pedindo para alguém contar para você! — respondeu Domitius.

— E quem poderia me ensinar? Você?

— Até poderia, mas a história desse povo é relatada de uma forma diferente, não como na biblioteca em que você trabalha, mas numa linguagem do mundo grego e romano. Você só vai poder entender isso por alguém que faça parte desse povo. O que quero dizer é que a forma literária usada pelo Oriente é diferente da usada por nós, e isso é muito importante. Veja bem, Abimael, eu conheço a história, mas a minha forma de contar é diferente de como eles a contam, e é exatamente isso que você precisa entender quanto estiver ouvindo-os contando, entende?

— Sim, entendo, mas como posso ter essa experiência?

— Quem pode ajudar é exatamente a pessoa que te falei, o rabino. Sei quando e onde ele vai estar. Faz muito tempo que não vou para Israel, mais de vinte anos, eu era ainda jovem, meu pai tinha muita influência com os comerciantes dentro e fora de Jerusalém, mas desde então muita coisa mudou. Ele é a pessoa certa e com informações atualizadas que nós precisamos, talvez saiba de algo sobre a profecia.

— Então me passa o endereço e o dia em que posso encontrá-lo.

— Vou passar sim, mas antes vou pegar os manuscritos que vão lhe ajudar muito.

Domitius foi até a carruagem, enquanto Abimael olhava espantado para Nara, imaginando que manuscritos seriam aqueles.

Foi inevitável um silêncio na sala, afinal, além da expectativa de um encontro com o rabino, em que conheceria na sua profundidade o que envolve a profecia descrita na carta, vinha agora uma surpresa que Abimael não imaginava.

Um dos auxiliares que estava com Domitius disse:

— Estamos aqui para ajudar, o que ele vai trazer é algo muito importante, faça tudo o que ele pedir, tenho certeza que vai dar tudo certo!

Ao retornar, Domitius carregava em suas mãos três manuscritos em forma de rolo e disse: — Você tem um local com uma mesa?

— Sim, fica no fundo da casa, é meu local de trabalho.

— Então vamos até lá e traga tinta para copiar esses manuscritos, porque vou levá-los de volta.

Abimael rapidamente levantou-se e levou-os até seu local de serviço, foi até a estante pegar seu material, enquanto Domitius começou a desenrolar o primeiro manuscrito envolvido com uma fita e selada com tinta derretida.

— Que manuscrito é esse? — perguntou Abimael.

— É o outro motivo que me fez vir até aqui. Não sei se Sabtecá lhe contou nossa história, mas ele sabia que alguém iria em busca dessas informações, não tinha ideia de quem faria isso, mas acho que ele imaginava que seria você.

— Mas eu desconhecia essa profecia.

— Porque você saiu muito jovem, deve haver mais alguma razão para que não soubesse, talvez tenhamos que descobrir. Esse papiro é um texto sagrado dos hebreus, fala sobre a vinda dessa criança e foi escrito por um profeta que se chama Isaías, há mais de quinhentos anos. Leia este trecho para nós.

Abimael pegou o papiro e começou a ler.

Levanta-te, acende as luzes, Jerusalém, porque chegou a tua luz, apareceu sobre ti a glória do Senhor. Eis que está a terra envolvida em trevas, e nuvens escuras cobrem os povos; mas sobre ti apareceu o Senhor, e sua glória já se manifesta sobre ti. Os povos caminham à tua luz e os reis ao clarão de tua aurora. Levanta os olhos ao redor e vê: todos se reuniram e vieram a ti; teus filhos vêm chegando de longe com tuas filhas, carregadas nos braços. Ao vê-los, ficarás radiante, com o coração vibrando e batendo forte, pois com eles virão as riquezas de além-mar e mostrarão o poderio de suas nações; será uma inundação de camelos e dromedários de Madiã e Efa a te cobrir; virão todos os de Sabá, trazendo ouro e incenso e proclamando a glória do Senhor.

— A carta fala da terra de Sabá. Sabtecá falou muito do seu povo e de seu pai, por isso esse trecho me chamou muito atenção. Alguém de Sabá encontrará essa criança, talvez seu pai ache que você seja o representante desse povo — falou Domitius.

Então pegou o segundo manuscrito e começou a desenrolar e disse:

— Esse outro trecho é do mesmo profeta, leia!

Abimael desenrolou lentamente, ansioso com o que poderia estar descrito naquele pergaminho, atentamente começou a ler, sua fisionomia demonstrava algo espantoso, parecia que não acreditava no que estava lendo.

Porque um menino nos nasceu, um filho nos foi dado, ele recebeu o poder sobre seus ombros, e lhe foi dado este nome: Conselheiro, maravilhoso, Deus forte, pai eterno, Príncipe da paz, para que se multiplique o poder, assegurando o estabelecimento de uma paz sem fim sobre o trono de Davi e sobre o seu reino, firmando-o, consolidando-o sobre o direito e sobre a justiça. Desde agora e para sempre, o zelo de Iahweh dos Exércitos fará isto.

Abimael ficou estático olhando o texto, enquanto Domitius ia explicando o que ele tinha acabado de ler.

— Esses textos parecem que foram usados em preparação ao faraó do Egito, quando era feita a sua coroação, portanto o menino que nascerá é da estirpe real de Davi, ele terá a sabedoria de Salomão, a bravura e a piedade de Davi e as grandes virtudes de Moisés e dos patriarcas, por isso você deve conhecer mais a fundo a essência da religião do povo hebreu. O mais importante, a criança é descendente do rei Davi, pai de Salomão, e há uma promessa sobre o trono desse rei.

Domitius entregou outro papiro para Abimael, que estava encantado com o que estava lendo.

— Este texto é do mesmo profeta.

Um ramo sairá do tronco de Jessé, um rebento brotará das suas raízes. Sobre ele repousará o espírito de Iahweh, espírito de sabedoria e de inteligência, espírito de conselho e de fortaleza, espírito de conhecimento de temor de Iahweh, no temo de Iahweh estará a sua inspiração. Ele não julgará segundo a aparência. Ele não dará sentença apenas por ouvir dizer. Antes, julgará os fracos com justiça, com equidade pronunciará uma sentença em favor dos pobres da terra. Ele ferirá a terra com o bastão da sua boa, e com o sopro dos seus lábios matará o ímpio. A justiça será o cinto dos seus lombos e a fidelidade, o cinto dos seus rins. Então o lobo morará com o cordeiro.

— Tudo isso é lindo e extraordinário… a criança que nascerá terá todas essas qualidades? No final diz que o lobo morará com o cordeiro, o que quer dizer isso? — perguntou Abimael.

— Eu posso até tentar te explicar, mas é uma interpretação minha. Com o conhecimento que você vai adquirir com esse rabino, quero ter certeza se o que penso é verdadeiro.

— Acho que preciso de uma bebida, tudo isso está difícil de digerir.

— Então é melhor pegar uma garrafa de vinho para bebermos juntos e esfriar as nossas cabeças, é muita informação — disse Domitius.

— Vamos fazer uma pausa e relaxar um pouco!

Enquanto Nara foi buscar a garrafa de vinho, Abimael foi desenrolando seus papiros em branco; com o tinteiro e sua pena, foi copiando fielmente cada palavra que continha nos textos. Domitius observava como Abimael estava encantado com aqueles papiros.

— Abimael, quando você for visitar o rabino, deve relatar o que está escrito nos textos, não os carregue contigo. Para eles os textos escritos são sagrados e devem ser manuseados com respeito, portanto, para evitar constrangimento ou irritação, grave bem cada palavra e deixe essas cópias bem guardadas.

— Pode deixar, tenho um local especial para textos importantes, ninguém tem acesso, nem mesmo minha mulher.

Nara voltou com algumas coisas para comer e o vinho, para descontraírem e conversarem com mais calma.

Depois que Abimael terminou de copiar os textos, ele os acompanhou comendo pão e bebendo o vinho. Quando terminaram, Domitius entregou um pedaço de papiro com o dia e o endereço do local onde o rabino estaria.

— Agora a decisão de ir em frente e buscar a resposta que deseja depende somente de você, espero que tenha sorte. Depois de visitá-lo e ouvir o que precisa, me mande um recado para terminarmos nossa conversa e discutirmos mais profundamente o assunto — falou Domitius.

Abimael pegou o endereço e ficou pensando no que poderia encontrar nessa visita. Domitius agradeceu a hospitalidade do casal e disse que voltaria assim que recebesse o recado de Abimael.

CAPÍTULO 11

UMA VISITA INDESEJÁVEL

O fórum romano ficava localizado na área central da cidade de Roma, era uma praça conhecida por causa das várias construções públicas, sua importância cultural atraía muitas pessoas da elite, também era um centro comercial. Claudius andava por lá e observava os movimentos puxando seu cavalo pela rédea; em alguns momentos, parava para conversar com alguns amigos legionários. Depois de algum tempo, lembrou que deveria fazer uma visita a Abimael para levar o material que tinha conseguido na batalha, precisava ir à casa dele, não queria que entregar na biblioteca do senado, então montou em seu cavalo e lentamente foi subindo a rua em direção à casa de Abimael.

Ao chegar, desceu do cavalo, foi até a porta, bateu, mas ninguém atendeu. Ele resolveu abri-la, e a criada, que estava se aproximando, levou um susto.

— Que susto, senhor! Estava prestes a atender, o que deseja?

— Quero falar com Abimael, ele está?

— Está se arrumando, tem um encontro muito importante hoje, não sei se poderá recebê-lo.

Nara apareceu e, percebendo que a empregada não tinha a menor noção de com quem estava falando, fez um sinal com as mãos, mandando-a para a cozinha.

Ela se desculpou e pediu que Claudius entrasse e se sentasse; depois pediu licença e foi para a cozinha.

A criada estava assustada, achou que tinha feito algo de errado.

— Percebi no seu olhar que fiz alguma coisa de errado, o que está acontecendo?

— Vou lhe dizer uma coisa, quando alguém que não conhece estiver em casa, você sempre diz o que é necessário, e mais nada. Lembre-se de que em Roma todo cuidado é pouco.

— Sim, senhora, não vou cometer mais esse erro.

— Agora faça uma bebida para nosso visitante, seja rápida, pois quero que ele fique o menor tempo possível, entendeu?

Nara voltou para a sala, Claudius estava em pé, olhava para os papiros na estante, parecia procurar algo, era o jeito bisbilhoteiro dele. Ela pediu que ele se sentasse novamente, aproveitando a oportunidade Claudius perguntou:

— Fiquei curioso com a tal visita que Abimael vai fazer hoje. Ele vai se encontrar com alguém importante? Percebi que sua criada falou demais e que você não gostou muito, não é verdade? Posso saber quem ele vai visitar? — E deu uma risadinha sarcástica.

— É uma história muito longa, e o assunto é de caráter particular, que não lhe diz respeito.

— Gosto de histórias; se você me contar, mesmo que não seja de meu interesse, não será aborrecimento nenhum. — Claudius deu outra risadinha, nada do que ela dissesse mudaria sua ideia de sair dali sem essa informação. Sentou-se e colocou os braços em cima da mesa, como se esperasse que ela contasse o motivo da visita de Abimael.

Nara pensou que estava encrencada e que deveria dizer algo, mas que não colocasse Abimael em problemas.

Nesse momento a criada entrou com a bebida e serviu Claudius. Ele agradeceu e, com olhar fixo, ficou observando-a sair desconcertada de volta para a cozinha.

— Nara, posso ajudar em alguma coisa? Abimael é meu amigo, tenho confiança em seu serviço, só a ele entrego meus achados nas batalhas, gostaria muito de saber da visita que ele vai fazer.

Nara não via hora de Abimael descer para encerrar o assunto, Claudius estava insistindo muito, então ela bolou uma história sem muitos detalhes, omitindo o que era mais importante.

— Claudius, é uma história complicada. Abimael recebeu uma carta do pai, veio de sua terra natal, não sei se você sabe, ele é do reino de Sabá, é uma terra do oriente, eles são muitos religiosos. Seu pai pediu que ele buscasse respostas sobre um evento astronômico; não é nada de importante para você, mas é para a família dele, por isso ele vai investigar, só para tirar uma dúvida de seu pai.

— Você disse evento astronômico? Nunca imaginei que Abimael se interessasse por essas coisas.

— Não tenho muito para lhe dizer, só sei que se refere à cultura religiosa da família dele, e só ele poderá lhe dizer. Nara estava incomodada, se sentindo pressionada, pensou em uma saída, talvez, mudando de assunto, poderia distrai-lo e não se complicar mais ainda.

— Afinal, o que lhe traz aqui nesta tarde? Soube que chegou de uma batalha, pensei que estivesse descansando. Como foi? Me conte detalhes!

— Foi muito difícil, mas tivemos sucesso, muitos legionários morreram, mas no final saímos vitoriosos; a vida é assim, não teria chegado onde estou se não buscasse o que quero. Como você sabe, o que mais me interessa, além da pilhagem, é o material escrito que recolho, sempre tem algo que me interessa, por isso vim ver Abimael, ele é a pessoa certa para esse trabalho. Os outros que estão na biblioteca do senado são um bando de incompetentes, não confio no sigilo deles, só nas mãos e na integridade de Abimael.

— O que conseguiu? E de onde você trouxe esse material? Acha que é importante?

— Acabamos de vir de um lugar ao norte, um povo que estava num local sobre o nosso poder, não sabemos quanto tempo, mas o suficiente para realizar grandes construções. Tive sorte de tomar posse desse material, era um povo organizado, sabiam ler e escrever, estes pergaminhos poderão nos ajudar a ter novos conhecimentos sobre engenharia de guerra e muito mais!

Nara o olhava com desprezo, odiava guerra, principalmente quem se aproveitava dela para ganho próprio. Não pensou duas vezes em irritá-lo e ridicularizá-lo.

— Ora, Claudius, não sabia que Roma, um grande império, surrupiasse ideias para se manter no poder! Os estudos que vocês possuem não são suficientes para criar algo melhor? — Nara deu uma risada de canto da boca.

Claudius franziu os olhos, se remexeu na cadeira, olhou fixamente para Nara e, num tom forte, respondeu:

— Um império vive com conhecimento que produz e adquire pela força! Conhecimento deve ser acumulado, mesmo que seja adquirido de que forma for!

Quando Nara ia falar, para irritá-lo mais ainda, Abimael apareceu e percebeu que havia algo estranho; ele sabia que sua mulher não gostava muito da presença de Claudius, dizia que ele era intrometido.

Nara, ao ver o esposo, virou-se para ele com aquele olhar peculiar, que diz muito; se Abimael pudesse escrever, não haveria papiros para dar conta do que aquele olhar queria dizer. Ela virou as costas para Claudius e foi para a cozinha.

Abimael sempre foi um diplomata, mesmo que isso custasse um sermão de Nara, ele não podia dar terreno para uma nova série de perguntas de Claudius. Como sempre, de forma amigável, o cumprimentou:

— Claudius, o que te traz aqui? Soube que vieste de uma expedição, vejo que está bem! — Nara, ouvindo tudo isso, por pouco não voltou para repreender Abimael; em vez disso jogou uma panela no chão de raiva.

— Imagino que tenha trazido, além das suas pilhagens, pergaminhos, não é verdade? Algo interessante que não seja engenharia de guerra?

— Você sabe que para mim o mais importante são as informações, consegui pegar vários, mas trouxe esses para dar uma olhada e traduzir para mim, sabe que pago bem, e o senado agradeceria. — Claudius deu uma risada de canto da boca.

— O senado ou você? Não acredito que eles estejam preocupados com o que trouxe, mas vou ver o que posso fazer! Talvez tenha algo interessante desta vez.

Abimael sabia muito bem que não seria possível ser rápido no seu trabalho, sua preocupação era outra, deixaria aqueles pergaminhos em segundo plano, mas sua preocupação naquela hora era dispensar Claudius sem despertar mais curiosidade sobre o Nara tinha feito.

Porém, Claudius era o tipo de pessoa que perde um amigo, mas não a oportunidade; ele ficou andando lentamente tentando encontrar uma maneira de falar sobre o assunto. Abimael percebeu que coisa boa não era e ficou intrigado.

— O que houve, Claudius? Está andando em silêncio, quer me dizer alguma coisa?

Nara apareceu com um copo, ela dizia que visita indesejada se espantava com uma bebida amarga. Ofereceu a bebida a Claudius, que aceitou e sentiu o amargor; ele percebeu a intenção de Nara, mas disfarçou o gosto amargo da bebida e, com um olhar impetuoso, resolvesse perguntar sobre o que ela tinha falado.

— Aproveitando que Nara apareceu para me servir essa bebida, soube que você recebeu uma carta de seu pai, me parece que é importante! Aliás, ela comentou que se refere a um fenômeno astronômico, você sabe muito bem que me interessa muito, há algo por trás desse fenômeno? Poderia me mostrar a carta de seu pai?

Abimael olhou para Nara; por um instante, muita coisa passou em sua mente. Sabia que coisas foram ditas, as quais deveriam estar em segredo. Claudius era um centurião romano de prestígio e poderia colocá-lo em problemas, pensou rapidamente em algo que o impedisse de continuar.

— Até poderia mostrar a carta, mas seria inútil, porque você não entenderia o que está escrito, está em uma língua estrangeira.

Abimael pegou na estante a carta e a abriu na frente de Claudius, que constatou que estava em uma língua que não conhecia.

— Está vendo? Quem entende de língua estrangeira e antiga sou eu.

— É verdade, é por isso que precisamos de você para traduzir os textos que trazemos.

— E outra coisa, é algo particular e pessoal. Está ficando tarde, percebi que você não vai terminar sua bebida. — Abimael falou com um tom de voz firme e foi se encaminhando para a porta.

Claudius não acreditou em nada do que ele tinha dito e tinha certeza de que aquela carta era mais importante do que estavam dizendo. Ele nunca tinha visto Abimael falar de forma dura com ninguém, pensou em rebater o que tinha ouvido, mas imaginou outra forma de saber o que dizia aquela carta.

— Vamos esquecer isso! — Colocou o copo sobre a mesa. Sua vontade era pressionar Abimael e Nara, sabia que eles estavam escondendo algo muito importante e não poderia colocar uma barreira maior no relacionamento de amizade. Então decidiu evitar maiores transtornos, estava confiante que sair naquele momento era a melhor atitude.

— Vou embora, espero que nos vejamos em outra hora. — Dirigiu-se à porta. Abimael o acompanhou, Nara nem se mexeu.

Claudius ajeitou a sela do cavalo e fez um carinho na crina, montou, fez um sinal para Abimael e aos poucos foi se distanciando. Por um momento ele discretamente virou a cabeça e de canto do olho observou Abimael na sua porta, ficou imaginando o que ele estaria escondendo. Claudius ficou com raiva e mais ainda instigado sobre o que realmente continha na carta.

CAPÍTULO 12

ABIMAEL E O RABINO

Ao entardecer, o frio invadiu a cidade de Roma; de sua janela Abimael vislumbrava o céu, estava sem nuvens, dava para ver as estrelas, mas por pouco tempo; no horizonte viam-se nuvens de chuva. Era um espetáculo maravilhoso e, ao mesmo tempo, tenebroso; os ventos úmidos comprovavam a chegada da tempestade.

Abimael pensava em como faria a visita ao rabino; debruçado na sacada, contemplava uma bela vista entre os altos monumentos e as casas. Poucas pessoas circulavam pelas ruas, o que importava naquele momento era relaxar para o dia seguinte. Seria uma longa noite e um dia cansativo. Pensava em como faria para encontrá-lo, projetava cada passo, imaginava as dificuldades que poderia encontrar; percebeu que nenhum plano bem pensado daria certo, tinha que contar com a sorte e o improviso no desenrolar dos fatos.

Nara apareceu e ficou ao seu lado.

— No que está pensando? No encontro de amanhã ou no Claudius? — perguntou.

— Só me faltava essa, ele aparecer e atrapalhar se intrometendo nos nossos assuntos nesse momento…, mas não estava pensando nele, e sim em contar mais com a sorte do que ter estratégias para ter a conversa com o rabino.

Nara não falou nada, ficou parada ao lado dele observando o céu, encostou sua cabaça no ombro de Abimael, colocou sua mão sobre a dele e disse: — Vai dar tudo certo, tenha confiança!

Ficaram um bom tempo em silêncio.

No dia seguinte, como Abimael previra, a chuva caía insistentemente; as nuvens da noite anterior foram um prelúdio, e o frio ficava mais congelante com o vento, tudo parecia dificultar sua visita, mas Abimael não desanimou nem perdeu as esperanças. Ele foi para a biblioteca do senado onde passou o dia inteiro trabalhando e torcendo para que a chuva passasse. "Que dia longo e feio que nunca termina", pensou. No final da tarde, a chuva passou, mas o frio continuava, ele resolveu sair mais cedo, dar uma última conferida em seu material e se preparar para uma longa noite.

Quando se arrumava no quarto, Nara entrou.

— O tempo lá fora está muito feio, um vento frio, e as ruas molhadas.

— Não tem problema, assim é melhor, menos pessoas na rua e menos perigo de ser atacado por algum bandido.

— Quando estiver pronto para sair, tome um chá bem quente para aquecer o corpo e dar energia, acredito que vai ser uma noite longa!

— Também acho e não me espere, não sei quanto tempo vai levar para eu encontrar o rabino e conversar com ele.

Quando tudo estava pronto, partiu para o local onde o rabino estaria, do outro lado da cidade de Roma, onde ficava, segundo Domitius, uma comunidade de hebreus.

Nara aproveitou e foi visitar uma amiga. Abimael ficou olhando-a se afastar da casa, fechou a porta, respirou forte, deu alguns passos e não demorou muito para uma desagradável visão, não acreditava no que estava vendo. "Só me faltava essa!", disse consigo mesmo.

Claudius, montando em seu cavalo, ia em sua direção, mas não notara que Abimael estava saindo de casa. Abimael rapidamente vestiu seu capuz e se escondeu numa pequena brecha entre as casas, ali ficou quieto esperando Claudius passar, viu que ia em direção à sua casa. Claudius parou em frente à casa de Abimael e percebeu que tudo estava escuro, então continuou andando.

Abimael às pressas foi em direção à periferia de Roma, era bem ao norte da cidade. Para não perder tempo, apertou os passos, tinha que passar por um caminho cheio de vielas, onde havia famílias oriundas de várias partes do mundo que assumiram a cultura romana para serem bem-vistas pela elite. Essas pessoas faziam os mais diversos serviços braçais. Ele sabia que teria uma longa caminhada entre ruas e vielas para chegar ao local onde havia a comunidade de hebreus. Depois de algum tempo andando, pensou "Me sinto perdido, não sei o que irei encontrar, e de que forma irei iniciar a conversa".

Durante algum tempo, sentiu que havia chegado no local que procurava, a vila onde um grupo grande de judeus estava morando; apertou o passo e chegou a uma pequena praça, que aparentemente seria o centro da vila. Com os olhos atentos, sentiu uma apreensão, era um lugar estranho, muito movimentado, de circulação de mercadorias do comércio da região. Sua maior preocupação era como as pessoas daquele local reagiriam à presença de um estranho que aparentemente não era comerciante e não tinha características de um hebreu, aparentava mais alguém que poderia trazer problemas.

Abimael caminhou poucos passos, demonstrava tranquilidade e empatia, cumprimentou as crianças que brincavam na praça, parou e pensou: "Aparentemente está tranquilo, acho que me enganei a respeito desse local e das pessoas que vivem aqui, não são violentos nem hostis".

Observando o local e as pessoas, percebeu ser um ambiente familiar, diferente de outros bairros de Roma, tinha características de um clã.

Ele sabia que os romanos tinham admiração pelo povo de Israel, sua valorização de ter uma família e uma união como se fosse uma nação fora de sua pátria.

Abimael lembrou-se de quando morava com Sabtecá; além de falar de forma ágil no que diz respeito ao comércio, eles respeitavam as crenças dos romanos.

Ele percorreu a praça, por um mais um tempo, e entrou numa rua mais larga, mas inevitavelmente teve que entrar em ruas mais estreitas. Parecia que seu destino estava ficando mais longe, teve medo e preocupação; encontrou algumas pessoas que aparentemente não eram muito agradáveis, não pareciam ser daquele bairro, pareciam embriagadas e poderiam ser violentas. Olhando mais para o alto da rua, viu uma casa diferente de todas as outras, havia alguns símbolos na fachada, e sua arquitetura era mais detalhada, pensou que poderia ser o local de culto ou reunião deles.

Enquanto se aproximava, viu algumas pessoas entrando naquela casa, pensou que participariam de alguma reunião, então se aproximou. Ao chegar perto, percebeu ser aquele um local de encontro, viu que um homem acolhia aqueles que entravam, parecia um segurança; era um homem forte, de fisionomia séria, mas para aqueles que entravam ele abria um sorriso acolhedor.

Abimael ficou com receio de entrar, mas ele estava ali para enfrentar qualquer tipo de dificuldade. Depois de algum tempo, tomou coragem e decidiu entrar, tinha que ser cauteloso e pensar em algo para conversar com aquele homem na entrada da sinagoga.

— Boa noite! — disse Abimael.

— Onde o senhor pensa que vai? Aqui é uma sinagoga, não é permitido entrar qualquer um. Se quiser alguma informação, venha em outra hora!

— Desculpe a intromissão, mas me responda uma pergunta, essas pessoas são hebreias? Gostaria de ter uma conversa com o dono desse lugar. — Enquanto Abimael falava, foi caminhando de forma discreta, sem forçar uma situação desagradável, em direção à entrada. Sua intenção era chamar atenção de alguém e conseguir entrar na sinagoga.

Mas o homem colocou a mão no seu peito, impedindo-o de prosseguir.

— Este local é restrito, só entra quem faz parte do povo hebreus.

Abimael olhou para aquele homem pensando em uma resposta, mas nada vinha na sua cabeça; pensou em ser agressivo ou tentar usar a diplomacia, porém naquele momento nenhuma das duas opções não daria certo. Desviou o rosto do segurança, deu um passo para trás, colocou as mãos na cintura e falou consigo mesmo: — E agora, o que vou fazer?

CAPÍTULO 13

UMA GRANDE HISTÓRIA

De repente uma agitação surgiu na entrada daquela casa. Abimael, pensando no que faria, olhou rapidamente para a entrada: "Não tem outro jeito, vou ter que passar pelo segurança e chamar atenção daqueles homens". Foi em direção à entrada da casa, e mais uma vez o segurança o pegou pelo braço.

— Não quero usar de violência, mas, se o senhor prosseguir, terei que tirá-lo à força.

Na agitação apareceu um homem rodeado de pessoas, parecia que estava chegando alguém importante. Por um momento, aquele homem que parecia ser o mais importante parou e, vendo Abimael sendo contido pelo segurança, perguntou: — O que este senhor deseja?

— Este homem quer entrar de qualquer forma, vou ter que usar a força, senhor — falou o segurança.

— Quero falar com o rabino, é um assunto importante, não quero causar confusão ou problema — disse Abimael.

O homem olhou para o segurança e deu sinal para trazê-lo, estava curioso sobre o motivo daquele incômodo e sobre a intenção do visitante. Estava tranquilo e não demonstrava medo; o segurança soltou o braço de Abimael e seguiu em direção ao homem, que estava rodeado por pessoas, não pareciam ser seguranças, mas pessoas que tinham algum tipo de influência e posição no local.

— Boa tarde! O que deseja falar com o rabino? E quem é você?

— Não sou daqui, venho de próximo do palácio do imperador, trabalho na biblioteca do senado romano.

— Você não respondeu à primeira pergunta. O que te traz aqui, a um bairro de comunidades de hebreus, e, justamente, a uma sinagoga?

— O assunto é longo, estou à procura de informações que ajudarão em minha viagem. Que local é esse? O senhor disse sinagoga? O que vocês fazem? É algum tipo de culto?

O homem ficou intrigado com as perguntas que Abimael estava fazendo, olhou para seus companheiros como se esperasse algum questionamento ou alerta sobre. Como ninguém se manifestou, decidiu responder.

— Você deve ter uma religião, deve fazer algum tipo de culto aos deuses romanos, não é? É exatamente o que fazemos aqui! É uma casa de oração, mas não aos seus deuses romanos. Afinal, como podemos lhe ajudar e que tipo de viagem vai fazer? Poderia esclarecer melhor?

— Estou procurando o rabino que chegou há poucos dias a Roma, fui informado que somente ele poderia me ajudar.

— Não sei como posso lhe ajudar.

— O senhor é o rabino que está visitando as comunidades dos hebreus aqui em Roma?

— Sim! Como você sabe disso?

— É uma longa história, mas posso contar para o senhor, pois estou buscando informações para poder fazer uma viagem a Israel.

— Você está querendo ir a Israel? — Ele se aproximou de Abimael e com voz irônica continuou: — Meu caro jovem, não era preciso ter vindo aqui para saber o caminho para Israel. Os romanos sabem muito bem ir para lá, afinal fazem muita questão de levarem as nossas produções agrícolas, não é mesmo?

Abimael já esperava uma reação assim, mas não podia perder a oportunidade de ser acolhido por aquelas pessoas. Rapidamente pensou em algo que poderia impressionar o rabino e quebrar a barreira que estava formando; resolveu ir direto ao assunto e arriscar.

— Sim, sei muito bem disso, mas a ajuda não é para ir até Israel, mas para descobrir algo muito importante que deve acontecer em sua terra, descobrir onde e quando nascerá o descendente de Davi, aquele que vai restaurar o reino de Israel que vocês tanto aguardam!

Quando Abimael acabou de falar, um dos que acompanhavam o rabino colocou a mão em seu ombro e disse: — O que ele está falando? Como ele sabe disso?

O rabino o acalmou, olhou para Abimael e pediu que esperasse enquanto eles iam entrando.

— Sou cidadão romano, mas minhas origens são do reino de Sabá, isso não é estranho para o senhor!

O rabino parou, virou-se para Abimael e foi entrando na sinagoga com os demais.

Abimael pensou: "Acho que toquei num assunto delicado, será que despertei curiosidade, medo ou raiva, por um assunto que talvez seria um segredo? Acho que as informações sobre a vinda de uma criança são meras suposições, é uma profecia bem verdadeira, espero que hoje seja um grande dia!".

Algum tempo depois, um homem com vestes estranhas apareceu na porta e foi ao encontro de Abimael, parecia calmo.

— Se você é do reino de Sabá, vou lhe deixar entrar, me acompanhe.

— Não é comum alguém que não é de Israel entrar numa sinagoga num dia de celebração, mas acredito que hoje o rabino abre uma exceção. Espero que não esteja de brincadeira, pois esse assunto é muito sério; caso contrário, você entrará em uma grande encrenca.

— O senhor pode ter certeza de que não é uma brincadeira. Sou do reino de Sabá, mais a leste de Israel, deve saber muito bem que não sou nenhum estranho no meio de vocês.

— Sim. Você vai contar toda a história que o fez vir até aqui e porque falou sobre um assunto tão importante para chamar a atenção do rabino.

Foram para uma sala, parecia ser um local de reunião, era pequena, aconchegante, havia uma mesa no centro com cadeiras ornamentadas em volta.

— Espere um pouco que o rabino vai conversar com você. Logo em seguida, o rabino entrou e sentou-se do outro lado da mesa; outros dois homens se sentaram ao lado de Abimael.

— Conte-me sua história para eu entender o que você quer saber — disse o rabino.

— Recebi, há algum tempo, uma carta de meu pai, vinda da minha terra. Como é um estudioso, ele conhece a profecia do Messias e, devido à sua idade avançada, me incumbiu de verificar a veracidade das informações, para confirmar o que os sábios do Oriente estão prevendo. Ele tem certeza de que essa promessa está próxima; alguns sábios notaram um evento cósmico que para eles é um sinal importante. Não sei muito bem como ele possui essa informação, mas, se meu pai está confirmando tudo isso, é porque está levando muito a sério. Por isso estou buscando informações para saber onde e quando vai nascer essa criança e como reconhecê-la.

O rabino ficou pensativo, viu sinceridade em Abimael e resolveu ajudá-lo.

— Posso te ajudar, mas antes temos muito a conversar! Vou deixar você participar de nossa celebração, mas fique bem ao fundo da sinagoga, depois podemos começar a conversar, será uma noite muito longa.

O rabino se levantou e levou Abimael para o fundo da sinagoga. Ali ficou observando as pessoas sentadas, havia um candelabro e um rolo com escritos. Ele pensou: "Talvez sejam os textos sagrados que Domitius tinha me falado". Um homem se sentou ao lado e Abimael falou:

— Me desculpe perguntar, mas o que vai acontecer aqui?

— É um local de oração, onde estudamos as Leis de Moisés, depois discutimos assuntos relevantes a nossa comunidade. Aqui é uma "casa de reunião", se chama Beit Haknesset, é um local muito importante para o povo que não vive em Israel, é aqui que nos tornamos mais unidos como um povo fora de nossa terra natal. Há outros lugares assim, mas este é um dos mais importantes.

Abimael perguntou como ele sabia de tudo isso, pois pensava que não era um hebreu; o homem disse ser um convertido, era um cidadão romano que seguia as leis de Israel, era chamado por eles de homem temente a Deus. Assim foi por mais de uma hora, oração, leitura e ensinamentos dos textos.

Depois as pessoas começaram a ir embora, e Abimael ficou até que o rabino se sentou ao seu lado.

— Você está preparado para uma longa conversa? Temos um local ali atrás, nós podemos comer e beber enquanto conversamos.

— Temos a noite toda, se não se importar, senhor rabino!

Foram para a antessala, o rabino e mais alguns homens que pareciam anciãos. Abimael pensou: "Acho que tudo está dando certo, mas o que vai acontecer e o que ele me dirá?".

Ж

Sentaram-se, e algumas mulheres trouxeram pães e comidas que Abimael nunca tinha visto. "É um bom sinal de acolhimento segundo a tradição desse povo", pensou.

Então o rabino começou a falar.

— Acho que você não conhece profundamente a nossa história, mas, se estiver disposto a ouvir tudo o que tenho a lhe dizer, podemos começar.

Abimael olhou para ele e todos aqueles homens ao seu redor e disse:

— Claro que sim! É por isso que estou aqui; se o senhor está disposto a me contar sua história, estou disposto para ouvi-lo!

Assim, durante quase toda a noite, o rabino contou toda a história do povo hebreu, pacientemente e com muita atenção. Abimael, atento, ouviu cada detalhe, sem fazer qualquer interrupção ou questionamento, ficou anotando algumas partes que achava interessante. Depois de muito tempo, o rabino fez uma pausa em seu relato. Abimael encostou suas costas na cadeira, e seus olhos percorreram toda a sala, ele notou na fisionomia de todos que tudo o que fora dito não era uma história qualquer ou uma fábula; o silêncio era a forma mais linda da devoção que tinha sobre a história que estava sendo contada.

O rabino falava com um tom de voz que ninguém, muito menos Abimael, poderia ficar entediado. A forma como contava a história era impressionante, algo muito maior do que já tinha lido ou ouvido; nem as histórias gregas de Odisseia poderiam ser comparadas ao que ele estava presenciando.

— Beba e coma mais, vamos esticar as pernas e descansar um pouco. Reflita sobre o que acabou de ouvir e na volta terminaremos — disse o rabino.

Abimael subiu para o terraço da casa, dali tinha uma vista maravilhosa; sentou-se em uma cadeira macia, e por um instante seus pensamentos percorreram cada palavra que o rabino tinha dito. Ele pegou um papiro e começou a escrever, de forma simplificada, tudo o que tinha sido contado, foi como uma viagem por uma história inimaginável.

A história desse povo é fascinante, a construção de seu passado, desde Abraão da cidade de Ur, a ida para o Egito por causa da seca, a história de José e seus irmãos, o tempo em que se tornaram um povo escravo por quatrocentos anos, o surgimento de um libertador chamado Moises que os tirou da escravidão do Egito e a caminhada para a terra prometida, onde a promessa era de uma terra de leite e mel, sua aliança do tempo que ficaram no deserto. A história da libertação passou pelo deserto durante quarenta anos, a luta para reconquistar a terra, a formação das doze tribos, o surgimento de um grande rei, Davi, e de seu filho Salomão, que teve grande prosperidade e construiu um templo onde guardava uma arca que, segundo eles, havia a presença de Deus. O templo foi construído durante o período de caminhada no deserto. Não houve somente sucesso e prosperidade; desde o início houve também muito sofrimento e tribulações por causa de erros e infidelidades cometidas pelo povo. O rabino me contou sobre o exílio de suas terras, que gerou grande sofrimento e lamentações. Nesse período seus profetas tiveram uma grande importância. Esses homens eram capazes de revelar o que Deus queria para o povo; ele me falou o que esses santos homens fizeram para alertar o povo de seus erros. No fim tudo foi um aprendizado, mas me parece que ainda não aprenderam a lição.

O rabino é um homem muito sábio, explicou-me que houve três grandes períodos de profecias: uma antes, uma durante e outra depois do exílio na terra da Babilônia.

Ele me detalhou esses momentos de alerta feitos pelos profetas. Antes do exílio, os profetas tinham alertado o povo sobre a necessidade de arrependimento de seus erros e pecados; disseram que, se não houvesse uma mudança de comportamento, haveria um grande sofrimento, o que apareceu com o exílio na terra da Babilônia. Durante o período de exílio, os profetas davam força ao povo força com suas palavras, exortando a terem coragem e fé. O rabino me falou de vários e belos escritos que se tornaram sagrados. Após o exílio e de volta à sua terra, os profetas davam-lhe coragem em suas exortações, suas palavras eram de recomeçar e reconstruir uma vida nova, era necessário muito trabalho para se tornarem novamente a terra que tanto sonharam. Uma coisa ele deixou claro, que, dessas três formas de profecias, o principal ensinamento era o fortalecimento e a unidade da lei de Moisés e o culto a Deus.

Ж

Depois de escrever tudo isso e conhecer finalmente a história do povo hebreu, Abimael entendeu que aquela criança que nasceria não estava relacionada apenas àquele povo, mas, de alguma forma, mudaria o destino da humanidade. Ele pensou no impacto que ela poderia trazer aos reinos, principalmente ao Império Romano. Os sonhos e seus descontentamentos com a política estavam fazendo sentido. Abimael enrolou seu papiro, guardou-o em sua bolsa e ficou relaxando. Depois de algum tempo, o rabino o chamou para continuar a conversa.

Eles se sentaram, o se inclinou para pegar o copo de vinho, tomou-o com muito prazer, afinal tinha acabado de contar sua história, a história de seu povo, para alguém que tinha interesse de conhecê-la por motivos importantíssimos. Depois de beber o vinho, olhou diretamente nos olhos de Abimael, se reclinou para frente e, com firmeza na voz, disse algo que ele nunca mais esqueceria:

— Abimael, o que acabei de lhe contar do povo hebreu não é apenas uma história, é muito mais que fatos, é uma reação da manifestação divina. Você tem ideia da grandiosidade e da importância disso?

— Estou percebendo que sim, mas acho que o senhor tem mais coisas para me contar, não é? — disse Abimael, com olhar assustado, prevendo que algo viria nas palavras do rabino.

— Guarde o que vou contar agora, pois falarei uma só vez para que você nunca esqueça!

— Vou gravar como se grava num metal precioso — respondeu Abimael.

— Toda essa história não foi meramente um acidente, você tem que entender o que acabei de lhe contar. Ela traz uma mensagem em cada momento dos fatos que narrei, percebe isso? Vou contar mais, é uma ação divina, poderosa e misteriosa da sua vontade na história do nosso povo.

— O Deus que vocês cultuam atua ainda hoje? — perguntou Abimael interrompendo o rabino.

— Sua revelação para nós é como um véu no rosto de uma mulher que não conhecemos. Imagine um véu que cobre o rosto de uma bela jovem que está prestes a se casar, e seu noivo só a vê de forma limitada. Ainda não é nítida a sua face, ele a conhece somente pelo que ela diz e de suas atitudes, sabe que é bela e mais bela será quando conviverem, mas aí está a questão; quando chegar o momento e nós virmos a sua face e percebermos de fato como ele é, surge uma pergunta.

— Que pergunta? Pela história que ouvi, pode ser negativa ou positiva.

O rabino coçou a cabeça, franziu a testa e tomou mais um gole da taça de vinho.

— Exatamente! A pergunta é como será nossa reação e nosso comportamento? Se ainda não conseguimos completamente aprender com o passado, não poderemos compreender o futuro. O que quero dizer é que é necessário tirar esse véu, para compreender a sua vontade! E essa verdade, meu amigo, será dura para muitas pessoas; o destino desse homem estará traçado para um fim terrível.

— O que significa isso? Que essa criança será capaz de tirar o véu? Você está querendo dizer que ela sofrerá por causa da rejeição das pessoas?

O rabino encostou na cadeira, e lágrimas começaram a escorrer de seus olhos; ele lentamente as enxugou. Ao seu redor, um silêncio assustador, todos olhavam fixamente para ele. Após enxugar os olhos, o rabino pegou a jarra e colocou um pouco mais de vinho em seu copo, bebeu e disse:

— Meu caro jovem, acho que você mesmo vai ter que descobrir se essa criança é o enviado que tanto esperamos. O rosto dessa criança, que um dia vai se tornar um homem, é o que está por traz do véu, não na sua fisionomia, mas no que ele diz, faz e o que ele quer de nós. Isso mostrará o verdadeiro rosto de Deus sem o véu! Você terá que perceber os sinais, que já se tornam visíveis, que vão determinar se a criança é a que esperamos.

— Então é isso! Algum sinal será dado, que mostrará a criança mencionada na profecia.

— Você vai ter que entender e decifrar esses sinais! Em nosso povo há muitas interpretações sobre a vinda do Ungido, o descendente de Davi. Alguns pensam que será como um líder político que levantará a espada para erguer Israel como o povo entre os povos, outros pensam diferente, mas na realidade ninguém sabe. Temos nesta sinagoga uma opinião, mas o que posso lhe dizer é para aguardar sua manifestação e entender a ação de Deus em sua história.

— Tudo isso que o senhor me falou me esclareceu muito, mas algumas perguntas ainda não foram respondidas. Quando e onde ele nascerá?

— Com isso não se preocupe, você vai descobrir!

— Uma coisa me intriga muito. Por que meu pai me confiou essa missão? Não consigo compreender.

— Seu pai deve ter uma razão muito importante para lhe confiar essa missão, me desculpe, mas não posso lhe responder. Boa sorte, meu amigo! Terminamos por aqui.

Abimael se assustou com o repentino término da conversa, agradeceu e se despediu.

— Muito obrigado, rabino, pelo que ouvir durante todo esse tempo! Jamais vou esquecer a história de seu povo.

Ele foi saindo devagar da sinagoga. Um pouco distante, havia uma carroça, um homem se aproximou e disse: — O rabino me encarregou de levá-lo em segurança até a sua casa.

Abimael foi em direção à carroça e, antes de entrar, olhou para trás; pela última vez acenou para o rabino, para se despedir e agradecer novamente.

Quando estava tudo pronto para partir, um dos anciãos gritou seu nome e pediu para esperar. Ao se aproximar, lhe disse:

— O rabino pediu para lhe entregar estes dois rolos, são textos sagrados; ele não é muito de fazer isso, mas acho que para você vai ter muito valor, guarde-o bem e leia com calma e atenção.

Abimael olhou para os rolos e percebeu que eram muitos parecidos com os que Domitius tinha lhe dado.

Dentro da carroça, um segurança que o acompanharia lhe perguntou:

— Obteve o que procurava?

Abimael olhou assustado, meio confuso, e não falou nada. Então o homem perguntou novamente.

— Fala-me, senhor, quais as informações que teve com o rabino? Encontrou ou não o que procurava?

Abimael olhou no fundo dos olhos dele e disse:

— Sim, acho que avancei muito para o que quero encontrar, mas ainda há muito o que fazer.

Durante a volta para casa, Abimael ficou pensando. "Essa criança é mais importante do que imaginava! Poderei realmente encontrá-la? Qual será o sinal para que eu tenha certeza de quem realmente ela é?".

CAPÍTULO 14

O MENSAGEIRO

Sem dúvida, para Abimael, foi uma noite fria para o corpo, mas quente para a mente. A chuva e o frio da cidade de Roma castigam qualquer um que se aventura em andar no meio da noite, nem as ruas estreitas na periferia escapava dos ventos úmidos; parecia que, em cada esquina, o vento dobrava de velocidade.

Nada foi um obstáculo para estar satisfeito com a visita ao rabino. Na carruagem, quebrando o silêncio daquelas estreitas ruas, Abimael não se cansava de relembrar cada momento da conversa. Quando chegou à sua casa, ajeitou a bolsa e desceu e rapidamente; da porta de casa, ficou vendo a carruagem partir.

Nara já estava dormindo, e pareceu para Abimael que tudo em sua volta era um ambiente diferente, algo no ar estava estranho. Foi para o seu escritório, sentou-se, colocou a bolsa na mesa, tirou os papiros e ficou olhando, pensando se abriria ou não... resolveu deixar de lado. Abriu novamente a bolsa e retirou um papiro em branco, começou a escrever as últimas palavras do rabino, estava tudo muito fresco em sua memória, e ele aproveitou para escrever tudo que podia lembrar.

Nara acordou e percebeu que Abimael não estava na cama, ficou preocupada, achando que havia acontecido algo de grave com ele, então rapidamente desceu para a sala. Não o viu, o que aumentou ainda mais sua preocupação; foi para o escritório e, com grande alívio, encontrou o marido debruçado sobre alguns papiros. Estava dormindo, ela se aproximou e o cutucou para acordá-lo.

— Abimael, acorde! Por que você está dormindo debruçado sobre a mesa?

Ele despertou com um olhar de cansaço, olhou para os lados, esfregou os olhos.

— Peguei no sono quando estava escrevendo.

— E como foi à visita ao rabino? Deu tudo certo? Conseguiu as informações que precisava?

— Sim, foi tanta informação que não sei dizer ao certo o quanto avançamos.

Nara ficou olhando para Abimael. A noite tinha sido muito longa, deveria dar um tempo para ele se recompor e aos poucos relatar o acontecido.

— Vou fazer um chá para despertar; quando quiser falar o que aconteceu, a gente conversa.

Abimael se levantou e disse que a acompanharia.

— Nara, foi uma noite muito longa, ele me contou praticamente toda a história dos hebreus, alguma coisa eu sabia, mas é uma história muito interessante para um povo sofrido, acho que estamos no caminho certo, tenho que enviar uma mensagem para o Domitius. Vou pedir que ele venha à nossa casa, preciso contar o que ouvi e quero saber o que ele acha. Quando ele chegar, você fica comigo, assim vai ouvir também.

— E quando você vai mandar essa mensagem?

— Agora mesmo, é o tempo de tomar o chá! A mensagem já está pronta.

Nara ficou impressionada com a determinação de Abimael, achou que ele estava mais animado com o que Domitius falaria do que em contar a história do rabino.

— Como vai entregar a mensagem, se ele pediu para não aparecermos mais em sua casa?

— Conheço alguém que pode entregar essa mensagem, um rapaz que já fez esse serviço para mim, é de confiança e discreto.

Meia hora mais tarde, Abimael se apressou, se despediu de Nara e foi até a casa do jovem, ele sabia que a mensagem seria entregue em segurança.

Enquanto caminhava, avistou Claudius descendo a rua montado em seu cavalo, desta vez não deu para se esconder. "Bem que ele poderia passar direto, seria insuportável responder às suas perguntas indiscretas!", pensou. Claudius, assim que o viu, puxou a rédea com força em direção a ele; não teve escapatória, Abimael teve que parar.

— Bom dia, Abimael! Passei em sua casa ontem à noite, estava com as luzes apagadas... aconteceu alguma coisa?

— Muitas perguntas para pouco tempo, Claudius. Não estava em casa, fui fazer um passeio à noite, nada de especial.

— Esse nada especial não é sobre a carta de seu pai?

— Poderia ser, mas para você fica a questão da dúvida.

— Uma hora vou saber o que você está escondendo, não sei por que tanto mistério. Mas não vou ficar te chateando; quando eu quero alguma coisa, sempre consigo!

Abimael ficou em silêncio, não quis responder; se despediu e seguiu seu caminho. Claudius ficou olhando inconformado com aquela reação, isso atiçou mais ainda a sua curiosidade e a certeza de que Abimael estava escondendo algo muito importante. Ficou pensando no que faria, girando com seu cavalo; parecia perdido, mas estava pensando aonde Abimael estava indo. Enquanto Claudius vagava pelas ruas de Roma, Abimael chegou à casa de seu amigo para encaminhar a mensagem.

— Bom dia! Tenho uma missão importante para você, não podemos perder tempo, poderia ir agora a esse endereço?

— Posso sim, o que devo fazer?

— É simples, mas precisa ser rápido e não deve parar em hipótese nenhuma. Não fale com ninguém o que vai fazer, talvez alguém possa te seguir.

Abimael olhou para os lados, imaginou que Claudius pudesse estar em algum lugar vigiando de longe, em seguida deu o bilhete e algumas moedas de ouro ao rapaz.

— Você tem alguma saída nos fundos da sua casa?

— Sim, tem a porta dos fundos, ali é seguro e discreto, ninguém vai perceber. Tenho que perguntar uma coisa, não estou correndo risco de ser preso, não é?

Abimael deu uma risada e o acalmou.

— Não se preocupe, é para afastar uma pessoa inconveniente que quer fazer uma série de perguntas que não gostaria responder. Nesse endereço, você vai encontrar um segurança nada agradável, entregue esse bilhete e diga que é de Abimael; assim que ele pegar, pode ir embora. Faça um percurso mais longo, caso alguém esteja te seguindo. Você entendeu?

— Posso fazer mais uma pergunta? Quem está interessado nesta carta?

— Acho que você o conhece, é o Claudius, que acabou de chegar à cidade.

— Conheço sim, ele é uma pessoa perversa, sei de algumas histórias nada agradáveis!

— Não se preocupe, faça o que estou te pedindo e nada vai acontecer.

— Claro, vai ser fácil, vou partir agora mesmo.

— Vou ficar aqui na sua porta por mais algum tempo; se alguém estiver nos vendo, pode pensar que estou te esperando, enquanto você já vai indo pela porta dos fundos, tudo vai ficar bem.

— Seu Abimael, tem mais uma pergunta; depois, quando voltar, ele poderá vir mais tarde e me pressionar para tirar alguma informação.

Abimael ficou pensando, não contava com essa situação.

— Você pode ficar em algum outro lugar por alguns dias?

— Posso ir para fora da cidade, conheço um lugar onde posso.

— Perfeito! Assim que entregar a carta, faça isso! Será suficiente para desviar a atenção dele.

O mensageiro estendeu a mão, afinal era uma despesa a mais. Abimael olhou como que concordasse com a situação e entregou mais algumas moedas. Ele recebeu as moedas, contou e se deu por satisfeito. Entrou em casa, e Abimael ficou na sua porta como combinado. Como ele suspeitava, Claudius estava a uma distância suficiente para não ser notado observando o que estava acontecendo.

Meia hora depois, Abimael foi embora, e Claudius percebeu que era um plano para despistar.

O mensageiro saiu pela porta dos fundos, percorreu vielas estreitas e sujas, foi rodando por um caminho tortuoso e duas horas depois chegou à casa que Abimael tinha indicado. Observou que o local era de moradias de pessoas importantes, ficou com medo, mas foi ao endereço indicado. Bateu à porta, e alguns minutos depois apareceu o tal segurança.

O rapaz ficou olhando e pensou: "Realmente é mal-encarado, alto e forte". Tremendo de medo, esticou o braço e entregou o bilhete dizendo que era para entregar ao dono da casa, quem tinha mandado a mensagem era Abimael e deveria ser entregue o mais rápido possível.

O segurança pegou a mensagem, e, antes que dissesse alguma coisa, o mensageiro saiu correndo.

Domitius recebeu a mensagem e perguntou de quem era, o segurança disse que tinha sido entregue por um mensageiro e quem enviara fora o Abimael. Domitius logo abriu a carta que dizia: "Caro Domitius, fui falar com o rabino e tive sucesso, conversamos muito, venha a minha casa, ao entardecer. Abimael".

— Prepare a carruagem, temos uma visita a fazer essa noite, ele conseguiu!

CAPÍTULO 15

A PERSEGUIÇÃO

Abimael voltava para casa, esperançoso com a entrega da mensagem, ele tinha certeza de que tudo daria certo e que não haveria nenhum problema; não contava que Claudius estivesse tão interessado pelo conteúdo da carta.

Claudius observou Abimael ir embora e ficou se perguntando por que tinha ficado ali parado por algum tempo. Ele tinha visto ele entregar algo para aquele rapaz... o que ele seria? Para quem? Claudius era muito esperto, logo imaginou que o mensageiro teria ido por outro caminho e que Abimael estava parado para ganhar tempo.

Então pegou seu cavalo e seguiu para o outro lado das casas daquela localidade, pensou que poderia adivinhar o caminho do mensageiro. Viu uma casa que ficava no ponto mais alto, dali daria para tentar ver qual caminho o mensageiro iria fazer. Cavalgou rapidamente, desceu de seu cavalo e entrou na casa arrombando a porta, as pessoas ficaram assustadas, e ele mandou que ficassem quieta. Subiu as escadas até o topo e ficou observando se teria sorte; de repente viu ao longe o mensageiro andando entre as ruas e se perguntou para onde ele estaria indo. Por um instante pensou que só estava indo ao bairro mais nobre da cidade, mas para quem ele iria entregar a mensagem?

Claudius desceu as escadas, tinha certeza de que se cortasse caminho poderia encontrá-lo já que o percurso que ele estava fazendo era o mais comprido, ele sabia que era para despistar. Subiu no cavalo e foi o mais rápido possível para o local por onde o mensageiro passaria, estava contando com a sorte.

Algum tempo depois, Claudius chegou ao local onde supostamente encontraria o mensageiro, ficou com o cavalo junto às paredes das casas para não ser visto, até que o viu indo em direção ao bairro que imaginava. Foi seguindo o mensageiro sem que ele percebesse até ele chegar a uma casa e bater à porta. Claudius não tinha a menor ideia de quem morava ali.

Viu a porta se abrir, e um homem alto e forte aparecer. Não conseguiu ver seu rosto, mas viu quando o mensageiro lhe entregou a carta. O homem fechou rapidamente a porta, e o mensageiro, olhando para os lados, verificando se alguém o estava observando, montou em seu cavalo e partiu.

Claudius achou estranho que, depois de entregar a carta, o mensageiro partiu em outra direção. Ele foi correndo com seu cavalo para alcançá-lo e percebeu que ele estava se dirigindo para fora da cidade.

"Ele está indo embora da cidade? Mas por que isso?", pensou Claudius. Mais uma vez, cortou caminho para tentar encurralar o mensageiro mais adiante. Ficou à espreita, aguardando o mensageiro, sabia que ele passaria por aquele caminho.

Ж

Após a entrega da carta, o mensageiro partiu rapidamente, imaginando que tudo estava ocorrendo como o planejado. Estava tudo muito tranquilo, apesar do nervosismo e da preocupação que sentia. Como o plano estava dando certo, resolveu correr o risco de seguir o caminho para fora da cidade de Roma, a estrada estava tranquila, somente algumas carruagens que carregavam mantimentos. Claudius percebeu que o mensageiro estava vindo tranquilamente, como se nada o perturbasse, deixou-o passar e o seguiu, saindo de alguns arbustos. Ficou atrás de uma carruagem, esperando a hora certa de abordá-lo.

Alguns metros depois, o mensageiro entrou numa pequena estrada sem movimento, enquanto a carruagem seguiu pela via principal. Claudius seguiu-o, não por muito tempo, pois o mensageiro percebeu que alguém estava atrás dele. Olhou para trás e, quando viu Claudius, não teve dúvida, fez um movimento no seu cavalo e começou a correr o mais rápido possível, mas Claudius tinha um cavalo mais forte e mais rápido e o alcançou facilmente. O mensageiro andou em zigue-zague para, de alguma forma, escapar, mas foi inútil, Claudius o alcançou e, vendo que ele não ia parar, pareou seu cavalo com o dele e pulou, agarrou-o e jogou-o no chão. O mensageiro era esperto, sabia lutar, puxou sua espada e enfrentou Claudius.

— Não faz isso, garoto! Você não é páreo para mim, vou acabar te machucando, só quero uma informação e deixo ir embora.

— Não tenho nada para falar com você, não sou mais um garoto, sou um homem e sei lutar muito bem, acho que você não deve me subestimar.

— Então é assim que você quer, vamos ver quem vai sair ganhando!

Assim que Claudius falou, o mensageiro levantou sua espada e partiu para cima, foram golpes muito fortes, mas Claudius desviou.

O mensageiro não estava mentindo, e Claudius resolveu contra-atacar. Conseguiu tirar a espada das mãos do mensageiro e com um golpe o derrubou no chão, desacordado.

Algum tempo depois, o mensageiro acordou; estava imobilizado, com as mãos amarradas, estava tonto, e com muita dor de cabeça.

— Agora me fale ou vou ter que cortar sua garganta, o que tinha naquela carta e para quem você entregou?

Meio desorientado, não tinha outra coisa a fazer, a não ser contar o que sabia.

— Fui contratado para entregar uma carta no endereço que me passaram, não sei o que estava escrito nem quem a receberia, apenas o endereço. Juro que é só isso.

Claudius ficou decepcionado, viu no rapaz falava a verdade, seria perda de tempo forçá-lo a dizer algo a mais, então resolveu soltá-lo.

— Por que estava indo para fora da cidade?

— Abimael pediu para fazer isso, para que ninguém pudesse fazer perguntas sobre a entrega da carta, caso descobrissem.

— Esse alguém seria eu?

O mensageiro ficou desconcertado e fez um sinal de positivo com a cabeça.

— Então faz o seguinte, continue a seguir os planos e fique por lá. Não tivemos essa conversa, você está me entendendo? Se o Abimael souber o que aconteceu, vou voltar, aí não vou ter compaixão.

O mensageiro lentamente se levantou, montou seu cavalo e seguiu seu caminho. Claudius ficou pensando que naquela carta havia algo muito importante e que deveria saber seu conteúdo de qualquer forma.

CAPÍTULO 16

O CONFRONTO

Ao retornar para casa, Abimael foi até a sua sala de trabalho e viu Nara sentada em sua mesa, lendo o que ele tinha escrito na noite anterior. Ele ficou observando-a entusiasmada pela leitura; ela, percebendo sua presença, olhou para ele com um sorriso.

— Quanta coisa você escreveu! A história dos hebreus é fascinante!

— Conseguiu ler tudo? Fiquei quase quatro horas escrevendo, pena que peguei no sono.

— Não tudo, mas acho que vou terminar depois.

Abimael pegou uma cadeira e sentou-se ao seu lado.

— Tem muita história aqui, nem terminei ainda. Escrevi algo que o rabino me disse no final, está separado, acho interessante discutir com Domitius quanto ele chegar. Sabe, Nara, algo me preocupa.

— O quê? Você tem muito material, sei que avançou muitos passos e conseguiu muitas referências.

— Acho que você não está vendo no ponto de vista mais amplo, são promessas e profecias de um povo estritamente movido pela fé. Na atual situação, é como estar em uma biblioteca sem saber onde encontrar o que mais precisa, o que precisamos mesmo é avançar com sinais mais concretos.

— Não entendo…

— Falo sobre o local e o momento para encontrar a tal criança. Temos um ponto de partida, mas ainda não temos um ponto de chegada de forma concreta e palpável.

— O rabino não falou sobre isso?

— Não, acho que ele não quis me dizer. Encerrou a conversa e me pediu para partir, porque o que eu precisava saber ele tinha contado tudo.

— Entendo o que quer dizer, acho que precisamos encontrar sinais mais claros sobre o nascimento dessa criança… será que estamos deixando passar algo?

— Não sei, Nara. Para mim, é muita informação em pouco espaço de tempo, mas senti que para o rabino estava tudo muito claro.

— Será que ele também não está procurando a criança?

— Tenho certeza que está esperando os sinais de uma pessoa já adulta, suas atitudes e ações, e não de uma criança.

— Você está me dizendo que eles não estão se importando quando ele vai nascer?

Abimael olhou para Nara, achando muito estranho que o rabino não estivesse esperando uma criança, mas um adulto.

— Acho melhor a gente tomar um chá e relaxar um pouco. Quando Domitius chegar, voltamos a conversar sobre esse assunto com mais profundidade — disse Nara.

Ж

Antes do jantar, uma batida inesperada à porta. Nara estava terminando de preparar a refeição com a sua criada, gritou para que a pessoa aguardasse. Abimael tinha subido para o quarto, estava tentando relaxar antes que o Domitius chegasse. Uma segunda batida à porta, mas desta vez mais forte. Abimael se levantou e desceu correndo para ver o que estava acontecendo, foi quando Nara, irritada com a impaciência da pessoa, abriu a porta e viu com espanto parado em sua frente o Claudius.

— Não acredito! O que você está fazendo aqui? — disse ela. Foi tão espontâneo por causa da situação que estava passando que Claudius ficou intrigado, pensou se Nara ainda estava irritada por causa da última visita que não tinha sido tão amistosa assim.

Abimael não acreditou no que Nara tinha acabado de dizer. Claudius não era uma pessoa que deveria ser tratada daquela forma, apesar de tudo.

— Nara, o que é isso? Não precisa falar assim! — falou Abimael.

— Não sabia que a minha presença era tão indesejável.

— Não é uma boa hora! Por favor, venha outro dia! Temos muitas coisas para fazer — disse Nara.

Neste instante uma carruagem chegou, Claudius percebeu que eles tinham notado a chegada de Domitius e se virou.

— Ora só quem está chegando, não era a minha visita que aguardavam, não é?

Claudius não gostou muito de vê-lo, afinal havia tido alguns desentendimentos no passado que não foram resolvidos.

Domitius tranquilamente se aproximou e ficou parado diante de Claudius.

— Que surpresa vê-lo por aqui! — disse Domitius.

— A surpresa é minha, alguém tão importante sair pelas ruas de Roma e visitar o Abimael! O que há de interessante para fazer por aqui?

— Acho que o assunto que tenho com Abimael não é de seu interesse; aliás, acho que não quero terminar agora aquela discussão que tivemos antes de sua partida. Meu assunto é mais importante e não tenho tempo para perder, se me der licença.

Claudius fez uma cara de poucos amigos, se virou para Abimael e disse:

— Você está tendo uma visita ilustre hoje! Imagino qual seja o motivo... Será que se refere àquela mensagem que tanto você esconde de mim?

Domitius olhou para Abimael, um olhar de espanto e, ao mesmo tempo, de questionamento sobre como Claudius sabia da carta. Abimael, percebendo a reprovação de Domitius, ficou desconcertado.

— Acho que vou participar dessa reunião! — disse Claudius dando uma risada irônica.

Domitius se irritou e, com um sinal com a cabeça, chamou seu segurança, que rapidamente foi em sua direção.

— Acompanhe nosso amigo até seu cavalo, ele não vai ficar para participar de nossa conversa.

Claudius, arrogante e intrometido, colocou a mão na cintura.

— Não vou a lugar nenhum, vou ficar, estou interessado e quero participar da conversa de vocês.

O segurança não esperou a ordem de Domitius e deu um paço adiante, colocou a mão na espada e disse: — Você quer um motivo mais forte para entender que não vai participar dessa reunião?

Claudius olhou para ele e, por um instante, pensou em puxar sua espada, mas logo desistiu, pois sabia que não era páreo para ele, conhecia sua fama. Era um legionário admirado por muitos, muito habilidoso na espada. Então olhou para Abimael e deu uma pequena risada.

— Não será desta vez, mas vou saber o que vocês conversam, nos vemos em outra hora. Cabisbaixo e cheio de raiva, montou em seu cavalo e partiu sem olhar para trás.

Abimael disse:

— Sobre a mensagem, é uma longa história, você não vai querer saber dos detalhes.

— Então vamos entrar e esquecer esta história, vamos direto ao que interessa, acho que você tem muita coisa para contar, e a noite será longa.

— Você tem razão — disse Abimael observando Claudius ir embora.

— Você acha que ele vai voltar? — perguntou Nara.

— Não hoje, meu segurança vai ficar na porta. Claudius pode ser intrometido, mas não é burro; numa disputa com meu segurança, no mínimo sairia sem um braço. — Deram uma risada e entraram.

— Estou terminando de fazer o jantar, vamos comer e conversar, quero ouvir tudo o que vocês vão falar — disse Nara.

Ж

Claudius voltou para casa indignado e com o orgulho ferido, sabia muito bem que, apesar de ser um grande centurião e de ter lutado em várias frentes pela Legião Romana, não seria fácil sair ileso numa luta com o segurança de Domitius. Já tinha o visto lutar, derrubou dois homens com um só golpe com a sua espada, não era para qualquer um; pior do que o orgulho ferido é sair da luta carregado e sem vida.

Perguntava-se por que Domitius estaria envolvido com Abimael sobre a carta… o que haveria de tão importante para que ele se deslocasse até a casa de Abimael.

CAPÍTULO 17

VISÃO FILOSÓFICA

Depois daquela situação constrangedora, Abimael explicou o motivo que levou Claudius a saber da carta. Tudo pareceu ficar mais descontraído, eles foram para a sala, se sentaram um ao lado do outro.

— Estou aliviado com a sua presença, Nara, para poder contar o que aconteceu na visita com o rabino — disse Abimael para a esposa.

Ela observou pela janela a sombra de um homem alto e forte, Domitius a acalmou:

— É o meu segurança; enquanto ele estiver aqui, estamos tranquilos, não vai ter intromissão de ninguém.

— Fico aliviada! Parece que, na porta de minha casa, tem uma Legião Romana inteira! Abimael e Domitius olharam para a janela e deram uma risada.

— Vamos ao que interessa, me conta tudo o que aconteceu na visita ao rabino, detalhe por detalhe — pediu Domitius.

— É muita coisa para contar!

— Vamos direto ao que o rabino falou, o resto deixa para outra hora.

Durante mais de duas horas, Abimael contou, ponto por ponto, toda a história que ouvira do rabino, até o comportamento, o olhar de seriedade e a emoção nas narrações, assim como a atenção daqueles que estavam na sala ouvindo. Abimael mostrou todas as anotações relevantes e se sentiu privilegiado de ter ouvido a história de alguém que sabia contar como se ele estivesse vivido cada momento.

Domitius ouviu cada detalhe, mas seu rosto transmitia algo mais profundo, como se esperasse uma certa informação.

— Me diga algo além das histórias, Abimael! Ele falou algum segredo?

— Ele me pediu para memorizar uma interpretação de tudo aquilo que disse.

— E o que foi? Conta!

Abimael remexeu na mesa onde estavam os papiros e pegou o que o rabino tinha pedido para memorizar.

— Depois de contar o que Deus realizou na história de seu povo, ele pediu algo que me pareceu bem próximo, um diálogo íntimo entre o humano e o divino. Nenhuma religião tinha algo parecido, nem em Roma ou outro lugar qualquer! Veja o que ele falou.

"Não é somente uma história, é muito além que fatos, é uma reação da manifestação Divina."

— E continuou, essa é mais impressionante ainda:

"Uma ação divina, poderosa e misteriosa da vontade de Deus na história desse povo. Sua revelação para nós é ainda como um véu, que cobre o rosto como o de uma bela jovem, cujo noivo só a vê de forma limitada. Ainda não é nítida a sua face, ele a conhece somente pelo que ela diz e por suas atitudes; ele sabe que é bela e mais bela será quando conviverem, mas aí está a questão; quando vermos a sua face e percebermos de fato como ele é, como será o nosso comportamento?"

— Percebe o que tudo isso significa? O que você pode falar sobre isso? — perguntou Abimael.

Domitius, não disse nada, ficou pensando.

— É interessante, isso nos fala do que ele será, e não propriamente do nascimento da criança. Posso dizer que seria um complemento do que está descrito na carta de seu pai, você não percebe?

— Não está claro ainda para mim!

— Vou tentar dizer em poucas e claras palavras o que significa toda essa história do povo de Israel. O Deus que eles cultuam prometeu uma nação em uma terra prometida, mas não só isso, aí vem o mais importante. Esse povo seria o canal de comunicação da vontade desse Deus com o mundo, mas eles fracassaram por causa de seus erros e suas infidelidades. Isso custou caro para eles, causando exílio e opressão, passando pela dominação grega, que foi terrível para eles. Então reacendeu a profecia de um rei ideal cujo governo reflete o governo de Deus sobre o povo.

— Isso quer dizer que o povo hebreu reconhece a vinda de um rei descendente de Davi, com atribuições de traços divinos e sobrenaturais, mas o rabino me alertou que pode ter uma missão de configurações variadas.

— É exatamente isso o que o rabino quis dizer nesses dois textos que ele pediu para você gravar, mas tem mais uma coisa que gostaria de mostrar!

Domitius tirou mais um rolo, era um manuscrito egípcio, cuidadosamente foi abrindo sobre a mesa.

— Você conhece esse desenho? Consegui com um sacerdote egípcio há muito tempo, tem mais de duzentos anos, relutei em trazer, mas a oportunidade me fez decidir em trazê-lo! Tenho outros bem parecidos, mas não são tão antigos assim, escolhi especialmente esse para discutimos um assunto, esse papiro vai te ajudar a entender melhor o que está se passando.

Abimael ficou olhando para o papiro, então Nara se aproximou para ver o desenho.

— Você já viu algo parecido, Abimael? — perguntou Nara.

Ele não respondeu de imediato, ficou mais algum tempo observando o papiro egípcio, era praticamente um desenho cheio de detalhes e colorido, que deixava qualquer um fascinado.

— Já vi alguns parecidos na biblioteca do senado, mas nada igual a esse — enfim respondeu.

— Consegue identificar cada elemento e personagens nesse desenho? — perguntou Domitius.

— Não me lembro muito bem, mas acredito que sim! Por exemplo, esse com corpo de homem e cabeça de pássaro, se não me engano, é uma das divindades egípcias, mas não sei o que significa.

— É aí quero chegar, esse desenho explica uma realidade que há em todas as divindades até hoje. São formas de linguagem usadas para transmitir uma ideia! Veja com mais atenção os detalhes, está mostrando uma correlação entre o poder do faraó, um ser político como o imperador Cesar Augusto, com uma das divindades egípcias. Esse desenho tem a intenção de mostrar ao povo que ele tem o apoio divino e que o poder divino o defende e o sustenta, assim todas as suas ações e ordens têm o aval das divindades, entendeu agora?

— Estou entendendo o que quer dizer, mas aonde você quer chegar com isso? — disse Nara, fascinada e interessada em entender o que Domitius explicava.

— Sei aonde você quer chegar, Domitius! Tenho visto muito isso, nos manuscritos, o poder divino usado pelo líder político para garantir seu poder e seus privilégios — falou Abimael.

— Não é somente para sustentar, mas também para se tornar uma divindade. O faraó era considerado um deus, como o nosso imperador, que tem o título de "filho do divino".

— Lembro quando o rabino estava contando a história de seu povo, que o Deus em que eles acreditam não aceita as atitudes de seus reis; Saul foi punido, Davi foi castigado, o povo que não seguiu seus mandamentos foi exilado. Esse Deus dos hebreus difere de todos os outros; durante toda sua história, esse Deus mandou profetas para denunciar, alertar e orientar seu povo.

Domitius abriu um sorriso de satisfação e pediu uma taça de vinho. Enquanto Nara foi até a cozinha buscar, ele falou para Abimael:

— Reflita sobre o que você acabou de dizer e, após tomarmos uma taça de vinho, prosseguiremos com a conversa.

Algum tempo depois, Nara retornou com uma garrafa de vinho e algumas iguarias especiais, para não ficarem embriagados e não desviarem o foco da conversa, que para ela estava muito interessante. Enquanto comiam e bebiam, Abimael ficou pensando, e Domitius olhava para ele com uma cara de satisfação por ele ter entendido; estava ganhando tempo para ele assimilar as informações e depois contar algo mais importante.

Nara ficou olhando para os dois em silêncio, não entendia aquela cena, mas não quis falar nada também. Percebeu que algo estava para acontecer; o rosto de Domitius refletia uma vontade louca de falar mais alguma coisa que Abimael não soubesse.

Após tomarem o vinho e comerem as iguarias, Domitius pegou seu papiro, enrolou-o e guardou-o cuidadosamente. Debruçando-se sobre a mesa e olhando seriamente para Abimael, começou a falar; Nara, com os olhos atentos, estava ansiosa e prestando muita atenção no que ele iria dizer.

— Sou filósofo há muito tempo, mas não desprezo o mundo religioso e conheço muito bem a religião dos hebreus. Tudo o que o rabino falou para você eu já conhecia, mas de forma diferente, conversei com muita gente do povo hebreu e sei que o Deus que eles cultuam é totalmente diferente dos deuses de outros povos. Ele sempre se revelou, e seu povo escolhido para ser sinal a outros povos fracassou, mas o Deus dos hebreus não desiste e vai continuar a se revelar; vai se revelar agora, não por meio de oráculos ou profetas, mas de uma forma visível. Como o rabino disse, vai tirar o véu do rosto, mostrar realmente quem ele é, e isso que me chama atenção, pois quem pode revelar a face de Deus, senão Ele mesmo?

Abimael olhou espantado para Domitius, como era possível tal coisa! Depois olhou para Nara, que estava com os olhos arregalados, assustada com tal possibilidade, não tinha condições de assimilar tal informação e tamanha importância do que aconteceria.

— Como assim? — perguntou Abimael.

— Não sei como explicar, não consigo usar a razão para entender, mas você já pensou na possibilidade desse Deus, de algum modo, assumir a forma humana? Seguindo todo o percurso da natureza humana?

— Isso é muito complexo para mim — respondeu Abimael.

— Para mim, é uma possibilidade, mas só saberemos quando ele começar sua vida pública quando chegar a hora de se revelar. Era isso que eu queria dizer desde o começo, mas você não estava pronto para entender e aceitar.

— Como isso vai acontecer? Onde vai nascer? Como ele será e por qual caminho vai percorrer e se revelar? — perguntou Nara.

— Isso já é pedir demais, você não acha, Nara? Só quando acontecer é que vamos saber.

— Quando Abimael estava contando sobre a espera desse Messias, me pareceu que o rabino não estava muito interessado quando e onde essa criança vai nascer, não entendi por que ele não se preocupou com isso.

— Na verdade, Nara, eles estão interessados sim, mas é como procurar uma pedra preciosa em meio a uma montanha de areia. Porque o trono do rei Davi não existe, e encontrar a sua descendência é uma missão quase impossível, já que há muitos hebreus espalhados por muitos lugares.

— Essa missão impossível que Abimael está fazendo né?

Domitius olhou para Abimael com um semblante que demonstrava que não seria nada fácil e que correria o risco de não ter o sucesso que esperava.

— A missão parece impossível, mas agora eu sei que tipo de criança estou procurando! Com certeza é maior do que qualquer profeta que o rabino tenha mencionado, maior que Abraão, Moisés ou um dos grandes profetas, parece impossível para eles, mas acho que tudo isso que estou passando não vai ser em vão, um sinal vai ser dado para encontrar essa criança.

Abimael ficou pensando no quão importante era a carta de seu pai, e mais ainda a criança que nasceria. Ficou em silêncio, uma pausa para digerir as informações, tudo era explicado, até que Nara quebrou o silêncio dizendo:

— Acho que precisamos de uma pausa para refrescar as ideias, daqui a pouco retomamos. Já está ficando tarde; se continuarmos por mais um bom tempo, vamos precisar comer e beber.

— É claro, Nara, vamos fazer uma pausa — disse Domitius.

Abimael estava pensativo, estava em qualquer lugar, menos naquela sala; talvez estivesse anos à frente, imaginando o que essa criança se tornaria.

CAPÍTULO 18

A DESCOBERTA

Depois de uma longa pausa de descanso, entre iguarias e algumas taças de vinho, muitas outras perguntas pairavam na cabeça de Abimael.

— Sabemos que, quando se tornar um homem, vai assumir a sua missão, mas que tipo de ensinamento dará e como ele vai conduzir? — perguntou.

— Como vai acontecer isso não sabemos, vai ser um mistério para todos. O mais importante é que ele vai realizar uma mudança no modo de pensar e agir que vai transformar o mundo de alguma forma e vai atingir além das fronteiras de Israel, até os cantos do mundo.

— Como assim? — indagou Nara.

— Pegue aquele papiro que entreguei para você, quero lhe mostrar uma coisa.

Abimael foi até a estante e pegou os dois papiros que Domitius tinha pedido para ele copiar, Domitius pegou um deles.

— Veja o que diz esse trecho do profeta Isaias: "*A justiça será o cinto dos seus lombos e a fidelidade, o cinto dos seus rins. Então o lobo morará com o cordeiro*". Você sabe o que quer dizer?

— Não faço a menor ideia — disse Abimael.

— Ele vai harmonizar o homem e a natureza; em vez de guerra, vai trazer o perdão, a reconciliação e um reino de justiça e paz. Esse texto, como outros textos sagrados, fala a mesma coisa, essa harmonia entre os animais e os homens é uma simbologia de um retorno à paz que foi quebrada pelo próprio homem.

— Temos as informações, mas não temos o real local do nascimento e a data certa, sem contar como identificá-lo! Está é a nossa realidade — disse Nara.

— Vou contar um segredo, quando sugeri que Abimael fizesse a visita ao rabino, não era para ele somente conhecer a história do povo hebreu.

— E qual era o outro objetivo? — perguntou Nara.

— Se eu tivesse falado, provavelmente Abimael faria a pergunta, e o rabino não responderia, era sobre o local onde essa criança vai nascer. Me parece que só ficou na história do povo, é certo que algumas informações foram válidas, mas faltou a mais importante, que esperava que Abimael pudesse tirar dele.

— Era esse o outro objetivo da visita? — falou Nara.

— Sim, para isso que ele foi visitar o rabino. Abimael, ele não falou mais nada que pudesse dar uma pista do local do nascimento dessa criança? Tenta lembrar!

Abimael ficou parado olhando para o alto com a mão no queixo por alguns minutos, fechou os olhos, de repente estalou os olhos, se lembrou dos papiros que o rabino tinha lhe entregado.

— Tem sim algo que deve ser importante! Quando estava na carruagem, prestes a vir embora, um homem me entregou um papiro a pedido do rabino.

— E o que diz? Você leu, não é?

— Não, estava esperando sua visita para abri-lo.

— Então vamos ler, talvez tenha alguma informação que nos ajude.

Abimael se levantou e os chamou para o escritório, pegou sua bolsa e ficou procurando o papiro; quando o achou, desenrolou-o sobre a mesa. Domitius pegou para ler.

— Aqui está! Encontramos! Você conseguiu, Abimael, o rabino revelou o local!

— Então lê para nós! Qual é o local?

— Este texto é do profeta Miquéias, já ouvi falar dele, diz o seguinte:

"Mas tu, Belém-Efrata, embora pequena dentre os clãs de Judá, de ti vira a mim aquele que será governante sobre Israel, suas origens estão no passado distante, em tempos antigos."

— Aqui está a solução da metade dos nossos problemas, Abimael. Agora você tem o seu ponto de chegada!

— Para mim, não diz muita coisa, fala somente dessa cidade, Belém, e que sairá um governante. O que me garante que é nessa cidade que nascerá essa criança?

— Duas coisas são importantes, Abimael. A primeira é que o Messias, ou essa criança que será Rei, é descendente de Davi, portanto deverá nascer numa cidade que corresponda à tribo de Judá; segundo, a cidade de Belém fica nessa região, o texto sagrado garante isso.

— Tudo se encaixa! Agora, onde fica essa cidade? Você conhece?

— Sim, quando era criança passei por ela, se é que podemos chamar de cidade. É um local pobre, com uma aglomeração clãs, algumas famílias e habitantes; na realidade é uma aldeia, não muito pequena, nem muito grande, não que isso faça muita diferença, hoje não sei como ela está.

— Agora nosso segundo problema, quando essa criança nascerá?

— Na carta de seu pai, ele diz que vai acontecer um fenômeno astronômico, você sabe o que quer dizer?

— Tenho lido sobre algo, mas faz algum tempo, não dei muita atenção, não sou muito interessado nesse assunto.

— Mas vai interessar agora, não é? — disse Nara. — Pode ser uma estrela cadente?

— Não, estrela cadente não é raro de se ver, tem que ser algo grandioso ou alguma coisa referente aos planetas, mas que possa ser visto por olhos humanos de forma bem clara.

— Onde podemos conseguir essas informações?

— Conheci alguém na biblioteca do senado que pode nos dar uma pista, ele já viu muita coisa e já estudou astronomia, talvez tenha algum material que nos sirva.

— Ótimo! Amanhã nós vamos falar com ele bem cedo.

— Só que temos um problema, ele está muito velho, está meio surdo, vamos ter algum trabalho, além disso preciso confirmar onde mora, na biblioteca deve ter algum registro.

— Nada nessa vida é fácil, Abimael, você sabe muito bem disso! Precisamos de tudo que temos ao alcance de nossas mãos. Como bem sabe, na mensagem de seu pai, esse fenômeno astronômico está prestes a acontecer.

— Isso mesmo, estava me esquecendo desse detalhe... que fenômeno será esse?

— Vamos deixar essa resposta para amanhã!

— Domitius, agora me surgiu um outro problema.

— Não pode ser, Abimael! Sempre tem alguma coisa que dificulta essa missão — disse Nara.

— O que foi? — perguntou Domitius.

— Temos o local e vamos descobrir quando, eu acho, mas como vou até Israel? Não tenho condições financeiras para ir até lá, e o transporte por terra vai levar muito tempo.

Domitius ficou pensando, com as mãos sob o queixo.

— Vou pensar em algo. Quando tiver alguma novidade, aviso.

— Não pude deixar de ouvir a conversa, e acho que tenho uma solução para ir até Israel — disse o segurança de Domitius quando ele saiu da casa de Abimael. — Ouvi, entre alguns amigos legionários, que tem uma expedição com embarcações militares e de transporte de mantimentos programada para ir até o Egito.

Abimael olhou para ele espantado e disse:

— Mas o meu destino não é o Egito!

— A expedição para o Egito tem apenas um caminho para chegar, pelo mar Mediterrâneo.

— Quem está programando essa expedição? O imperador? — perguntou Domitius.

— Segundo as informações que tenho, é o senador Maximus.

— Vamos precisar colocar o Abimael nessa expedição! Vamos pedir para o senador um lugar em alguma embarcação que não seja perigoso.

— E como a gente vai fazer isso? — Intrigado com a possibilidade de uma viagem ao mar, Abimael ficou preocupado.

— A filha do senador vai nascer provavelmente amanhã à noite, tenho certeza de que Domitius terá livre acesso a sua casa. Está previsto que nasça à noite, pelo menos é o que me informaram — disse o segurança.

— Então fica combinado assim, amanhã à tarde falamos com o homem que você conhece e depois vamos à casa do senador!

— Que história é essa de viajar num navio no mar Mediterrâneo? — falou Nara.

— Não se preocupe, vai ser seguro e rápido, você vai chegar a Israel em tempo para ir até a cidade de Belém e voltar a tempo de ver seu filho ou filha nascer!

Domitius foi embora, Abimael e Nara ficaram assustados pela viagem e, mais ainda, em como ele sabia que Nara estava grávida; não haviam contado para ninguém.

CAPÍTULO 19

O ASTRÔNOMO

Abimael teve uma conversa séria com Nara sobre como faria a viagem a Israel, como seria numa terra distante e desconhecido; sabia que não tinha outra saída, teria que ir, sem vacilar ou olhar para trás, mesmo correndo perigo. Nada naquela região era seguro, ainda tinha a criança que nasceria e seu filho na barriga de Nara; teria que ser rápido. Tudo isso dificultava e deixava a viagem mais tensa e preocupante.

Após meia hora de discussão, Abimael foi para o quarto se arrumar, iria encontrar Domitius ao meio-dia em frente à biblioteca. Primeiro conversariam com seu amigo astrônomo, depois iriam à casa do senador.

Abimael ficou enrolando para sair, estava chateado com a discussão com Nara, isso não era bom sinal. Sempre se sentia mal quando discutiam, mas desta vez a situação era mais delicada, por isso ficou rodeando-a, buscando um motivo para puxar a conversa e ver se ela ficaria mais calma, até que teve uma ideia.

— Você não quer ir comigo visitar o senador à noite?

— O que eu vou fazer lá? Não tem nada para mim!

— Bom, além da conversa com o senador, vou ver o nascimento de seu filho ou filha. O Domitius disse que vai ter uma festa.

— Você vai ver o parto? Como assim?

— Não sei, ele me disse que vamos ficar aguardando a criança nascer, está previsto para hoje à noite.

Nara ficou olhando para Abimael com um olhar esquisito, como se pensasse "Que loucura, fazer uma festa enquanto a mulher está dando à luz!".

Abimael, vendo Nara se virar, baixou a cabeça e foi em direção à porta, quando a ouviu dizer "Eu vou!".

— O que você disse?

— Que eu vou, estarei em frente à biblioteca te esperando, quero ver essa palhaçada toda.

— Vou pegar o endereço do astrônomo na biblioteca, antes de ir à casa do senador, espero que não fique longe e que ele esteja bem para nos receber.

— Nós vamos à casa do senador ou do astrônomo?

— Depende, talvez consigamos fazer as duas coisas, espero que não demoremos muito. Quer mesmo ir?

— É claro! Quero ver isso de perto.

Abimael abriu um sorriso e saiu, ficou pensando que na realidade o que Nara queria era ver a conversa e os detalhes que teriam com o senador.

Ж

Ao meio-dia, Nara estava no local combinado, olhava para a saída por onde Abimael passaria e para a praça esperando chegar à carruagem de Domitius. De repente uma mão tocou seu ombro, era o segurança.

— Vamos, eles já estão na carruagem.

— Mas não vi Abimael sair nem a carruagem, onde eles estão?

— Mais à frente, do outro lado da praça te aguardando.

— Não sei para que tanto mistério! Por que não fazem o mais simples?

— Precaução!

Cruzaram a praça central de Roma, era bem distante da saída da biblioteca, da carruagem Domitius.

— Nara está chegando! E não está com uma cara boa, aconteceu alguma coisa? — disse Domitius.

Abimael olhou com cara de preocupado.

— Uma pequena discussão pela manhã.

— Pequena discussão? Imagine se fosse grande! — falou Domitius com uma risada.

Nara entrou na carruagem e se sentou ao lado de Abimael como se fosse arrebentar o acento, olhou para ele com ar de reprovação por não ter avisado que estariam em outro lugar.

113

— Tudo bem, Nara? Como foi o seu dia? — perguntou Domitius.

Ela olhou cuspindo fogo pelos olhos.

— Está tudo bem e espero que continue assim!

Abimael deu uma olhadinha de canto para Domitius e revirou o olho, era a tal comunicação masculina para dizer que as palavras de Nara eram irônicas e que não deveriam esticar mais a conversa, para não piorar mais o humor dela; as coisas não estavam muito bem, a viagem ao mar Mediterrâneo estava deixando-a muito desconfortável.

— Bem, então vamos até à casa desse tal velho astrônomo ver o que conseguimos — disse Domitius.

— Vai dar tempo de ir à casa do senador? — perguntou Nara.

Domitius olhou para Abimael, ficou com receio de falar algo que ela talvez não gostaria, mas respirou fundo e disse:

— Não tenho certeza disso, espero que sim. A casa do astrônomo fica fora da cidade, vai levar um bom tempo, e a casa do senador fica um pouco antes, mais ao norte, sorte a nossa que fica na mesma direção.

Nara fez uma cara de espanto, olhou para Abimael como se dissesse que não levaria tanto tempo assim essa visita.

— Você quer descer, Nara? Há tempo ainda! É possível que passemos a noite fora — perguntou Abimael com um tom de voz suave.

— Agora que estou aqui não vou voltar mais, vamos ver o que vai acontecer!

O segurança foi saindo devagar, conduzindo a carruagem para o local que Abimael tinha mencionado.

Ж

O silêncio que pairava sobre o interior da carruagem acalmou os ânimos do casal. A ansiedade de encontrar com o tal astrônomo ajudou Abimael a concentrar-se na viagem e evitar mais brigas.

Ele cutucou Domitius:

— Devemos parar aqui, chegamos. Peça para encostar perto daquela casa.

Desceram da carruagem e foram até a porta da casa, era grande, bonita e com um jardim na frente. Nara ficou observando e sentiu que talvez não fosse um simples astrônomo.

— O que está procurando? — perguntou Domitius.

Abimael, olhava para o jardim, até que apareceu uma mulher.

— O que desejam? Estão procurando por alguém?

— Sim, estamos procurando pelo… — Abimael revirou sua bolsa para falar corretamente o nome do astrônomo. — Estamos procurando o senhor Galeso.

— E quem gostaria de falar com ele?

— Diz que é um conhecido que trabalha na biblioteca do senado.

A senhora entrou na casa e logo retornou com um homem.

— Esta é a pessoa que vai acompanhá-los até o senhor Galeso.

Ao entrarem na da casa, ficaram espantados com o tamanho da sala, cheia de objetos que pareciam de grande valor e várias estantes com papiros. Nara pensou "Com certeza não é somente um astrônomo!".

— Podem se sentar neste canto que o senhor Galeso já vem. Como devem saber, ele está com idade avançada e não enxerga muito bem, mas sua audição está perfeita, até demais, consegue ouvir pequenos sussurros.

Ж

Por alguns momentos, tudo ficou de uma forma que era difícil de explicar, era um silêncio acompanhado de expectativa. Abimael tinha contado a Domitius o quanto aquele homem era importante na biblioteca do senado, havia várias histórias impressionantes da juventude. Abimael trabalhara pouco tempo, antes de ele deixar a biblioteca por causa da idade; agora chegara o grande momento de estar diante daquele grande homem.

CAPÍTULO 20

UM CÓDIGO

A sala era enorme, mas o que mais chamava atenção era o corredor comprido, talvez um caminho para outra sala ou para seus aposentos; era por onde o astrônomo viria para nos encontrar, o corredor estava escuro. Abimael, Domitius e Nara não tiravam os olhos, esperando a vinda dele; perguntavam-se como ele seria e como os receberia.

Passou-se mais de meia hora e nada, a aflição e a preocupação se tornavam cada vez maiores; de repente, ao fundo do corredor, apareceu um homem, curvado, andando com bengala numa mão e um acompanhante na outra. Devagarinho ia percorrendo aquele longo corredor, parecia uma eternidade cada metro, era um homem grandioso em conhecimento, mas pequeno em estatura. Aos poucos sua imagem ficava mais nítida, era a imagem de um homem calmo e alegre, chegara enfim o momento de conhecê-lo e descobrir a última peça para encontrar o que tanto procuravam.

Ele entrou na sala, e os três visitantes se levantaram como forma de respeito, mas Galeso com um gesto pediu que se sentassem.

— Não precisamos de muitas formalidades, podem ficar à vontade, se sintam em casa! Faz muito tempo que não recebo visitas.

Galeso se acomodou, ajeitou seus compridos cabelos brancos e ficou observando-os, olhando para cada um; fechava um pouco os olhos para tentar conseguir vê-los melhor. Quando viu Abimael, fixou seu olhar, ergueu-se para frente e disse:

— Acho que te conheço, você trabalhou na biblioteca do senado, não é? Não lembro seu nome?

— Sim, ainda trabalho, meu nome é Abimael.

— Sim, sim, eu me lembro! Você era um jovenzinho, não parava de revirar os papiros, e não era qualquer papiro, não é? Lembro que esse jovem deixava os demais nervosos, porque ele pegava os mais raros e os mais velhos manuscritos... me lembro bem, deixava todos de cabelos em pé, inclusive eu! Você era muito bom no que fazia, traduzindo aqueles textos... ainda é, certo?

— Sim, mas estou um pouco mais devagar. Dez anos já se passaram, mas espero continuar por muito mais tempos lá.

— Isso é bom! Para mim não há lugar melhor para trabalhar no mundo do conhecimento. Não considerava um trabalho, para mim era um local de prazer, é por isso que estou com essa idade com boa saúde física e mental, exceto é claro os olhos, que estão cansados de tanto ler. Vou contar um segredo, cheguei a dormir naquela biblioteca por vários dias, cheguei a levar minha esposa para namorar lá.

— O senhor fazia isso mesmo, ou está brincando? — disse Nara.

— Sim, minha cara, dormir é importante e namorar também. — E deu uma gargalhada. — Desculpe, mas é preciso aproveitar a vida.

— Não se preocupe, isso é natural para qualquer um.

— A euforia de querer estudar e ter conhecimento lendo aqueles papiros fazia o tempo voar, como uma ave que caçava seu alimento. Mas deixemos isso para outra hora e vamos ao que interessa! Vou ser bem direto, o que vieram fazer aqui? O que querem de mim?

— Senhor Galeso, a história é longa, e a nossa visita é de suma importância. Viemos buscar seus conhecimentos sobre os fenômenos astronômicos, sabemos que o senhor é especialista no assunto e conhecemos várias histórias a seu respeito sobre isso. Sabemos que está para acontecer algo importante, um fenômeno, e estamos aqui para tentar descobrir.

Galeso ouvia atentamente o que Abimael dizia. Pensativo e desconfiado, percebeu que o interesse não estava somente no fenômeno astronômico e, com os olhos cerrados tentando enxergar com mais clareza a fisionomia de todos, sentiu na respiração deles que algo ainda não tinha sido contado.

— Que tipo de fenômeno astronômico vocês estão procurando? Têm alguma ideia? Por que vocês estão interessados nisso? Há algo por trás desse evento que querem me contar? Sinto o coração de vocês batendo forte e não é somente pelo fenômeno astronômico, não estou certo?

Abimael olhou para Domitius e Nara; bastava apenas um aceno, e Domitius deu um sinal com a cabeça apontando para a bolsa, lá estava a papiro com a carta. Deveria entregá-la a Galeso.

— O que estão esperando? Se têm algo para falar, falem, tenho o tempo que precisar. Vamos colocar tudo sobre a mesa, se não, vai ser difícil de ajudá-los — disse Galeso.

Abimael pegou sua bolsa, tirou o papiro que continha a mensagem de seu pai e entregou para Galeso, ele o desenrolou, aproximou seus olhos da carta para ler; sua vista era péssima para ver de longe, mas de perto conseguia. Depois de algum tempo, Galeso pediu um copo de vinho ao criado.

Abimael ficou intrigado e percebeu que tinha sentido algo estranho, talvez o astrônomo tivesse notado algo que eles não tinham percebido antes.

— Foi seu pai que escreveu esta carta para você, Abimael? Faz quanto tempo que a recebeu? — perguntou Galeso.

— Sim, foi meu pai, há mais duas semanas.

— E de que local ele mandou?

— Nós somos do reino de Sabá, ele enviou do oriente, próximo do reino da Pérsia.

— Interessante, você e seu pai são de Sabá! — Galeso ficou coçando o queixo com um olhar pensativo. — Estou pensando em muitas coisas, essa escrita é antiga, não é qualquer um que sabe ler.

— Então o que quer dizer esse fenômeno astronômico que o pai do Abimael está tentando dizer? — perguntou Domitius.

— Quando seu pai fala sobre um fenômeno astronômico, não é somente isso, há algo a mais que só algumas pessoas do passado sabiam e que você, Abimael, deveria saber, mas, pelo visto, não sabe! É a ligação entre os magos e a astronomia.

— O senhor está querendo dizer que meu pai enviou esta carta com um tipo de código?

— Pode-se dizer que sim, depende de quem as lê; no seu caso, parece ser um código, pois você não conhece a cultura babilônica e persa. As palavras dizem por si só, e, como você faz parte desta cultura, deveria entender, mas não percebeu. Por que não as interpretou?

— Saí jovem da minha terra, meu pai estava começando a me ensinar algumas coisas da nossa cultura quando parti para Roma.

— Entendo por que não viu o código. Quando eu estudava astronomia, há mais de cinquenta anos, me deparei com a história dos povos do Oriente, além das terras da antiga Babilônia, antigamente era a Pérsia. Lá eles avançaram muito nos estudos das estrelas, mais que os povos gregos. Quando Alexandre da Macedônia conquistou o território, ficou fascinado com o que tinham conseguido nesse campo de conhecimento. Antes de partir para terras mais distantes, onde morreu, ele recolheu vários papiros e enviou para Grécia, alguns estão na biblioteca do senado romano, entre eles histórias e desenhos de fenômenos astronômicos.

— Aonde o senhor quer chegar com isso? — indagou Abimael.

— Quero chegar a esta carta que seu pai enviou para você.

Vou lhe fazer uma pergunta e gostaria que me respondesse com sinceridade.

— Claro!

— Por acaso você teve algum tipo de sonho, visões ou algo parecido que te incomodou a ponto de perceber que não era natural?

— Os sonhos que você teve Abimael… — disse Nara.

— Você nunca me falou desses sonhos! — disse Domitius e, se virando para o Galeso, perguntou: — Que tipo de sonhos são esses, todos nós sonhamos! Do que o senhor está falando?

— Todos sonhamos, e há vários tipos de sonhos; alguns não lembramos, outros ficam em nossa mente durante o dia, mas os sonhos a que me refiro são diferentes, são tão fortes que podem ser premunições, avisos ou qualquer outro tipo de revelação. Você consegue relatar para mim seus sonhos, Abimael?

— Durante algum tempo, pareciam eram obscuros, não conseguia identificar nada neles, mas, quanto mais o tempo passava, se tornavam mais nítidos até o dia em que acordei assustado, parecia real e verdadeiro. Sonhei com uma criança recém-nascida em um lugar pobre, também com algumas estrelas estranhas no céu e um jardim que, ao mesmo tempo, dava uma sensação maravilhosa e uma agonia, vi também gotas de sangue numa pedra nesse jardim.

— Esses sonhos vieram de uma vez ou aos poucos? Poderia me dizer os detalhes? — perguntou Galeso.

— Vieram aos poucos e, da última vez, de uma vez só. Um dia fui consultar uma profetisa sibila, e ela confirmou que uma criança nasceria, era referente à profecia do povo hebreu.

— Preciso ver novamente a carta para estudar alguns manuscritos, mas vai levar algum tempo.

— Não temos muito tempo, já está escurecendo, e precisamos ir a um outro lugar — disse Domitius.

— Vão visitar o senador, e, se o senhor Galeso não se importar, gostaria de ficar e lhe ajudar com os manuscritos — disse Nara.

— Ora, isso seria muita gentileza! Será uma companhia agradável e ajudaria muito.

Abimael não gostou muito da ideia, ficou com ciúmes e preocupado, mas o tempo estava correndo, e precisavam ir até a casa do senador.

CAPÍTULO 21

NARA AJUDA O ASTRÔNOMO

Abimael ficou curioso com o que o Galeso tinha dito, sobre os manuscritos que iria consultar. Nara colocou a mão no ombro do marido, olhou-o com entusiasmo e disse:

— Fique tranquilo, as coisas estão parecendo mais claras, e o nó das dúvidas será desatado. Vá à casa do senador que vou ajudar o senhor Galeso a procurar o que ele quer. Estamos juntos até o final.

Galeso pediu que Nara o ajudasse a levantar.

— Estou animado em vasculhar meus manuscritos e mostrar minha biblioteca para você, Nara, temos muita coisa a fazer, vou precisar de ajuda para pegar os que estão no alto da estante, não consigo mais subir escadas.

— Precisamos fazer uma visita ao senador agora, achávamos que chegaríamos mais cedo para conversar com o senhor, mas demoramos muito por causa da chuva — disse Domitius.

— Não há problema; assim que vocês retornarem da visita, continuaremos a conversa, se vocês tiverem dispostos para fazer isso. Tenho algumas coisas para mostrar e muitas para conversar.

— Podemos ficar sim, sem problema.

— Muito bem, podem ir! Geralmente durmo tarde, o tempo de vocês irem e retornarem será suficiente para eu separar o material. Posso realmente contar com Nara?

Nara estava deslumbrada com Galeso, era um velho simpático, falava bem; a curiosidade em saber o que ele separaria era maior do que ver a criança do senador nascer, ela não estava muito animada em fazer uma pequena jornada de volta.

— Sim, vou ficar e ajudá-lo no que for preciso — disse Nara com um tom de voz firme.

— Você quer ficar mesmo? Não quer vir conosco ver o senador? — perguntou Abimael, espantado com a decisão de sua mulher.

— Não estou disposta a fazer o caminho de volta, já tomei a decisão e vou ficar!

Domitius cochichou para Abimael se era confiável deixar Nara na casa de Galeso.

— É confiável sim! — disse Galeso. — Enxergo pouco, mas ouço muito bem. Podem ir, ela estará segura aqui!

Domitius olhou para Nara, e ela deu um sinal que tudo bem. Abimael sabia que a esposa estaria segura na casa de Galeso; além disso, ela sabia muito bem se proteger.

— Vamos então, não temos mais tempo para perder!

Nara ficou olhando-os partir, seu coração estava apertado, viu a carruagem se distanciando cada vez mais e ficou ali até ela se tornar um ponto preto no horizonte. Dentro da casa novamente, seus pensamentos estavam voltados em para Galeso a procurar o material que desvendaria aquele fenômeno astronômico; seria a última peça de uma grande quebra-cabeça que Abimael estava juntando.

— Você não se arrependeu de não acompanhar seu marido, não é Nara?

— Arrependida não, mas vou sentir sua falta.

— Você o ama muito, consigo ouvir as batidas de seu coração.

Nara deu uma risadinha.

— Vamos, vou te ajudar a procurar o material, onde fica?

— Fica em minha humilde biblioteca, vamos percorrer alguns corredores até lá, fica do outro lado da casa.

Durante o percurso, ela observava os corredores da casa, os vários quadros, alguns bem diferentes, pareciam pintados com carvão ou algo parecido, muitos eram de estrela com traços ligados entre si.

— Esse quadro que você está vendo é como os demais que virão mais à frente, consegui com um velho amigo, astrônomo também; ele era grego e me ensinou que esses traços fazem uma ligação entre si formando uma constelação. Os outros quadros também têm esses traços, cada um deles forma uma figura diferente; os gregos davam nomes para cada figura que se formava, figuras da mitologia grega é claro. Esse desenho, por exemplo, é Áries, deus da guerra.

— Nunca tinha visto algo tão belo, nunca percebi isso observando as estrelas.

— São muitos anos de estudo, minha cara, muitos anos! Chegamos, vamos entrar!

Quando Nara entrou na biblioteca, viu uma enorme sala e pensou: "Uma humilde biblioteca? Ele só pode estar brincando!".

Havia mais de vinte estantes que iam de parede a parede e do chão ao teto, cheias de rolos de papiro, muito bem organizados e divididos por temas.

— Nara, preciso que suba e procure alguns papiros, eles ficam na última estante e no ponto mais alto, use aquela escada.

— Há muitos papiros lá, como vou saber qual devo pegar?

— Não se preocupe, pegue aqueles que estão com um selo vermelho sobre uma corda que envolve o rolo, são cordas feitas com fios do rabo de cavalo.

— Rabo de cavalo? E de égua não tem? — E deu uma risada!

— Não se usa rabo de égua, sabe por quê?

— Nem imagino! Tem alguma diferença?

— O rabo das éguas cheira à urina! — disse o velho e gargalhou!

Nara pegou a escada e subiu até o ponto mais alto da estante; havia vários papiros, todos selados, mas com ores diferentes. Ela teve que remexer todos até ver três rolos ao fundo, com o selo vermelho.

— Acho que são esses, senhor Galeso. Eram os únicos com o selo vermelho, e acho que essas cordas são de pelo de cavalo, pois não está fedendo à urina, não é mesmo?

— Isso mesmo, Nara! Vamos colocá-los com cuidado na mesa e desenrolar.

Nara ficou observando Galeso tirar o selo e desamarrar um rolo de papiro, fazia isso com uma delicadeza impressionante. Depois ele pegou umas peças, pareciam pedras de jade, polidas e brilhantes, e colocou-as em cada ponto do papiro deixando-o esticado.

— Não consigo ler direito, por causa da minha vista, será que você poderia ler para nós? Está escrito em grego, você consegue?

— Consigo, aprendi um pouco, suficiente para entender.

Enquanto Nara lia cada trecho do papiro, Galeso explicava ponto a ponto. Ela ficava cada vez mais impressionada com as revelações que aqueles textos mostravam, tudo ficava mais claro, cada vez que lia e ouvia as explicações era como se o caminho fosse iluminado, era tudo o que Abimael precisava saber para enfim ir a Israel e encontrar a criança que tanto procurava.

CAPÍTULO 22

UMA VISITA AO SENADOR

Os olhos de Abimael estavam resplandecentes, era indescritível a satisfação de ter encontrado Galeso, sua ansiedade estava controlada, afinal tudo estava saindo melhor do que esperava. Agora estava focado na visita ao senador e na programação da viagem, tinha certeza de que tudo daria certo, as peças estavam se encaixando.

O segurança olhava para o céu, calculando se daria tempo de chegar na hora prevista, o senador iria fazer uma recepção para os visitantes, não poderiam chegar atrasados.

— Precisamos apertar o passo! — disse.

Subiram rapidamente na carruagem e partiram para a casa do senador.

Tomaram o mesmo caminho, mas na direção contrária.

— Sabe, Abimael, acho que foi uma boa ideia deixar Nara na casa de Galeso, fiquei meio contrariado, mas acho necessário!

— Por quê?

— Ela é muito inteligente e vai adiantar nos assuntos com ele, tenho certeza de que vai saber primeiro que a gente sobre o fenômeno astrológico. Quando retornarmos, vamos ver a cara dela, se estiver triste, significa que não deu muito certo essa visita, mas se estiver eufórica, será um bom sinal!

Abimael olhou para Domitius e deu uma risada.

— Você é impossível, não é?

O caminho para chegar à casa do senador era tão difícil quanto a ida à casa de Galeso, as estradas depois da chuva eram sempre escorregadias e formavam pequenos buracos. Algum tempo depois de partirem, avistaram a casa e de longe viram luzes acesas e algumas carruagens.

— Espero que não seja muito tarde! — disse Abimael.

Assim que chegaram, Domitius se apresentou aos seguranças e eles os deixaram entrar.

Ao entrarem na sala principal, eles podiam ver ao fundo os aposentos do senador, era onde a esposa dele estava para dar à luz; havia vários outros senadores e diversos patrícios de grande influência no senado, os criados que serviam bebidas e comidas, mulheres dançavam para distrair os convidados, todos esperavam o momento do nascimento da criança, o momento mais importante. Para Abimael seria mais impactante, já que era de uma cultura que não pertencia ao povo romano e nunca tinha se deparado com situação semelhante, mesmo vivendo há muito tempo em Roma.

Domitius cutucou Abimael e disse: — Ali está o senador!

— É aquele homem jovem conversando com aquele velho senhor?

— Não, é aquele homem velho!

Abimael olhou para Domitius com um olhar de espantado, achando que o amigo estava brincando.

— Você não está falando sério, não é?

— Precisamos nos aproximar e estreitar mais as relações, temos que convencê-lo a colocar você naquela expedição. Preste atenção, fale somente o necessário, deixa o assunto comigo.

— Você é que manda!

— Vamos falar com ele!

Abimael ficou intrigado, segurou o braço de Domitius para esperar um pouco, queria observar melhor o senador. passou muita coisa em sua cabeça. Era um homem muito velho, e Abimael ficou imaginando como seria sua esposa, ficou receoso em ir conversar com ele, mas tomou coragem, passou à frente de Domitius e se aproximou do senador.

Domitius ficou olhando estranhamente para ele.

— Você está pensando em fazer o quê?

— Nada de mais, estou interessado no que vou ver aqui e em conseguir o que realmente queremos.

Abimael sabia que deveria presenciar de perto o comportamento do senador ao ver a criança, tinha visto nos anais da biblioteca romana os procedimentos. Para ele era difícil entender essa prática cultural, o momento lhe causava muita tensão e ansiedade.

A intenção de Abimael era se envolver no interesse de como seria o nascimento do filho do senador, logicamente com seu amigo Domitius e como um bom pesquisador curioso, talvez seria um bom assunto para chamar atenção do senador. Resolveu confirmar aquilo que lera nos anais e se aproximou cordialmente, julgou que poderia ser indelicado ou dar uma má impressão, mas percebeu o momento certo, já que a maioria dos convidados, e principalmente o senador, estava um pouco embriagada. Assim, se aproximando com toda delicadeza, cumprimentou-o e desejou boa sorte ao nascimento da criança; o senador olhou para ele e sorriu. Abimael não perdeu tempo e aproveitou a oportunidade para questioná-lo sobre o que haveria de acontecer referente às práticas do nascimento e qual deveria ser sua atitude.

Domitius ficou olhando, imaginando o que o amigo estava fazendo, tinha falado para ele dizer somente o necessário.

— Senador, gostaria de lhe fazer uma pergunta, aproveitando a oportunidade deste evento maravilhoso! Sou de uma cultura diferente, do oriente médio, precisamente do reino de Sabá, e estou aqui em Roma há vários anos trabalhando na tradução de textos oriundos de vários lugares, reinos e culturas diferentes. Um dia, em minhas pesquisas, li sobre o procedimento romano no momento do nascimento de uma criança e fiquei admirado, o senhor poderia me dar mais detalhes do que vai acontecer aqui hoje?

Domitius fechou os olhos pensando: "Que burrada ele está fazendo. Vai estragar tudo!".

O senador ficou admirado com a pergunta; Domitius se aproximou para estreitar a amizade e evitar um constrangimento, apresentando Abimael e contornando a situação, já que ele conhecia muito bem o senador.

— Domitius, meu caro amigo, há quanto tempo não o vejo! Obrigado por vir testemunhar o nascimento de meu filho! Esse rapaz está te acompanhando?

— Eu que agradeço a recepção, senador. Ele está me acompanhando sim, gostaria de aproveitar e apresentá-lo, é o Abimael, trabalha na biblioteca do senado.

— Já tinha ouvido falar dele, obrigado por ter vindo! Gostei da sua pergunta, será uma ótima oportunidade para presenciar e não ficar somente nas histórias da biblioteca.

Nesse momento Domitius ficou aliviado, afinal Abimael se arriscou muito em fazer essa pergunta.

— É um acontecimento normal no meio mais abastado e poderoso no Império Romano; acontece também, mas de forma mais discreta, entre os plebeus, mas posso lhe explicar com o maior prazer. O que deseja saber precisamente? — falou o senador.

— Em vários textos que encontrei na biblioteca, o nascimento de um romano não é apenas uma questão biológica, mas fruto do relacionamento entre o casal...

— É verdade, vai mais além, meu caro amigo. A criança que nasce é recebida pela comunidade em virtude do que o chefe da família fará, é uma decisão somente dele.

— Como assim? É questão de reconhecimento da criança como seu filho?

— Isso mesmo, mas não vou entrar em detalhes, acho melhor você ver com seus próprios olhos.

De repente aconteceu uma movimentação no aposento, e uma das criadas avisou ao senador que a criança nascera. Ele abriu um sorriso e anunciou o nascimento aos convidados, mas a apresentação da criança levou mais ou menos uma hora.

Abimael estava impaciente e confuso. "Por que o senador não entrou no aposento para ver sua esposa e a criança?", pensou.

De repente a criada começou a arrumar a antessala do aposento, colocou uma poltrona e um pano macio no chão, tudo ficou mais misterioso.

Abimael, curioso e impaciente, tentou ser discreto para uma nova pergunta, desta vez resolveu perguntar para o Domitius.

— Os partos são realizados sempre dessa forma?

— Sim, são feitos no quarto, depois a criança é trazida para ser apresentado ao marido. Existe uma razão para isso.

— Qual? — perguntou Abimael.

— Se a criança for defeituosa, ele deve rejeitá-la; os romanos não aceitam esse tipo de criança em sua família, acho particularmente horrível. Se isso acontecer, não vai ser nada agradável presenciar. O pai coloca a criança em frente à sua casa para quem quiser recolher; mas, se a criança nascer sem defeito, e o pai aceitá-la, você vai perceber.

— Você está querendo dizer que o pai pode rejeitar a criança mesmo que ela esteja em perfeita saúde?

— Isso mesmo! Se ele tiver dúvida da integridade de sua mulher e a criança não tiver suas características, pode se convencer de que não é seu filho, assim o destino é incerto.

A porta dos aposentos se abriu, e a mulher do senador saiu carregando a criança, calmamente se dirigiu à poltrona, sentou-se e, com delicadeza, colocou seu filho no tapete, era um menino. Ela sentou-se novamente e olhou para o marido.

Neste momento fez-se silêncio em toda a sala, na expectativa da atitude do senador; todos sabiam qual seria a reação e atitude que ele tomaria.

O senador caminha lentamente em direção à criança, olhou-a fixamente, pegou-a em seus braços, e os convidados começam a festejar, brindando e parabenizando-o.

Abimael logo percebeu o que acontecera e concluiu que o senador tinha reconhecido a criança como seu filho; se não a tivesse reconhecido, ele teria a deixado no chão. Ele cochichou no ouvido do Domitius se aquela cena era realmente aquilo que imaginava. Domitius olhou para Abimael, sorriu e balançou a cabeça de forma afirmativa.

— Vamos brindar e cumprimentar o senador!

Ж

Após algumas horas de festa, comida e bebida distribuídas à vontade para todos, Domitius cutucou Abimael e mostrou que o senador estava se dirigindo ao jardim, rapidamente o seguiram, era a oportunidade de terem uma conversa e tentar conseguir o transporte para Israel.

— Senador, está tudo bem? — falou Domitius.

— Oi, Domitius! Está sim, estou tomando um ar. Sabe, na minha idade, não suporto mais ficar tanto tempo em uma festa, mesmo que seja para comemorar o nascimento de meu filho, aliás é o décimo quinto.

— Decimo quinto? — disse Abimael.

— Sim, a vida me proporcionou essa dádiva, apesar de cinco deles terem morrido quando criança.

— Senador, sei que não é hora de falarmos de assuntos importantes nem de pedir favores, mas estamos necessitados de algo importante que talvez somente o senhor possa nos ajudar?

— Claro, Domitius, toda hora é oportuna para discutimos coisas importantes. Hoje estamos aqui, amanhã não saberemos; se não for agora, poderá será tarde demais, diga o que precisa?

— O meu amigo Abimael precisa ir para o Oriente, mais precisamente Israel, de forma rápida. O senhor pode nos ajudar?

Domitius sabia da expedição, mas viu a necessidade omitir essa informação para que solução pudesse partir do senador; era um homem que gostava de dar soluções aos problemas, satisfazia seu ego.

O senador ficou pensativo, olhou para Abimael, tomou mais um cálice de vinho.

— Vai ter uma expedição, provavelmente em quatro dias, saindo do porto ao sul; fará algumas paradas na Grécia e, antes de ir para o Egito, terá uma em Cesárea Marítima, aliás é um porto maravilhoso, uma cidade com cara de Roma, depois seguirá para o sul até o Egito, posso conseguir alguns lugares.

— Precisamos somente de um! — disse Abimael.

— Na verdade, dois; meu segurança vai acompanhá-lo — falou Domitius.

Abimael olhou espantado para o amigo, era inesperada a atitude de ceder uma pessoa de grande confiança para acompanhá-lo por tanto tempo. Domitius colocou a mão nos ombros de Abimael e disse para o senador:

— Meu segurança vai com ele para garantir que nenhum imprevisto aconteça.

— Então fica acertado, é um prazer atender a um pedido de uma pessoa tão importante como você, Domitius. Vou mandar uma nota de recomendação em meu nome para recebê-los, sem questionamentos, mas aviso que no Mediterrâneo há muitos perigos.

— Não sei como agradecer! Se não fosse por sua ajuda, nunca chegaríamos a Israel — disse Domitius.

ᚕ

No caminho de volta, Abimael estava pensativo… como era importante observar e aprender! Naquela noite teve mais uma experiência única, estava feliz pela possibilidade de viajar para o Oriente, mesmo que tivesse que passar por dificuldades. Nunca tinha viajado de navio, mas há sempre uma primeira vez. Enquanto estava perdido em seus pensamentos, no chacoalhar da carruagem, algo lhe despertou de seus pensamentos, olhou para Domitius e percebeu que estava calado mais do que o costume. Ao observá-lo melhor, sentiu que na realidade ele estava triste, algo havia acontecido durante a visita ao senador, estava cabisbaixo, mas era para estar feliz com o sucesso da visita. Abimael, não suportando mais aquele silêncio, resolveu perguntar por que o amigo estava tão calado e triste.

Domitius a princípio não falou nada, mas uma lágrima escorrei em seus olhos. Lentamente Domitius a enxugou e resolveu relatar a causa do seu silêncio.

— Abimael estou feliz pelo que conseguimos; certas coisas guardamos somente para nós e compartilhamos com os deuses; mas há outras que precisamos falar com alguém em quem confiamos.

— Domitius, se algo lhe perturba, não deixe dentro de você! Durante esses dias, você se tornou um grande amigo, estou aberto para te ouvir; se for para guardar segredo, levarei comigo para o túmulo.

— Sei muito bem que você é uma pessoa especial e diferente de todas as outras desta cidade, é raro alguém assim! Na sociedade romana, a voz do sangue não fala mais alto, foi isso que você aprendeu hoje e o que eu sofri na pele há muitos anos. Aqui não é um porto seguro para quem nasce, o que vale é a voz do nome que carrega da família, vou explicar melhor. Aquilo que você lê nos papiros e nos relatos é bem diferente do que acontece na realidade.

"O que poderia ser?", pensou Abimael. Há tantas diferenças entre o comportamento romano e o dos outros povos que nada mais o surpreendia mais. Ficou curioso, percebeu que era um segredo carregado de mágoa e tristeza. Ele pediu para o carroceiro ir mais devagar, assim haveria tempo para o Domitius falar, e o barulho da carruagem seria menor.

— Sou filho de uma princesa… ela era bela, atraente e chamava atenção da elite romana, patrícios, alto escalão da Legião Romana, senadores e pessoas próximas do imperador. Seu marido suspeitava de sua fidelidade, por ser muito assediada e, quando ela ficou grávida, tudo mudou. Ele a levou para uma casa um pouco distante de Roma, ali ficou "escondida" durante toda a gravidez. Quando ela deu à luz, seu marido a rejeitou e, na sua cegueira de ciúmes, me abandou sem hesitar, me colocando na porta de uma casa próxima da periferia de Roma, completamente nu dentro de uma cesta. Fui abandonado, sem lar e sem família, estava destinado a um papel mais baixo da sociedade, mas por sorte fui recolhido durante a madrugada por um escravo de um general. Em segredo fui levado para fora da cidade, para um local onde o general poderia cuidar de mim; era onde ele passava seus dias de descanso, ali cresci e fui educado pelos melhores mestres na arte da filosofia, até me tornar um adulto; então retornei para seguir minha vida e a profissão que aprendi. Agradeço todos os dias por ele ter me recolhido, me criado e me salvado de um destino que poderia ser o pior possível. Esse general romano me apresentou ao imperador, desde então sou procurado por ele para lhe dar orientações e fazer análises da sociedade. Foi assim que formei um grupo de pensadores, dois você conheceu no dia em que foi à minha casa, a função deles é coletar dados e informações.

— É uma história interessante! Como você descobriu tudo isso? O general lhe contou? E sua mãe, o que aconteceu com ela?

— Meu amigo, certas coisas que ocorrem na nossa vida, segredos do passado, não duram para sempre. É inevitável que o que está obscuro venha a aparecer, a verdade é algo que se revelará, por bem ou por mal. Meu pai de criação foi sábio e, no momento oportuno e da melhor forma, me contou tudo, não me escondeu nada do meu passado. Em vez de criar em meu coração uma revolta e uma cegueira de ódio e justiça, ele me trouxe paz e serenidade, me ensinou que os caminhos da vida trazem surpresas e que devemos lidar da melhor forma possível. Minha mãe morreu logo após o parto quando soube o que meu pai tinha feito; ele morreu algum tempo depois, de desgosto e arrependimento. Para toda ação, existe uma reação, e ele aprendeu da forma mais difícil. A consequência disso tudo foi o sofrimento e a morte. Era isso que passava em minha cabeça quando vi a cena do senador pegando a criança, estava imaginando meu pai fazendo a mesma coisa.

— Sinto muito por tudo isso, Domitius! Eu te admiro ainda mais.

— Obrigado por ter me ouvido! Precisava desabafar.

Abimael não falou mais nada, pediu para o carroceiro ir mais rápido, virou-se para a janela da carruagem e, olhando para o céu estrelado, ficou meditando sobre tudo aquilo que seu amigo tinha lhe dito.

Durante o resto do caminho, ficou pensando sobre a carta de seu pai, a missão que lhe tinha dado e sobre o que tinha acabado de ouvir, a vida. "Que surpresas a vida me dará com essa missão? Que mudanças acontecerão com essa profecia?", pensava. Vários sentimentos pairavam como nuvens em sua cabeça.

Ao se aproximar da casa de Galeso, seus pensamentos foram interrompidos por Domitius.

— Abimael, obrigado por me ouvir! Precisava falar sobre isso com alguém de confiança, às vezes me sinto com o coração apertado com essas lembranças.

— Eu que agradeço por confiar em mim. Você me fez aliviar meus pensamentos quanto ao que vou enfrentar na minha missão daqui por diante.

— Vamos entrar e ver a fisionomia de Nara — disse Domitius, e Abimael deu uma risada.

CAPÍTULO 23

UM DOM DE HERANÇA

Ao descerem da carruagem, perceberam que as luzes da sala estavam apagadas, só as tochas do lado de fora estavam acesas, iluminando a entrada. Bateram à porta, mas ninguém atendeu.

— Você não está achado estranho tudo isso? Estão demorando para abrir a porta, estou começando a ficar preocupado! — disse Abimael.

— Não se preocupe, vamos esperar mais um pouco — respondeu Domitius que tentava ver o que se passava lá dentro pela fresta da janela.

Não demorou muito para o criado abrir a porta, estava segurando uma lâmpada à base de óleo. Domitius esticou a cabeça para ver o que estava acontecendo, mas Abimael apressadamente passou na sua frente.

— Onde está minha esposa e o Galeso? — perguntou Abimael.

O criado apontou para o corredor.

— A essa hora da noite não é bom deixar luzes acesas em casa, para não haver algum incidente com as chamas; na estante tem lamparinas para iluminar o caminho.

Abimael ficou mais tranquilo.

— Sigam até o final do corredor e verão uma luz na parte de baixo da porta, é lá que eles.

Abimael olhou para Domitius e não pensaram duas vezes; rapidamente acenderam as lâmpadas e foram correndo para a sala no fim do corredor. Quando abriram a porta, viram Galeso e Nara lendo uma porção de pergaminhos espalhados sobre a mesa, e a primeira coisa que queriam era ver a reação de Nara, mas ela estava entretida com a leitura e com o que o Galeso falava. Ele mexia nos papiros e falava algo que fazia Nara fixar seus olhos com atenção, tanta atenção que ela nem percebeu a chegada deles, que se aproximavam.

Domitius disse baixinho no ouvido de Abimael:

— Acho que não era essa a reação que estávamos esperando. — E deu uma risada.

Nesse instante Nara ouviu a voz de Domitius e percebeu que eles estavam ali, olhou assustada e disse:

— Abimael, você nem acredita no que descobrimos!

Domitius olhou para Abimael, deu outra risada.

— Agora sim, essa era reação que esperávamos.

— Ainda bem que vocês chegaram, já era tempo, precisamos conversar. Estou cansado, já tarde, mas temos ainda algum tempo, posso aguentar, tudo está explicado na carta de seu pai. Como estava explicando para Nara, era só decifrar, foi o que fizemos durante todo esse tempo que estiveram fora — falou Galeso.

— E o que você encontrou na carta de meu pai?

— O caminho para você encontrar a criança está na própria carta, ele queria na realidade que você a decifrasse. Veja este trecho!

"Você faz parte disso, como eu também, por herança de família, observamos e estudamos as estrelas. Os sábios e anciãos do reino de Sabá e de localidade próximas estão prevendo um evento cósmico."

— Sobre o evento cósmico, já sei! Quero saber que tipo de evento é esse?

— Segundo a língua escrita nessa mensagem, tem um motivo especial. Quando seu pai menciona que estuda as estrelas, ele quer nos levar a uma interpretação. A pergunta é, que categoria de pessoas estuda as estrelas? E a resposta é que há muito tempo eram identificados como magos.

— Magos? Já ouvi falar sobre isso quando era criança, mas na mensagem está escrito sábios, não magos! — disse Abimael.

— Sábios e magos é a mesma coisa! Há vários tipos de magos, no sentido positivo ou negativo da palavra. Para identificar o tipo positivo, seu pai colocou na mensagem a palavra sábio.

— Achei muito interessante, Abimael, a explicação que ele me deu, você vai se espantar com a revelação! — disse Nara.

— Vou explicar, os magos estudam as estrelas, e há uma grande possibilidade de estar mencionando os membros da casta sacerdotal Persa. Eles eram cultivadores da religião autêntica, uma forma de pensar no conceito mais avançado da filosofia, como a dos antigos gregos, aliás os gregos seguiram essa forma de pensar. Podem ser também os guardiões do saber e do poder sobrenatural, ou místico, que muitos hoje chamam de feiticeiros, uma forma errada de pensar. Por isso, em vez de chamar de magos, ele chamou de sábios; somente na sua cultura é que são chamados assim — falou Galeso.

— Então esses sábios que citados na mensagem, na realidade são magos e buscam, por meio das estrelas e pela filosofia, o conhecimento... Qual a finalidade deles? — perguntou Domitius.

— O Galeso está querendo dizer que os magos valorizam a religião e a filosofia como forças que colocam os homens a caminho da sabedoria, por isso eles se dedicam a uma harmonia entre os astros, a filosofia e as divindades dos povos — respondeu Nara.

Abimael olhou para ela e ficou se perguntando como ela tinha aprendido tão rápido tudo aquilo. Nara respondeu com um olhar que dizia que no tempo que ficara ali tinha aprendido muito.

— Até agora entendi tudo isso que acabou de dizer, não fazia ideia da importância que eles tinham, mas o que tem a ver a carta de meu pai com esses magos? E onde eu entro nisso? — perguntou Abimael.

— É exatamente aonde eu quero chegar. A mensagem continua, veja o que diz mais adiante neste trecho:

"você faz parte disso, como eu também, por herança de família...",

— Seu pai provavelmente descendia de magos, essa frase deve ser lida e interpretada; digo mais, além da interpretação, ele está passando uma missão para você, meu caro Abimael.

— A missão eu entendi claramente, mas qual interpretação tem que ser feita dessa frase?

— Você, como seu pai, faz parte dessa casta de magos, vocês são magos, mas, como ele não podia ir ao encontro da criança, deu essa missão para você, uma missão que só um mago pode fazer!

— Você quer dizer que eu sou um mago?!

— Exatamente, e os sonhos que você teve confirmam que faz parte mística dos magos! Entendeu agora? Seu pai ou sua mãe sabiam.

— Eu acredito; além de ser mago, sou descendente, por parte da minha mãe, de uma linhagem das profetisas de Sibila, foi por isso que meu pai pediu que eu procurasse uma pessoa que ele conhecia há muito tempo e que vivia em Roma. Há poucos dias, fui visitá-la e, além de confirmar a mensagem de meu pai, ela me revelou que minha mãe era da linhagem das profetisas de Sibila.

— Isso explica tudo, eles sabiam disso. Talvez seja um motivo a mais de seu pai ter enviado essa mensagem, provavelmente ele sabia que essas visões aconteceriam mais cedo ou mais tarde.

— E qual é a terceira interpretação? — indagou Domitius.

— Há infelizmente magos que, ao invés de buscar o caminho da verdade, buscam o caminho das trevas e trabalham a serviço deles, mas fica tranquilo, isso não se encaixa em você, não é mesmo Abimael? — Galeso fez essa pergunta de forma irônica, pois sabia que, nesse mundo de seduções, muitos desviaram de suas verdadeiras missões.

— Claro que não! — respondeu Abimael constrangido.

— Tome cuidado! Nesse mundo, aparecem muitos caminhos e pessoas que se aproveitam desse dom para proveito próprio.

— Pensando em tudo o que você me falou, agora me vêm algumas lembranças da minha infância. Lembro vagamente que meu pai falava sobre as estrelas, mas nunca me interessei. Quando fui crescendo, só me interessava em estudar a língua de outros povos, gostava muito, tenho uma facilidade para isso, mas o estudo das estrelas não me atraía.

— Está no seu sangue; gostando ou não, faz parte de você. Agora essa herança está te cobrando! Você deveria ter ouvido melhor seu pai quando era criança!

Galeso de repente baixou a cabeça, parecia arrependido do que tinha falado e se corrigiu. — Talvez não deveria mesmo ter ouvido seu pai, talvez você não chegaria aonde chegou até agora.

Abimael ficou assustado com a revelação que Galeso fizera, tudo o que ele estava dizendo parecia muito real e verdadeiro, se perguntava por que não descobrira isso antes.

— E tem mais uma coisa! Enquanto estávamos revirando estes papiros, sua esposa me contou sobre alguns sonhos que você teve um tempo atrás e alguns sentidos que lhe perturbavam a mente, esse também é um dom que os magos tinham. O dom herdado da sua mãe floresceu isso de uma forma muito forte.

— Mas por que meu pai não contou tudo isso para mim, na carta ou em outro momento?

— Os motivos só ele vai poder te dizer, mas, no meu entender, ele as contou de forma que você descobrisse utilizando uma língua antiga. Seria mais convincente do que contar de outra forma. O dom de ser mago não se passa revelando em palavras ou por tradição familiar, deve ser percebido por si só, por isso ele pediu que fizesse a investigação, ele sabia que você encontraria a resposta.

Domitius estava observando, em silêncio, e entendeu perfeitamente o que o Galeso tinha dito. Ele foi até a mesa, ficou olhando os manuscritos e vendo os detalhes dos desenhos, Abimael prestava atenção no que Domitius estava fazendo.

— Você quer falar algo? — perguntou Galeso sentindo que Domitius tinha algo para falar. Domitius olhou para Abimael e resolveu dar a sua visão como filósofo.

— Então, se entendi bem, na realidade o objetivo final não era apenas investigar e buscar informações, mas que Abimael descobrisse o verdadeiro meio para encontrar a criança e identificá-la. Para isso teria que usar a força do seu dom, entre a razão e a fé...

— Isso mesmo, sem isso ele não poderia saber quem é a criança que encontraria; poderiam colocar qualquer uma em sua frente que não saberia identificar.

Domitius ficou pensativo e saiu da sala para tomar um ar fresco e resfriar a cabeça, queria pensar melhor.

Galeso estava muito cansado, sentou-se e pediu para chamar seu criado. Quando este chegou, pediu seu chá com suas ervas medicinais.

— Estou muito cansado, com tontura, amanhã retomaremos nossa conversa, tenho mais coisas para lhe dizer, tenho certeza que descobri qual é o fenômeno cósmico que seu pai está falando!

Galeso se levantou e foi caminhando devagar, Abimael ficou olhando calado, estava espantado e precisava de um descanso, tinha sido um dia muito desgastante. Então ele e Nara foram para os aposentos.

CAPÍTULO 24

A REVELAÇÃO DE GALESO

Ao nascer do sol, Abimael estava no jardim externo observando as árvores, as flores e os pássaros; uma brisa leve batia em seu rosto, tudo lembrava uma das manhãs em sua terra natal. Sabá era diferente, o vento da manhã, que no início era frio, ia se tornando mais quente depois; lembrou-se de seu pai e percebeu que muitas coisas haviam por trás daquele homem, inteligente, religioso e pensativo, agora sabe por que lia tanto. Na infância e no início de sua juventude, antes de se aventurar, não percebera o quanto tinha das características do pai. Abimael só pensava em si mesmo, em correr o risco de ir para outras terras rumo à grande e majestosa cidade de Roma. Agora se dava conta de como era igual ao pai.

Domitius viu Abimael no jardim e foi se aproximando devagar, silencioso para que ele não percebesse, trazia um punhado de tâmaras secas; sentou-se e ofereceu-as, Abimael olhou assustado.

— Peguei na despensa da cozinha, será que o Galeso vai se importar?

Abimael sorriu e pegou uma.

— É difícil ele não perceber a falta delas, são difíceis de encontrar nessa época do ano aqui em Roma, são importadas do oriente e muito caras, acho que ele vai ficar um pouco bravo com você!

— Estive pensando sobre o que o Galeso falou ontem sobre tudo aquilo, sobre os sábios, os magos, você nunca percebeu nada que pudesse estar ligado ao seu passado, ou algo importante na sua infância e juventude que pudesse ter acontecido?

— Não! — disse Abimael desapontado.

Nara estava na entrada da casa procurando por Abimael e Domitius; de longe os avistou, deu um grito e acenou para entrarem, era a hora do refeição da manhã. Eles a passos curtos foram conversando, Nara observava e pensava: "Como são tranquilos, não me conformo como esses dois ficam perdidos no tempo quando estão juntos conversando".

Ela entrou e foi direto para a cozinha.

— O que foi, Nara? Por que está com essa fisionomia de poucos amigos? — perguntou Galeso.

— Para quem não enxerga muito bem, você está vendo muito! — respondeu nervosa, mas, logo em seguida, desculpou-se. — Desculpe, Galeso, não quis ser grosseira com você!

— Não precisa se desculpar, conheço muito bem a personalidade das mulheres! — Deu uma risada.

— Posso não enxergar muito bem com os olhos, mas enxergo com outros sentidos, que falam mais que as aparências. Você deve ter paciência com seu marido, ele está passando por momentos difíceis, você deve ser um refúgio e proteção, como um travesseiro de penas aconchegantes, e não um cheio de espinhos! — E deu outra risada. Nara ficou olhando para ele pensativa.

Algum tempo depois, Abimael e Domitius entraram na cozinha, se sentaram à mesa e começaram a se servir da comida. Nara comia e, com o canto do olho, observava os dois; ela estava mais calma depois do que Galeso tinha dito.

— Depois de comermos, e recuperarmos as forças, vamos à biblioteca terminar nossa conversa — disse Galeso.

— Descobriu sobre o fenômeno das estrelas? — perguntou Domitius.

— Sim, tenho muita coisa para mostrar e tenho certeza que estamos no caminho certo. Galeso se levantou e, com a ajuda de Nara que estava ao seu lado, foi para a biblioteca.

Abimael olhou com ânimo para Domitius, que levantou a sobrancelha como sinal de que boas notícias viriam. Apressaram-se em comer para saber o que o Galeso tinha para eles.

— Não dá para imaginar o que Galeso quer nos contar — disse Domitius.

Assim que terminaram a refeição, se levantaram e foram juntos para a biblioteca.

Galeso estava separando sobre a mesa vários manuscritos.

— Estou verificando por onde começar!

Ficou procurando, mas sua visão não ajudava muito, então pediu que Nara separasse os manuscritos que tinha lhe mostrado no dia anterior. Ela revirou alguns e separou o que ele precisava.

— Aqui está, vamos começar com esses! A carta de seu pai fala sobre um fenômeno cósmico. A pergunta que deve ser feita é "Que fenômeno é esse?". Separei alguns textos que foram registrados na Babilônia antiga, esses registros mostram o aparecimento de estrelas de pequeno porte, é um fenômeno recorrente, então devemos descartar.

— Por que devemos descartar? — perguntou Abimael?

— Porque estamos procurando um fenômeno cósmico raro, e não algo que acontece regularmente!

— Nesse outro registro, aparece um a cada dois ou três gerações, nós chamamos de estrelas recorrentes, não é a época de ele passar por esse tempo, muitos dizem que não são estrelas, mas fragmentos grandes que passam próximo ao nosso planeta. Não podem ser consideradas um fenômeno cósmico relativamente expressivo como está descrito na carta, então vamos descartar também. Nara, por gentileza, pegue aquele que colocamos naquele canto.

Para Abimael parecia ser muito velho o manuscrito, ela o pegou com uma bandeja de prata.

— Esse manuscrito parece ser muito antigo, precisa ser manuseado com muito cuidado — disse Abimael.

— Nada como as mãos de uma mulher — respondeu Galeso. — Esse manuscrito tem mais de trezentos anos. Nele há anotações de Hiparco, um grande astrônomo que viveu na Alexandria, foi lá que o consegui; as anotações trazem uma série de análises, ele criou o conceito de grandeza das estrelas, associado ao brilho.

— E você não fez uma cópia?

— Mas é claro, tudo o que tem aqui tem uma cópia, mas elas não estão aqui, eu as guardei em um lugar bem protegido, eu as enterrei!

— Enterrou? Por que você fez isso?

— Para assegurar sua proteção e para protegê-las da umidade e preservá-las do tempo, por isso foram enterradas em vasos de barro. Mas vamos ao que interessa!

Nara foi abrindo devagarinho o papiro e colocou em cada canto um peso feito de prata.

— Aqui está o fenômeno cósmico que os sábios de Sabá previram e que seu pai menciona na carta.

Abimael e Domitius se aproximaram, havia um desenho de algumas estrelas e em volta alguns textos na língua babilônica, estavam espalhados por todo o manuscrito.

— Esse manuscrito é interessante, tem várias anotações de pessoas diferentes; por exemplo, esses desenhos das estrelas são de uma língua antiga, escrita na Babilônia, foram escritos primeiro, depois há outras anotações, incluídas posteriormente.

Abimael ficou observando de perto aqueles planetas, ao lado havia palavras que nomeavam cada uma delas.

— Me parece que esses planetas estão alinhados ou estou enganado? — disse Domitius.

— Não está não, realmente estão alinhados, e esse alinhamento é o fenômeno que o pai de Abimael descreve na mensagem.

— É incrível! É exatamente como apareceu em meu sonho!

— Essas estrelas foram nomeadas posteriormente pelos antigos gregos; esse daqui é Júpiter, a Estrela de Fogo.

— Para os gregos é Zeus — disse Abimael.

— Esse que aparece bem próximo é Saturno; os sumérios o chamavam de Estrela de Madeira; os gregos, de Cronos; e esse próximo é Marte, Deus da Fertilidade; chamado em grego de Eros.

— Mostra-lhes, Galeso, o texto naquela parte do manuscrito — disse Nara.

— Abimael, gostaria que você pudesse ler o texto neste canto, é uma língua dos hebreus muito antiga.

Abimael olhou espantado para Nara e Galeso, parecia que queriam mostrar algo importante. Ele se aproximou, começou a ler o texto e, em pouco tempo, percebeu a importância daquele fenômeno astronômico.

— Não é possível, isso é incrível! O texto está dizendo que esse alinhamento aconteceu pela última vez há oitocentos anos! — exclamou.

— O texto foi escrito durante o período do profeta Isaias; esse fenômeno cósmico apareceu durante o período do profeta que anunciou a vinda dessa criança, quem o escreveu fez uma relação entre esse fenômeno e a revelação do profeta — disse Domitius.

— E quem foi? — perguntou Nara.

— Tudo indica que foi um dos seguidores do profeta, pois eles é que tiveram em suas mãos esse manuscrito. Ficou guardado em segredo por vários séculos, até chegar a minhas mãos há mais de cinquenta anos, na biblioteca de Alexandria. Estava praticamente escondido, foi um achado inesperado; quando o peguei e vi ser importante, guardei comigo e comecei a interpretá-lo; a partir daquele momento, passei a estudar as estrelas.

— Aqui ainda diz que, antes da última aparição, houve outra.

— Você pode dizer quando apareceu esse fenômeno cósmico? — perguntou Abimael.

— Pelo que está escrito e pela contagem, foi durante o período de Moisés — respondeu Galeso.

— Me parece que esse fenômeno sempre indica que algo está para acontecer! — falou Abimael.

— Agora você percebe que tudo está se encaixando; deve se apressar, porque, segundo as minhas contas e pelas observações que tenho feito, esse alinhamento está para acontecer esse alinhamento em pouco tempo. Os sábios de sua terra também já sabem disso, eles têm mais recursos do que eu e previram esse evento antes, por isso seu pai, sabendo da descoberta deles, enviou a mensagem para você!

Domitius foi olhar novamente o manuscrito e ali ficou parado, parecia que algo o incomodava, seu senso filosófico o queimava por dentro. Analisando o que estava vendo, despertavam-lhe algumas perguntas.

CAPÍTULO 25

AS ESTRELAS E O REI

A descoberta do fenômeno das estrelas decifrado no manuscrito antigo que Galeso mostrou intrigou Domitius, que resolveu ver mais de perto, ele viu o desenho do alinhamento dos planetas e os textos em volta, e ficou olhando por alguns minutos, o que chamou a atenção de Galeso. Abimael fez um sinal para ele não interromper.

— Vendo melhor esse manuscrito, estão me surgindo alguns questionamentos, há algo a mais nesse desenho das estrelas e nesse outro, me parece um mapa incluído posteriormente, é diferente da forma como as estrelas foram desenhadas, não é da mesma pessoa.

— Pensei nisso por anos e cheguei à conclusão de que quem o colocou aí tinha uma intenção, ligando-o às estrelas.

— E qual seria essa intenção? — perguntou Abimael.

— Lembra o que o rabino disse, que o povo de Israel esteve no cativeiro na Babilônia e ali aprendeu muito sobre a cultura babilônica? Me parece que, para o povo babilônico, esses eventos cósmicos eram sinais de grande importância, no sentido universal — disse Domitius apontando um texto no manuscrito logo abaixo dos desenhos.

— O desenho que estamos vendo, no centro do manuscrito, é o mundo conhecido na época. Há um texto da Torá, logo abaixo no idioma antigo dos hebreus.

"Eu o vejo, mas não agora, eu o contemplo, mas não de perto, um astro procedente de Jacó se tornará chefe"

— Este astro, na interpretação no Oriente, significa um rei de caráter divino, é uma forma de falar de como será aquele que vem dentre o povo de Israel, nesse caso teria que ser um descendente de Davi, o Ungido — disse Galeso.

— Então, responde à outra pergunta que eu ia fazer! Na realidade não é o fenômeno cósmico que determina o destino do menino, é o menino que guia as estrelas. — Domitius, com sua capacidade filosófica, entendera que a criança era mais importante do que imaginava.

— O que você quer dizer com isso? — perguntou Galeso.

— Estou querendo dizer que esse menino é maior que todos os poderes do mundo material e vale mais do que o universo inteiro. Essa é a conclusão à que cheguei, não há outra forma de interpretá-la.

— Mas, se esse menino tem todas essas qualidades divinas, deve nascer num palácio real, provavelmente na cidade sagrada de Jerusalém. — Galeso disse de forma conclusiva, achando natural que um rei nasceria em um local apropriado para a sua realeza.

— É aí que você se engana, Galeso. Recebi um texto sagrado de um rabino que diz que esse menino vai nascer na cidade de Belém — afirmou Abimael. Ele já tinha consciência de que a criança descrita na profecia teria poderes divinos, seria o meio de mudar as estruturas de uma forma diferente do que o Império Romano realizava com a sua "Paz romana".

— Impossível! Como um menino, sendo rei e com essas características, pode nascer num vilarejo? A última notícia de um mercador que veio daquela região me informou ser um lugar pobre e pequeno.

— Depende de que tipo de rei você está imaginado Galeso; nem nós, que estamos à procura, sabemos direito. O que temos de informações é que de fato que ele será grande, o que vem realizar e de que forma vai fazer isso será um caminho muito difícil.

— Então o que vocês vão fazer agora? Já sabem as características, o local e o momento do nascimento — perguntou Galeso.

— Vamos partir, as embarcações romanas em poucos dias vão sair em direção ao Egito pelo mar do Mediterrâneo.

Enquanto Domitius conversava com Galeso sobre os detalhes da viagem e como chegariam até a cidade de Belém, Abimael ficou olhando para aquele manuscrito, com uma coceira nas mãos para fazer uma cópia.

— Posso pedir um último favor, Galeso? — perguntou com receio.

— Sim, pode! O que você quer de mim?

— Gostaria de fazer uma cópia desse manuscrito.

Galeso não gostou muito do pedido.

— Não sei se é uma boa ideia?

— O que está nesse manuscrito já está para acontecer, vai ficar seguro comigo, como aquele que você guardou em segurança!

Galeso ficou pensando e resolveu aceitar meio contrariado.

— Pode fazer, mas que fique em segurança.

— Pode deixar, ninguém mais vai ter acesso a essa cópia! — Abimael puxou um papiro da bolsa e sentou-se à mesa para fazer a cópia.

— Enquanto isso, vou fazer as malas e ajudar na cozinha, acho que vamos partir após o almoço, ele deve levar uma hora para fazer a cópia — disse Nara.

Ж

Na hora de partir, o tempo estava nublado, Nara deu um abraço em Galeso, tinha se afeiçoado a ele, era um homem com uma delicadeza extraordinária, uma inteligência formidável e possuía um conhecimento fora do normal. Domitius e Abimael estavam tranquilos, conseguiram o que buscavam; a única preocupação era a viagem, mas tudo estava arranjado com o senador.

Galeso aparentava satisfação, tudo aquilo que estudara tinha finalidade e ajudou na missão deles.

— Espero que sua viagem seja a mais tranquila possível e que você alcance aquilo que procura! — disse Galeso para Abimael.

Abimael abriu um sorriso e deu um abraço nele, não falou mais nada. Seu semblante era de contentamento por mais uma etapa alcançada; entrou na carruagem. Domitius também deu um abraço em Galeso e disse:

— Espero voltar para conversar mais e tomar mais umas bebidas!

— Enquanto eu estiver neste mundo, pode vir, ficarei feliz em recebê-lo.

Entraram na carruagem e partiram para a cidade de Roma. A carruagem ia lentamente por causa estrada molhada. Galeso ficou olhando até eles desaparecerem no horizonte e ficou pensando no que tinha acontecido.

Ж

A terra batida da estrada não oferecia perigo, os romanos eram cuidadosos quando abriam as estradas para que a Legião Romana pudesse andar com suas carroças carregando espólios ou alimentos.

A carruagem passou pela floresta e seguiu por uma estrada oposta à casa do senador, era a única em direção à cidade. Nara não sabia nada da visita que eles tinham feito e perguntou:

— Não deu tempo de falarmos sobre o que aconteceu na casa do senador, como foi a visita?

— Foi bem, a criança nasceu, e o senador a pegou em seus braços.

Nara achou estranho.

— E daí que ele a pegou nos braços? Todo pai faz isso.

Abimael deu uma risada para Domitius, Nara não sabia o que significava.

— Não tem importância agora, te explico outro dia.

Nesse momento, próximo à cidade, um homem cavalgava lentamente, o segurança diminuiu a velocidade da carruagem, Domitius percebeu e colocou a cabeça para fora para saber o motivo e viu o homem. Abimael quis saber o que estava acontecendo, e Domitius fez um sinal com a mão. A carruagem estava se aproximando do homem, e o segurança gritou para ele ir para o canto da estrada, o homem, que estava encapuzado, diminuiu a velocidade e ficou ao lado da carruagem. Domitius olhou para ele e gritou:

— O que você está fazendo?

De repente o homem tirou o capuz, era Claudius; olhou para dentro da carruagem com cara de poucos amigos.

— Não se preocupe, não vou fazer nada. — E olhando para Domitius perguntou: — Ainda estão na estrada? Fiquei sabendo que vocês saíram cedo da casa do senador!

— Você estava na casa do senador? Não te vimos! — disse Domitius.

— Cheguei mais tarde, depois que vocês saíram, e tive uma conversa com ele, fiquei sabendo da viagem. — Claudius deu uma risada e se afastou.

Domitius, irritado, disse para Abimael: — O que o senador tinha que falar sobre a viagem com Claudius!

— Com certeza ele usou astúcia para tirar alguma informação! Agora o que será que ele planeja com isso? — disse Abimael.

CAPÍTULO 26

O PORTO DE
OSTIA ANTICA

Claudius ficou olhando a carruagem se distanciar em direção à cidade de Roma; por muito tempo, acompanhou-os de longe, não tinha interesse em segui-los, queria ir ao porto de Ostia Antica, a cidade portuária de onde partiria a expedição para o Egito.

Sua visita ao senador, em razão do nascimento de seu filho, resultou em valiosas informações, principalmente sobre a viagem que Abimael estava planejando, tinha certeza de que era algo referente à mensagem misteriosa que recebera do pai, e ele descobriria de qualquer forma o que estava por trás daquele mistério.

Chegou a Roma e foi direto para casa, deitou-se e ficou pensando no que iria fazer, talvez pegar a mensagem; teria que invadir a casa de Abimael, era a única forma de colocar as mãos nela, mesmo que tivesse que tomá-la à força.

Ж

Ao chegarem, Abimael e Domitius ficaram conversando sobre os detalhes para a viagem a Israel.

— Estou ansioso para saber em que embarcação eu vou, nunca percorri por navio o mar Mediterrâneo, já andei em embarcações quando era criança, no rio Eufrates, mas acredito ser totalmente diferente — disse Abimael.

— Vou garantir que seja o maior e o melhor navio da frota, tenho que me assegurar que sua viagem seja segura. Que tal irmos até o porto

149

para verificar as embarcações e conversar com o responsável da expedição, assim saberemos em qual embarcação você irá? — Domitius sabia que a viagem não seria muito agradável, mas era preciso dar confiança e tranquilidade a Abimael e Nara, que estava muito preocupada.

— Acho uma boa ideia, mas vocês não estão cansados? — disse Nara.

— Eu não estou — disse Domitius.

— Eu também não — falou Abimael.

— Então vou preparar algo para nós comermos, o porto não é muito longe daqui, não é?

— De carruagem, acho que levaremos por volta de duas horas, se a estrada estiver mais seca.

Nara foi preparar algo na cozinha com a criada; Abimael colocou sua bolsa no canto de sua sala de trabalho e foi preparar uma bebida para relaxar.

Tudo estava pronto e decidiram partir. Antes de subirem na carruagem, surgiu uma dúvida.

— Em que porto os navios irão partir? — perguntou Nara.

— No porto de Ostia Antica, o problema é que de lá a viagem vai levar um tempo a mais, porque terão que contornar o território da Sicília e depois seguir pela costa. Farão algumas paradas antes de chegar à Cesárea Marítima, no mar Mediterrâneo, a rota comercial mais rápida, assim vão poder colocar os pés em terra firme por algumas vezes.

Ж

Quando Claudius estava descansando depois da refeição, ouviu uma batida na porta, achou estranho porque não estava esperando ninguém, nem tinha marcado nenhum encontro; foi atender e, para sua surpresa, era um patrício ligado ao senador Maximus.

— O que você faz por aqui?

— Estava na casa do senador ontem, você não lembra?

— Acho que não, tinha muita gente.

— Estive conversando com o senador, foi logo depois que seu filho nasceu, ele me falou que haverá uma expedição naval daqui a dois dias, e alguns navios já chegaram, me disse também que você iria nessa expedição; se não for muito incômodo, gostaria que me fizesse um favor.

— Dois dias? Ele me disse que levaria mais ou menos uma semana!

— A partida vai ser daqui a dois dias, há muita mercadoria já estocada no porto, pronta para ser carregado nas embarcações e entregues no Egito. Talvez ele tenha se enganado, afinal bebeu demais, não é? O patrício falou com um tom de voz diferente, parecia haver algo estranho naquela expedição, o que deixou Claudius desconfiado.

— Pode ser, mas não acredito nisso.

— Ouvi-o dizer para aquele tal de Domitius, o que é muito influente junto ao imperador, que era sairiam em dois dias; digo mais, estava com ele aquele homem que trabalha na biblioteca do senado. Eles disseram que iriam ainda hoje ao porto, muito estranho tudo isso, não é?

Claudius não ficou nada feliz com a notícia e logo quis despachar o patrício.

— E que favor você quer?

— Queria que levasse ao chefe da expedição uma carta para ser entregue às autoridades no Egito. Sabe, tenho alguns negócios lá e não estou em condições financeiras para ir pessoalmente.

— Tudo bem, pode deixar comigo.

O patrício entregou a carta a Claudius, que, com uma cara de preocupação, dispensou-o sem cerimônias, fechando a porta bruscamente. Ele ficou pensando, dando voltas na sala, pegou a carta e, com uma cara de desprezo, jogou-a no lixo; se deu conta que estava sendo enganado e pensava no que faria. "Aquele Domitius está me passando a perna; se tenho que ir a essa viagem, preciso saber de fato o que eles estão buscando, deve ser realmente muito importante para irem tão longe!".

Depois de um tempo, decidiu ir ao porto, mas antes iria à casa de Abimael, tentaria de qualquer forma saber o que continha naquela mensagem. Não perdeu tempo, montou em seu cavalo e partiu. Com sorte, eles já teriam ido para o porto, e Claudius teria a chance de invadir a casa, assim evitaria um confronto.

Claudius cavalgou com rapidez; ao se aproximar da casa, desceu do cavalo e percebeu que uma carruagem estava parada em frente à moradia. Ficou ali por um bom tempo até que os viu saindo, inclusive Nara. "Tenho certeza de que estão indo ao porto, essa é minha chance", pensou.

A criada também estava saindo com uma sacola e ia em direção contrária.

— Não é que estou com sorte! A criada deve fazer compras, um trabalho a menos, a casa está vazia agora! — disse Claudius.

A carruagem partiu, e a criada já estava longe, Claudius resolveu ir a pé até a casa. Ao se aproximar, olhou para os lados para ver se alguém o observava, um vizinho intrometido, por exemplo. Algumas pessoas passavam pela rua, era movimentada, um caminho muito usado para ir ao centro de Roma e ao local de compras no bairro mais abaixo, mas nada o impediria. Claudius, com uma ferramenta, conseguiu destravar a porta e rapidamente entrou na casa.

Vasculhou a estante, mas nada do que pegava era parecido com o papiro que continha a mensagem; continuou olhando e procurando um sinal que pudesse identificá-la. Lembrou-se da bolsa que Abimael sempre usava e foi direto até a sala onde ele trabalhava para procurá-la, tinha certeza de que encontraria ali o papiro e, talvez, mais alguma informação. Vasculhou cada pedaço da sala e finalmente encontrou o que procurava.

— Acho que é isso! — disse a si mesmo. Abriu a bolsa e tirou de lá vários papiros. "O que é isso?", pensou.

Continuou procurando até que achou um papiro totalmente diferente dos outros.

— Acho que é esse o papiro que contém a mensagem que o pai de Abimael enviou para ele, mas está escrita em uma língua que não conheço.

Claudius ficou olhando a mensagem e conseguiu identificar o nome de Abimael e a assinatura de seu pai. "Só pode ser esta a mensagem, mas essa língua difere de tudo que já vi, vou ter que buscar alguém que consiga decifrar o que está escrito", pensou.

Sem qualquer receio, pegou a mensagem e guardou em seu bolso, procurou mais alguma informação, mas ficou com preocupado com o retorno da criada; se ela o visse, teria que dar o fim nela, e não estava disposto para isso naquele momento.

— Acho que isso basta, agora é saber o que diz aqui.

Discretamente saiu da casa, fechou a porta, sem deixar qualquer vestígio de que fora aberta; foi até seu cavalo e partiu para ver algumas pessoas que o ajudariam a encontrar alguém que pudesse traduzir a carta.

A carruagem que levava Domitius, Abimael e Nara estava próxima ao porto de Ostia Antica; quando se aproximavam, viram algumas embarcações atracadas.

— Em qual dessas você vai viajar? Parecem muito pequenas! — disse Nara.

— Fique tranquila, Nara, ele vai na maior, possivelmente ainda não chegou.

A carruagem parou próximo à entrada do porto, caminharam até o local onde ficava o responsável pelo controle do embarque e desembarque.

Abimael e Domitius estavam procurando pelo responsável do porto, enquanto Nara deslumbrava-se com a cidade que era bem movimentada; era muita gente andando pelo porto. Não era difícil descobrir o responsável pelo controle dos navios, de longe viram um homem grande, bem-vestido e com alguns soldados em volta, foram até eles.

— Estamos procurando o responsável pelos navios do porto, é o senhor?

— Quem gostaria?

— É da parte do senador Maximus, que nos pediu para falar da expedição que acontecerá em dois dias, ele nos prometeu que o senhor reservaria um lugar no melhor navio.

— Sim, recebi a ordem, parece ser bem importante para que ele reservasse dois lugares.

Nara preocupada perguntou: — Em qual dessas embarcações eles irão? Não me parece muito seguro.

— Não fique preocupada, ainda não chegaram todas. A embarcação em que eles irão é um mercante da Roma Imperial, é grande, a madeira é maciça e pode carregar cargas que a senhora nem imagina.

— Assim fico mais tranquila.

— Afinal, quem são as pessoas que irão nessa expedição? — perguntou o responsável do porto, acreditando que Nara seria uma dessas.

— É o Abimael, este rapaz, e mais uma pessoa de confiança, o meu segurança; ele tem experiência em navegar em alto mar.

— É bom, vai precisar, nunca se sabe o que pode acontecer em alto mar!

Nara ficou assustada, olhou para Abimael, que não teve reação; Domitius, para disfarçar e para que Nara não colocasse empecilhos na viagem, logo foi acalmando:

— A viagem provoca ânsia de vômito porque balança muito, ele vai ajudá-lo a superar!

Olhou para o responsável do porto para que ele não dissesse mais nada, o qual assegurou que tudo estava confirmado e que, no dia da viagem, poderiam se acomodar no navio sem problemas.

Enquanto isso Claudius estava à procura de uma pessoa para fazer a tradução da carta.

"Só consigo pensar em um lugar onde poderei encontrar todo tipo de pessoas", pensou. Imaginou os lugares mais sombrios de Roma, onde vendiam-se bebidas baratas, um lugar pobre e sujo, onde sempre estrangeiros de vários lugares do mundo. Geralmente quem frequentava esse tipo de lugar estava afogando as mágoas de um fracasso nessa grande cidade Roma; se tivesse sorte, alguém conheceria a língua da mensagem e, por um bom pagamento, o ajudaria.

CAPÍTULO 27

CLAUDIUS DECIFRA A MENSAGEM

Após sair da casa de Abimael, Claudius seguiu rumo a uma casa onde imaginava encontrar alguém que poderia traduzir a mensagem.

Ele entrou, e a primeira coisa que sentiu foi aquele cheiro insuportável de bebida e suor, mulheres e jogos; era um lugar frequentado por todo tipo de pessoa, de soldados a estrangeiros que não tiveram sucesso em Roma. Claudius sentou-se numa mesa à espera de uma criada para lhe servir um vinho, ele observava em volta e lembrava-se das vezes que bebeu ali as vitórias após cada batalha. Era bem pior do que entre os soldados cheios de sangue dos adversários, mas o vinho era dos melhores.

Uma mulher apareceu, Claudius pediu um vinho e, enquanto bebia, olhava para a porta de uma sala, aparentemente o local onde se contabilizavam os lucros; possivelmente o dono estaria ali. A sala era separada do salão por uma cortina feita com ossos, pedras e algo que Claudius não conseguia identificar; dava para perceber uma movimentação, ele se levantou e foi em direção à porta; sem qualquer cerimônia, entrou e perguntou:

— Quem é o dono desse lugar?

Havia algumas pessoas num canto, Claudius viu que estavam com espadas e facas, logo percebeu serem seguranças. Eles se levantaram com um olhar de intimidação; Claudius deu um gole em seu vinho e com a outra mão puxou um punhal que ia da cintura até o joelho, mostrando ser uma arma da Legião Romana, bastou para que os homens olhassem para o chefe, que lhes deu um sinal para se sentarem.

— Sou eu, o que você quer?

— Não vim arranjar encrenca, só quero uma informação. Você conhece alguém que seja do Oriente.

O homem fez uma cara de desconfiado, colocou a mão no queixo e ficou pensando.

— Talvez, mas tem que ser mais preciso, que lugar do Oriente, vem muita gente aqui, de muitos lugares e vários povos, é difícil dizer!

— Não tenho certeza de que local do Oriente, mas acredito que seja para os lados da região da Pérsia.

— Como eu acabei de falar, tem muita gente de muitos lugares, não sei dizer! — O homem deu uma risadinha olhando para seus seguranças, que também riram.

Ele parecia conhecer muito bem seus clientes, mas queria um incentivo; não era a hora de Claudius usar a força. Ele tirou do bolso algumas moedas de prata e jogou-as na mesa.

— Conhece ou não alguém?

— Claro, claro! Agora me lembro! Você está vendo aquele velho sentado com aquela mulher, ele vem de muito longe, sei que é da região da Pérsia porque tem pagado suas bebidas com alguns objetos daquela região, talvez o ajude em algo, mas é melhor se apressar porque ele não é de ficar muito tempo sentado.

Claudius saiu da sala e foi diretamente à mesa do homem, mandou a mulher sair e sentou-se; puxou seu punhal e, olhando para o velho, colocou em cima da mesa.

— Quero que você faça uma coisa.

O homem ficou espantado, sem reação, olhando Claudius desenrolar a carta de Abimael.

— Está vendo esta carta? Quero que me diga o que está escrito nela!

O homem pegou a carta e ficou olhando, parecia estar lendo.

— Você entende o que está escrito? — perguntou Claudius com um tom de voz intimidador e irritado.

— Sim, sim! Reconheço esta língua — respondeu o homem assustado.

— E o que diz nela?

— Espere um pouco, é uma língua muito antiga, é um dialeto difícil de entender, me dê um tempo!

Claudius ficou mais intrigado ainda. "Língua muito antiga?", pensou.

— Incrível o que diz esta carta! Onde a conseguiu?

— Não interessa, só me diga o que está escrito!

— Aqui diz sobre uma profecia que vai se cumprir, algumas palavras não consigo decifrar, mas me parece que se refere ao nascimento de um menino, suponho que é isso!

— Que mais?

— Está difícil decifrar; como eu disse, é uma língua antiga, e a caligrafia não ajuda muito.

Claudius confirmou que tinha razão, algo importante estava para acontecer, uma profecia do nascimento de um menino? Quem será ele?

— Então, conseguiu algo a mais?

— O que dá para entender é isso o que te falei; pelo que entendi, está prestes a acontecer, e quem recebeu esta carta tem a missão de encontrar essa criança.

O homem ficou deslumbrado com o conteúdo da carta e aparentemente interessado no assunto. Claudius percebeu o interesse e não gostou nada.

— Quem é que está à procura dessa criança? Precisamos formar um grupo de homens para achá-la! — disse o velho.

Claudius fechou os olhos, com raiva e medo de que isso se espalhasse, seria catastrófico! Seus planos era seguir Abimael sozinho e discretamente, e obviamente encontrar a criança para tirar algum proveito. Ficou pensando em como desfazer a ideia daquele homem.

— Muito bem! Vou lhe pagar uma grande taça de vinho para comemorar, o que acha?

—Já bebi o bastante, nem consigo levantar direito, mas, se é você que está pagando, tudo bem! Vou lhe contar o que parece ser essa criança!

— Como assim? Você decifrou algo mais?

O velho olhou para os lados, se aproximando de Claudius, e disse baixinho:

— Esse menino que vai nascer será um rei poderoso.

Claudius começou a entender o interesse de Abimael e Domitius, tudo se encaixava perfeitamente. Ele pediu uma grande taça de vinho e ficou por ali mais alguns minutos, até o homem terminar de beber. Percebendo que ele não se aguentava ficar de pé, Claudius o ajudou a levantar, e se encaminharam para fora da casa de bebidas, ele colocou o homem quase desmaiado em cima do cavalo e, por estreitas ruas vazias, foi levando-o para o canal de esgoto. Ali tirou o homem do cavalo e, sem demora ou vacilo, jogou-o desacordado no canal de águas sujas. Claudius ouviu o som da batida da cabeça do velho na parede do canal e viu o sangue; as águas o levaram para dentro dos dutos que percorriam por baixo da cidade de Roma, levaria horas para alguém o encontrar do outo lado da cidade, e ninguém perceberia sua ausência.

Claudius não retornou pelo mesmo caminho, seguiu em direção ao porto de Ostia Antica.

Ж

Dois dias depois do retorno do porto de Ostia Antica, Abimael decidiu arrumar sua bolsa com tudo o que precisava para realizar a viagem. Sozinho em seu escritório, pegou alguns papiros em branco, sua pena e tinta, pensava na viagem e no que poderia levar para sua proteção, não podia depender apenas do segurança de Domitius. Então pegou uma caixa guardada ao fundo do armário e tirou de dentro um punhal razoavelmente grande, mas discreto, que poderia ser guardado junto à vestimenta sem que ninguém percebesse. Na sala havia um silêncio, nem Domitius nem Nara diziam qualquer coisa, pairava um ar triste, pois a hora de Abimael partir estava chegando. O pensamento deles estava no que poderia acontecer, o pior era a incapacidade de qualquer comunicação por vários dias.

Nara andava silenciosamente, lágrimas corriam em seus olhos em pensar que o marido poderia correr risco de vida. O silêncio foi quebrado quando Abimael saiu do seu escritório com toda a bagagem.

— Estou pronto, estou levando tudo que preciso!

Nara ficou olhando sem poder falar nada, Domitius se aproximou, colocou a mão nos ombros do amigo e disse: — Vai dar tudo certo!

Com um olhar de despedida, Nara começou a tremer, pegou a bolsa de Abimael para ver o que levava.

— Só material para você escrever, não está levando nada para comer?

Abimael olhou assustado para Domitius, que olhou para ela; depois de alguns segundos de silêncio; deram uma forte gargalhada.

— Não acho graça alguma, do que vocês estão rindo?

— Não se preocupe, Nara! No navio tem alimento suficiente para a viagem. Abimael não vai fazer um passeio numa floresta para deslumbrar a paisagem.

— E não vai levar nenhuma erva medicinal? E se passar mal no alto-mar?

— Não se preocupe, meu segurança vai levar tudo o que precisa para deixar Abimael muito bem cuidado!

Nara, sem concordar ou discordar, foi para o quarto batendo fortemente os pés no chão, demonstrando que não estava nada contente.

— E o que seu segurança vai levar se eu passar mal no navio?

— Uma bebida! — E deram outra gargalhada.

— Nos encontramos amanhã cedo para ir ao porto, tudo bem? Agora vou para casa descansar, amanhã vai ser um grande dia.

Ж

Enquanto isso, Claudius estava no porto de Ostia Antica, procurando pelo responsável. Observava os navios que já estavam atracados e de longe ouviu uma voz gritando seu nome, era o responsável pelo porto.

— Não acredito que você está aqui, Claudius! Não vai me dizer que você vai nessa viagem para o Egito?

— Vou, e naquele navio de guerra.

— Mas você, na sua posição na Legião Romana, não quer ir num navio melhor, mais acomodado?

— Não gosto de ficar ocioso, gosto de vibração, vou naquele que está atracado, gosto de ouvir os escravos fazendo força nos remos; além do mais, conheço muitos que vão naquela embarcação.

— Pode ficar tranquilo, vou deixar reservado seu lugar. Uma pergunta? O que você vai fazer no Egito?

— Egito não, meu amigo! Vou desembarcar antes, em Cesareia Marítima.

— Agora fiquei curioso, o que vai fazer lá? Aquele lugar é muito conturbado!

— É por isso mesmo. Além de conturbado, é misterioso, e isso me atrai muito!

— Acredito que não é só você que quer esse tipo de lugar! Tem mais dois passageiros que vão para lá!

— Sei disso, mas não importa, não é? Você sabe em quais locais, além de Cesareia, as embarcações vão parar antes do Egito?

— Só na cidade de Cesárea Marítima. Vão seguir por meio do Mediterrâneo! Acho isso uma loucura, mas eles querem ir o mais rápido possível, só não me pergunte o porquê.

— Muito estranho mesmo! Fiz uma viagem dessa há muitos anos, é perigoso! Então estamos combinados, amanhã estarei aqui para embarcar.

CAPÍTULO 28

ABIMAEL EMBARCA PARA A VIAGEM

No dia seguinte, ao amanhecer, Abimael e Nara aguardavam a chegada da carruagem de Domitius. Da janela do quarto, admiravam o céu de Roma, azul e sem nuvens de chuva; uma suave brisa batia em seus rostos; ficaram ali em silêncio, até que Nara olhou para Abimael e fez uma pergunta inusitada:

— Como será o mar Mediterrâneo?

— Como assim? O que você quer dizer?

— Se é calmo, se há muitas ondas? O que acontece durante a viagem?

— Você nunca ouviu histórias sobre isso? Você não conhece ninguém que seja esposa de algum homem que tenha navegado pelo mar?

— Não, nunca! Aliás, sempre viajei nas estradas de Roma.

— Não sei ao certo, mas ouvi dizer que é uma mistura de dor e prazer, é o que tenho lido também.

— O que há de prazer em estar preso em um navio com água por todo lugar?

— Mas esse é o prazer!

Nara olhou-o com uma cara fechada, não acreditava no que estava ouvindo.

— E onde está o prazer nisso? Conta-me!

— Não sei dizer, mas acho que vou descobrir quando estiver em alto mar.

— Imagino então o que seria a dor!

— Não quero nem pensar! — disse Abimael dando uma risada.

Nesse instante apareceu a carruagem com outra pessoa guiando, estacionou em frente à casa, e Domitius colocou a cabeça para fora.

— O que estão esperando? Desçam daí e entrem na carruagem, quero chegar cedo ao porto! É bom chegar antes e se acomodar no navio para ir se acostumando, Abimael.

Desceram e entraram na carruagem, o segurança estava com uma caixa de madeira ao seu lado.

— O que tem nessa caixa? — perguntou Nara.

— Tudo o que precisamos para uma boa viagem ao mar — respondeu o segurança.

— Posso dar uma olhadinha? — perguntou Abimael.

O segurança levantou um pouco a tampa da caixa, e Abimael viu muitas ervas; o segurança pegou algumas se levantou lentamente para Nara não perceber, havia garrafas com absinto embaixo delas. Abimael olhou para ele e abriu um sorriso discreto.

— São ervas, Nara! É para não ter enjoo por causa do balanço do navio.

Ela ficou olhando para o segurança de Domitius, imaginando quem de fato seria ele, nunca perguntara quem realmente era, qual o seu nome, o que fazia e por que estava disposto a ir com Abimael nesta viagem. Não demorou muito para fazer aquelas inúmeras perguntas.

— Até agora não sei o seu nome? — disse ela.

— Meu nome é Heliano.

— Você é casado? Tem filhos?

Heliano ficou olhando para Domitius, Nara percebeu e ficou sem entender.

— Ele já foi casado, sua esposa faleceu há dez anos, tentaram várias vezes ter um filho, mas não tiveram sorte — disse Domitius.

— Sinto muito, Heliano! Por que você aceitou ir com Abimael nesta viagem?

— Ordens são ordens, e nunca dispenso uma boa aventura.

— Os pais dele são da região de Israel, ele tem parentes lá — completou Domitius.

— Vai aproveitar vê-los?

— Após a missão ser cumprida!

Ao chegaram ao porto, depararam com uma multidão; seis embarcações estavam atracadas, duas eram maiores porque eram de carga, em uma delas que Abimael embarcaria. As outras eram de guerra e exigiam maior número de escravos para remar. Muitas das pessoas que estavam no porto carregavam as bagagens que deveriam ser levadas ao Egito, esse era o objetivo da expedição, levar mantimentos e retornar com os produtos da região.

Abimael, logo que desceu da carruagem com Nara e Domitius, ficou observando a movimentação, enquanto o Heliano foi para a embarcação se certificar do lugar em que ficariam acomodados.

— Vamos ficar por aqui mesmo, o Heliano vai tomar as providências; quando ele voltar, podemos nos despedir, acredito que não vai demorar muito para partirem, vejo que eles adiantaram o serviço — disse Domitius.

Nara começou a chorar, não conseguiu controlar a emoção e a tristeza da partida. Abimael lhe deu um abraço.

— Volto logo; quando menos esperar, estarei aqui de novo.

Nara enxugou as lágrimas e balançou a cabeça em sinal afirmativo.

— Volte antes do nosso filho nascer!

— Fica tranquila, voltarei a tempo, vivo e inteiro; não vou ficar nove meses em Israel.

Algum tempo depois, Heliano apareceu apressado.

— Vamos embarcar agora, está tudo preparado; vão finalizar os trabalhos de outras embarcações e partiremos.

— Tudo bem! Vou ajudá-lo a carregar a caixa de mantimentos.

Ao chegarem à rampa da embarcação, Abimael se despediu de Nara com um forte abraço e um longo beijo, depois deu um abraço em Domitius.

— Vá tranquilo e siga seu caminho! Quando chegar ao porto no litoral de Israel, siga as instruções de Heliano, vai ser uma longa caminhada! Fica atento aos sinais e observe tudo!

— Tudo bem, vai dar certo!

Abimael se virou, Domitius colocou a mão nos ombros dele e disse:

— Lembre-se, tudo tem uma razão para continuar, não desista, mesmo quando tudo estiver perdido, é nesse momento que a esperança brilha.

Abimael abriu um sorriso e deu um sinal positivo com a cabeça, ele e o segurança foram direto para o alojamento. Antes de a embarcação partir, foram até a proa aproveitar os últimos momentos com eles.

Não demorou muito o responsável do porto deu um sinal para recolher a rampa e desamarrar as cordas que prendiam as embarcações, lentamente começaram a partir. Abimael acenou, despedindo-se de Nara.

Em seguida partiram as outras embarcações, e Nara voltou a chorar, seu coração estava despedaçado. Quanto mais se distanciavam, mais seu coração ficava apertado.

Um dos navios demorou para partir, era um navio de guerra. Nara ficou olhando quando de repente viu algo que a deixou curiosa e, ao mesmo tempo, preocupada.

— Não acredito no que estou vendo! — disse ela.

— O que foi, Nara? — perguntou Domitius.

— Dê uma olhada naquele homem, o que está bem no meio daquela embarcação, está de costas, não pode ser ele!

— Ele quem? — Domitius ficou fixando seus olhos para tentar enxergar melhor, de repente o homem se virou.

— Eu não acredito! É o Claudius! O que ele está fazendo naquela embarcação?

Eles ficaram parados vendo as embarcações partirem, tristes e, ao mesmo tempo, com receio da presença de Claudius na expedição. Domitius estava indignado.

— Vou tomar satisfação com o chefe do porto, ele deve saber de algo!

Foram até o homem, entraram em sua sala e, sem perder tempo, Domitius pediu:

— Me mostre a lista da tripulação do último navio de guerra que saiu!

— Quem é você para entrar na minha sala? Não pode vir assim exigindo uma informação do porto!

Domitius puxou de seu bolso um documento que mostrava quem ele era, o homem pegou e leu o que estava escrito; imediatamente sua fisionomia mudou.

— Me desculpe, senhor! Vou pegar a lista.

Nara ficou impressionada com o poder de Domitius.

— Aqui está! Me desculpe pelo inconveniente!

Domitius pegou a lista e procurou o nome do Claudius.

— Me desculpe perguntar, mas quem o senhor está procurando? — quis saber o responsável pelo porto.

— Aqui está, Nara, é ele mesmo! Achei, é o Claudius.

— Aquele intrometido e sem educação, ele foi o último a embarcar, foi por causa dele que o navio saiu atrasado, não podíamos liberar aquela embarcação sem ele, tinha a autorização do senador Maximus.

— Por acaso ele disse em qual porto desceria?

— Você não sabe? Vai haver somente uma parada antes do Egito! As embarcações seguirão uma linha reta até o porto da Cesárea Marítima, é lá que o Claudius vai desembarcar.

— Como assim único porto? São obrigatórias as paradas no litoral norte do mar Mediterrâneo!

— O comandante da frota, antes de embarcar, me avisou que haviam mudado a rota de viagem, só não sei dizer o porquê, achei estranho também!

Domitius não gostou nada da notícia, Nara ficou em choque, tinha certeza de que não era uma boa notícia, principalmente vendo a cara de irritação e preocupação de Domitius. Ele pegou em seu braço e saíram da sala sem falar mais nada.

— Você está me machucando Domitius! O que está acontecendo? — falou Nara.

Ele se deu conta do que estava fazendo, largou-a rapidamente e disse:

— Me desculpe, Nara! Foi instintivo, não queria fazer isso, estou preocupado por duas coisas, uma é o motivo de Claudius estar naquela expedição, a outra é essa mudança na rota das embarcações indo diretamente para Cesárea Marítima sem parada.

— E o que podemos fazer agora?

— Nada! Só esperar que essa viagem seja tranquila!

CAPÍTULO 29

A PARTIDA

O navio partiu, e Abimael sentiu um vazio invadir seu corpo, estava deixando Roma, depois de muitos anos, e o que mais doía era deixar a sua amada, a paixão da sua vida, com seu filho no ventre.

Ele pensou na vida estável construída com sacrifício e agora partia para uma terra distante, sem saber o que poderia acontecer. O vazio ficou nele até a terra firme desaparecer, a dor era inexplicável ao ver Nara desaparecendo no horizonte, depois, lentamente, o porto, até estar no horizonte somente o mar. Estavam somente ele, Heliano e os tripulantes, então o vazio deu lugar à força para seguir seu caminho. A ferida da despedida de tudo o que deixara para trás ficou em seu coração, mas era preciso seguir adiante.

— Agora, Abimael, somos apenas nós e o mar, a aventura está só começando — disse Heliano.

Abimael ficou olhando para Heliano e para a embarcação que balançava, ouvia os tripulantes trabalhando, as velas hasteadas para pegar velocidade.

Tudo aquilo era novidade para ele, estava admirado com a beleza de navegar e a força dos movimentos que fazia sobre as águas, estava em êxtase até que decidiu ver o interior da embarcação. Ao descerem, Abimael observava todos os cantos; assustado, não acreditava no que via. Ele achava que não seria um bom lugar para passar os dias.

— Vamos ver o alojamento! — sugeriu.

— Vamos, mas não é nada parecido com o seu quarto! — disse Heliano com uma risada.

— Onde nós vamos ficar?

— Junto aos outros, não é bom, mas vai dar para dormir um pouco.

Abimael não acreditava no que estava vendo, respirou fundo e pensou que na volta poderia vir por terra, talvez seria melhor, daria para descansar em um lugar mais confortável do que numa embarcação com piso duro e balançando devido às ondas do mar.

Ele estava organizando seu canto com Heliano, quando tudo começou a rodar, se segurou para não cair.

— Está tudo bem? Está sentindo algo? — perguntou Heliano.

— Acho que vou vomitar! — respondeu Abimael.

— Vou te ajudar a subir, não é bom vomitar aqui dentro.

Heliano ajudou-o a subir, e não demorou muito para Abimael pôr fora o que tinha comido de manhã. Quando terminou, Heliano tirou uma pequena garrafa de absinto e deu para ele tomar.

— Vai se sentir melhor, ajuda a segurar o estômago e aliviar a tontura.

Ж

Nara, ao chegar em casa, não perdeu tempo e foi direto ao escritório de Abimael. Domitius a seguiu.

— O que está procurando?

— A bolsa onde Abimael guardou os papiros. — Olhou por todo o escritório e viu a bolsa no canto, tirou tudo o que havia dentro, e o que mais a preocupava se concretizou!

— Não está aqui!

— O que não está, Nara?

— A carta do pai de Abimael!

— Será que não levou com ele?

— Não, não levou! Eu mesmo o vi guardar dentro desta bolsa e deixar embaixo desses outros papiros antes de se arrumar para a viagem. Você não lembra que fui conferir o que ele ia levar, a carta não estava lá. Com certeza alguém entrou aqui e mexeu nessa bolsa.

— Tem certeza? Será que não foi ele mesmo?

— Não, ele disse que não levaria os papiros, muito menos a mensagem do pai.

— Só uma pessoa poderia ter pegado... Claudius!

— Ele deve ter descoberto o que a carta dizia e resolveu seguir Abimael.

— O pior de tudo é que não podemos avisá-lo!

— Não se preocupe, Heliano vai impedir Claudius de fazer qualquer coisa, tenha confiança, nada vai acontecer.

— Espero que não, ele pode estragar tudo, atrapalhar a missão que Abimael está fazendo.

— Outra coisa está me preocupando.

— A rota que as embarcações vão fazer? O que tem de mais nisso? Vai ser mais rápido para chegarem a Israel.

— Sim, a rota, há algo de errado nisso, não poderiam ir direto sem parar nos postos ao norte, é praxe. Vai ser mais rápido para chegar a Cesárea Marítima, mas é muito estranho isso, tem algo acontecendo e preciso saber.

— O que nos resta é esperar que Abimael volte bem de sua viagem — disse Nara.

Ж

Ao final da tarde, as estrelas começaram a aparecer no céu, Abimael e Heliano estavam na proa da embarcação, e o vento frio batia em seus rostos, mas a visão que tinham era indescritível. Abimael já não sentia mais aqueles enjoos perturbadores, bebeu tanto absinto que não identificava mais se a tontura era devido ao balanço do navio ou da bebida. Ele e Heliano conversavam coisas sem importância até que:

— Estamos passando perto da Sicília! — disse Heliano.

— Como você sabe?

— Quem não está acostumado a navegar por essas águas não percebe, mas fizemos uma longa curva para contornar a ilha, agora é direcionar a embarcação para seguir um caminho reto no mar.

— Aqui eu sei que houve a maior batalha da história de Roma, entre os romanos e os cartagos, há mais de duzentos anos.

— Você conhece essa história? — perguntou Heliano impressionado.

— Eu li o relato nos escritos da biblioteca do senado, houve tanta morte que até hoje não se sabe ao certo quantos morreram; alguns dizem que foi mais de 10 mil, outros dizem que chegou a 16 mil só de romanos.

— É uma história fascinante, sei que um dos meus antepassados esteve nessa batalha, depois retornaram para Israel, e, pela força do destino, segui a vida na Legião Romana, hoje estou aqui.

— Você é filho único?

— Não, tenho irmãos, dois estão no Egito, e o mais novo está em algum lugar de Israel.

— Me fale uma coisa, existe algo a mais para você ir nessa viagem comigo?

— O que você quer dizer?

— Domitius deixou o mais forte e experiente segurança me acompanhar, ele diz ser para minha segurança, mas eu olho por todos os lados desse navio, só há soldados da Legião Romana, não bastavam para eu estar seguro?

Heliano ficou olhando para frente, não respondeu nada, não queria naquele momento entrar em detalhes sobre a sua presença naquele navio.

— Melhor comermos algo antes de dormir, outra hora voltamos a conversar.

Heliano saiu e foi direto para dentro do navio, deixando Abimael para trás, já era hora da refeição da noite, antes de descer o segurança se virou para trás e disse.

— Vamos sim, mas, antes de comer, vamos beber algo mais forte para podermos pegar no sono. A noite vai ser difícil, e temos que acordar cedo.

Abimael, com uma pulga atrás da orelha o seguiu, pensando: "Essa pergunta vai ter uma resposta, mais cedo ou mais tarde, não vou aceitar qualquer conversinha fiada".

Desceram para fazer a refeição da noite, logo em seguida beberam com os demais tripulantes. Heliano virou-se para Abimael, que já estava dormindo; a única coisa que poderia fazer era carregá-lo para um local mais apropriado.

CAPÍTULO 30

A CAMINHO DO MAR

Na manhã seguinte, mesmo com uma ressaca e dor de cabeça, Abimael tinha que estar na cozinha, afinal não estava ali a passeio, e todos tinham uma tarefa a cumprir. A sua era na cozinha, ficou ali por horas ajudando a preparar as refeições do dia. Heliano ficou com os soldados arrumando os equipamentos da vela e outras coisas. Abimael às vezes subia para ver o que estava acontecendo e ficava intrigado com a quantidade de soldados e o comportamento de Heliano, que observava o mar como se estivesse procurando algo.

À tarde, Abimael subiu para descansar, pois o cheiro no navio estava ficando insuportável, não acreditava na vida dentro de uma embarcação com tantos homens, ficar na proa era o melhor a fazer, poderia ficar horas observando o mar e respirando o ar puro e refrescante.

Heliano se aproximou dele para lhe fazer companhia.

— Me diga uma coisa, como vamos suportar ficar dentro dessa embarcação sentindo esse cheiro insuportável?

— Suportando, Abimael, suportando! Por isso as bebidas, elas nos ajudam a aguentar o lado ruim da viagem; pelos meus cálculos, vai levar entre sete e oito dias para chegarmos ao nosso destino. Estamos indo muito rápido, e o vento está ajudando.

— Verdade! O vento está ajudando também a levar esse cheiro insuportável!

Abimael estava irritado, mas nada como uma boa bebida para espantar o cheiro e o mau-humor.

O dia foi passando lentamente, Abimael ficava deslumbrado com a velocidade do navio, observava as embarcações de guerra nas quais os remos seguiam acompanhando a batidas do bumbo, era tudo sincronizado; às vezes eram aceleradas, às vezes mais lentas. Na maior parte do dia, as batidas eram mais lentas, e as remadas eram mais fortes. O vento estava a favor, ajudando a levar as embarcações sem precisar dos esforços dos escravos nos remos. Abimael imaginava como era sofrida a vida deles; era uma tortura; quando o vento estava mais forte, e as batidas cessavam, era um alívio aos ouvidos e ao coração.

Apareceu o Navarco, almirante do navio.

— Como você está? Uma viagem ao mar não é nada fácil, principalmente para alguém que aparentemente nunca andou em uma embarcação desse porte?

— Abimael, quero te apresentar o Navarco, um dos mais experientes comandantes daquele porto, com ele estamos seguros, há anos vive para o mar.

— O senhor tem muita coragem para viver num lugar desses, o barulho dos escravos remando para mim é uma tortura, não consigo imaginar como é lá dentro, remando sem parar, acho que morreria.

— Aqui não há escravo, por ser uma embarcação de carga, foram recrutados homens da cidade, mas nas embarcações de guerra é inevitável; muitos morrem durante a viagem, temos que contar com a sorte dos ventos, se não houver, é claro, navios piratas que queiram nos saquear — disse o Navarco.

— Mas isso é raro, não é? — perguntou Abimael preocupado.

— Nem tanto! — disse Navarro dando uma gargalhada.

Abimael ficou pálido e olhou para Heliano, que também ria.

— Não fique assustado, Abimael! Ele está brincando — disse Heliano.

— Mas quem quer ficar o dia inteiro remando, sabendo que está correndo risco de vida? Será que eles sabiam que remariam tanto no mar?

— Sabem sim! Em Roma todos sabem o que acontece no mar; se eles não vão ao mar, o imperador faz o mar ir até eles.

— Como assim? — Abimael achou estranho o que Navarco estava dizendo. — Você deve estar brincando, não é?

— Você não ouviu sobre a naumachia? — perguntou Navarco.

— Acho que não, o que seria?

— É uma batalha naval, mas não é realizada nem no mar, nem no rio, o imperador Julio Cesar, mandou construir, quarenta anos atrás, um lago artificial perto do rio Tibre e ofereceu ao povo de Roma para celebrar seu triunfo. Neste lago ele mandou colocar birremes, trirremes e até mesmo quadrirremes, e fez um combate entre essas embarcações. Imagina você, foram mais de 2 mil homens, sem contar os escravos que remavam.

— Deve ter sido uma carnificina... imagina num local fechado essas embarcações lutando entre si! — disse Abimael.

— Sobraram poucos homens, meu pai falava muito sobre isso, houve outras dessas, e não se poupava dinheiro na construção desses lagos, muito menos nas vidas dos escravos, que eram prisioneiros de guerra, tudo para satisfazer à distração dos romanos e mostrar o poder do imperador — falou Heliano.

— Acontece de tudo em Roma, não é? Uma cidade que se tornou o centro do mundo! Você tem ideia de quantas pessoas vivem lá, entre os afortunados, plebeus, escravos e estrangeiros? Chega a quase um milhão, se já não alcançou esse número. Mas vamos mudar um pouco de assunto, o que faz em Roma?

— Trabalho na biblioteca do senado e dou aula para alguns jovens, filhos de senadores, patrícios e magistrados.

— Como você consegue viver dentro de uma biblioteca? Ficar num local desses é como se fosse uma prisão — disse Navarco dando uma risada menosprezando o trabalho de Abimael.

— E não estamos numa? Por acaso você consegue sair desse navio e ir para onde quer? — disse Abimael irritado pelo menosprezo estampado no rosto dele.

— Vou para onde eu quero, mas com o meu navio! — respondeu Navarco, também com um tom irritado.

— Mas dentro de um navio! Da biblioteca eu vou para onde eu quero, só que sem levá-la.

Navarro ficou olhando com uma feição brava, por alguns segundos ficou assim até que deu uma gargalhada e pediu uma bebida.

— Gostei de você, meu jovem! Não é natural de Roma, é? Você tem um sotaque diferente.

— Ele foi bem jovem para Roma, é do reino de Sabá — disse Heliano.

— Sabá? É um reino próspero, fica ao sul do Egito, não é? — perguntou Navarco.

— Sim, mas há do outro lado do mar, em Bābel-Mandeb, uma população que vai até o litoral do antigo reino persa, bem ao sul; não é muito grande, é dali que eu vim.

— E o que você foi fazer em Roma? — quis saber Navarco.

— Fui me aventurar e fazer minha vida naquilo que mais gosto!

— Ele sabe ler e falar várias línguas! — disse Heliano.

— Não acredito! Quantas línguas você sabe falar?

— Quase dez, a maioria da região do oriente.

— Antes de desembarcarmos, vou convidá-los para tomar umas bebidas em meus aposentos, quero lhe mostrar algo que vai adorar, eu os carrego comigo desde minha juventude, ganhei na primeira viagem que fiz como Navarco, tenho certeza que na biblioteca em que você trabalha, não tem nada parecido.

CAPÍTULO 31

OS PRIMEIROS DIAS

Os dias foram passando, e a rotina, que no começo era insuportável devido ao cheiro e ao balanço da embarcação, foi se tornando monótona. Entre a preparação da comida e as conversas na proa do navio, nada mudava, até o dia em que Abimael viu Heliano puxando o braço de Navarco para dentro de sua cabine, parecia irritado.

— Estou para lhe fazer uma pergunta, não conheço muito bem rotas marítimas, mas não deveríamos já ter parado em algum porto ao norte do mar?

— Sim, mas não vamos parar em porto nenhum a não ser em Cesárea Marítima — respondeu Navarco com um tom sério.

— Como não vamos parar? Estava na rota! Houve mudanças?

— Houve! Um dia antes de desembarcarmos, o senador Maximus exigiu que seguíssemos diretamente pelo meio do mar.

— Por que ele fez essa exigência?

— Olha, Heliano, você está fazendo uma pergunta que eu não sei responder. Aceitei a ordem, e por um valor maior. Agora, o motivo você deve perguntar a ele.

Navarco pediu licença e foi para sua cabine, Heliano ficou parado olhando o mar e pensando no porquê da mudança de rota, isso não cheirava bem para ele e o deixou preocupado.

Abimael, vendo a cena de longe, resolveu falar com Heliano para saber o que se passava.

— Aconteceu algo, Heliano? Você parece preocupado!

— Achei estranho que mudaram a rota sem nos avisar, não vamos mais parar nos portos do norte do mar.

— Isso me parece uma boa notícia, acho que vamos chegar mais rápido ao porto de Cesárea Marítima, não é?

— Sim, vamos — disse Heliano sem esticar a conversa. Não queria preocupar Abimael, mas estava com um mau pressentimento.

Ж

Nesse dia Abimael arriscou ficar até mais tarde na proa, acompanhado de uma garrafa de absinto para ajudar com as muitas situações desagradáveis da viagem, o cheiro, o enjoo, e a monotonia. A bebida era também era uma ótima companhia, e não demorou muito para deixar a garrafa pela metade, o suficiente para arriscar algumas cantorias e falar sozinho, chorou um pouco pela ausência de sua amada Nara.

Abimael viu que era uma ótima oportunidade e um privilégio vivenciar uma aventura depois de tantos obstáculos. Sentiu que a missão estava dando certo, mas a saudade se tornava mais forte a cada dia. Sabia que estava bem distante de Nara e de seu filho, mas buscava força porque estava próximo ao seu destino.

Na proa da embarcação, havia alguns soldados fazendo a vigília; atentos, olhavam para todos os lados. O vento estava forte, sorte dos remadores que descansavam.

Abimael deixou a garrafa no chão, sentiu que tinha bebido o suficiente, nunca bebera tanto na vida. Ficou olhando o mar por um longo tempo, estava esperando o cansaço chegar para dormir naquele chão duro forrado de tecidos, muito diferente de sua cama. Pensava em como chegaria ao seu destino e como seguiria o caminho, até que sentiu uma mão em seu ombro, era Navarco.

— O que está fazendo a essa hora?

— Estou apreciando o mar até o cansaço aparecer para poder dormir esta noite, faz dois dias que não durmo muito bem, sabe como é, não é a mesma coisa que em casa.

Navarco se debruçou na cantoneira e o acompanhou, olhando fixamente para as águas.

— Sabe do que mais gosto no mar? Das estrelas, elas nos dizem muita coisa.

Abimael se deu conta do fenômeno astronômico que tinha que observar e ficou olhando para as estrelas procurando a constelação da profecia. Navarco percebeu algo estranho nele e começou a olhar para as estrelas.

— Está procurando algo nas estrelas? — perguntou Navarco.

Abimael continuava olhando em silêncio, procurando o fenômeno astronômico que Galeso havia explicado.

— Algo está lhe perturbando no céu, Abimael? Parece que eu disse algo importante que fez você olhar para as estrelas — falou Navarco, incomodado com o silêncio de Abimael.

— Sim, você disse... um dos motivos de minha viagem foram exatamente as estrelas, e estou procurando algumas.

— Qual estrela você procura? Tem alguma história interessante para contar?

— Tenho sim! Essa história é o que me fez estar nesta viagem rumo a essa terra no oriente.

— Vejo que tem uma garrafa pela metade, você poderia me contar sua história enquanto bebemos!

— Pode tomar a bebida, para mim já chega! Vou ser bem breve porque, se eu contar tudo, acho que você vai precisar de mais garrafas!

Navarco deu uma risada e ficou ouvindo o que Abimael contava, ficou impressionado com a história, e em cada parte dois ou três goles da bebida desciam pela garganta. Com os olhos arregalados, não falava nada, só ouviu como um garoto que ouve as histórias dos velhos marinheiros.

Abimael terminou a história, Navarco abriu um sorriso e deu uma tapa em seu ombro.

— Bela história, meu jovem! Faz tempo que não ouço nada parecido. Venha comigo aos meus aposentos, vou lhe mostrar algo impressionante.

— Seria aquilo que seu pai havia lhe dado?

— Isso mesmo! Ninguém jamais viu e tenho certeza que vai ajudar a encontrar a estrela que você procura!

Abimael ficou curioso e interessado no que aquele velho homem podia lhe mostrar, mais ainda porque poderia ajudar na sua missão. Ao entrar nos aposentos, viu uma série de objetos estranhos, era difícil saber para que serviam. Navarco pegou uma caixa e colocou em cima da mesa.

— Venha ver mais de perto!

Abimael se aproximou e viu uma porção de vidros, eram fundos de garrafas.

— Está vendo isso? São fundos de garrafas, mas todos esses que estão aqui nesta caixa são imprestáveis, não serve para nada, estão aí apenas para despistar o que é valioso de verdade, esse branco que está bem no fundo da caixa.

Navarco pegou um vidro branco e arredondado, Abimael não entendia por que aquele fundo de garrafa era tão importante.

— Essas garrafas foram feitas pelo meu pai antes de ser marinheiro; certo dia ele caprichou tanto nessas garrafas que o vidro ficou bem polido e perfeito, nunca encontrei outra garrafa como essa. Veja estes fundos de garravas, eles são de vários lugares por onde passei, e nenhum deles se compara ao que meu pai fez.

— Me desculpe perguntar, mas o que esse fundo de garrafa tem de especial que os outros não têm?

Navarco deu uma risada e pediu que saíssem. Do lado de fora, ele pediu para Abimael escolher uma estrela e entregou o fundo de garrafa para ele colocar em frente aos olhos.

— Está meio embaçado, parece que aumentou a estrela, mas continuo não enxergando direito.

— Continue segurando o vidro e não tire dessa posição, agora com a outra mão você segura o outro fundo de garrafa.

Navarco ajudou a deixar alinhado na posição que queria.

Enquanto eles alinhavam os fundos das garrafas, Abimael começou a ver algo que lhe deixou maravilhado.

— Impressionante! Dá para ver melhor a estrela! Parece que ela aumentou de tamanho, parece que está mais próxima!

— Viu o que esse simples fundo de garrafa pode fazer?

— Como você descobriu isso?

— Foi meu pai que descobriu, acho que por acaso, e eu fui aperfeiçoando, mas não saiu muito diferente do que ele fez. Desde então carrego comigo para ocasiões em que se fazem necessários. Certa vez consegui ver alguns navios pitaras de longe, tempo suficiente para preparar os soldados; se não fosse por isso, eles teriam nos pegos de surpresa.

— Formidável! Daria para usar em muitas ocasiões!

— É verdade, mas, nas mãos erradas, pode custar muito caro.

Navarco amarrou os dois fundos da garrafa e colocou no bolso da sua camisa.

— Vou lhe dar assim que desembarcarmos, mas me prometa que vai usá-los somente para o bem. Sei que alguém mais tarde, de uma forma ou de outra, vai descobrir o que o vidro consegue fazer. Sei também que você é um bom rapaz; se esses vidros caírem em mãos erradas, certamente vão ser usados para destruir e matar, e não para buscar conhecimento ou proteção.

Abimael notou o quanto aquele homem era sábio e bom, fez um sinal com a cabeça que concordava e se retirou para descansar.

CAPÍTULO 32

O NÁUFRAGO

Os dias passavam, e o destino ficava cada vez mais próximo. Abimael estava na cozinha preparando o almoço quando ficou sabendo que em dois ou três dias chegaria à sua parada. Quando terminou seus afazeres, subiu para o convés e procurou Heliano; percebeu uma movimentação diferente, muitos soltados estavam do outro lado do navio olhando para o mar. Ele foi até lá entender o que se passava; havia muitos homens, e Abimael tentava passar por eles e finalmente conseguiu ter uma visão melhor. Eles estavam olhando para um ponto no mar, parecido com uma grande madeira flutuando, não dava para ver nitidamente, de repente ele sentiu uma mão em seus ombros, era Heliano.

— O que você acha que é aquilo boiando no mar? — perguntou Abimael.

— Espero que não seja nada de importante, mas estou preocupado — respondeu Heliano.

— Não só você... Qual é o receio?

— Vamos esperar o Navarco para termos certeza.

Abimael voltou a olhar para aquele ponto no horizonte e lembrou que Navarco com certeza traria aqueles velhos vidros que ampliavam a imagem.

Navarco chegou gritando para todos se afastarem, foi empurrando um por um até chegar à cantoneira; então ele tirou os fundos de garrafa e começou a fazer aquele movimento entre eles para alcançar uma imagem perfeita.

— O que ele está fazendo com aqueles vidros? — indagou Heliano.

— É uma longa história, mas resumindo é para ver melhor.

Navarco ficou irritado, faltava pouco para ver com mais clareza; ordenou que seu ajudante alterasse o rumo em direção àquele ponto, não levaria muito tempo para saber o era.

A embarcação virou, e os bumbos começaram a ser tocados com uma frequência mais rápida; Navarco não queria perder tempo.

— Agora vai dar para ver melhor! Então novamente alinhou os fundos de garrafa, ele se virou para a tripulação e gritou:

— Homem ao mar! Vamos resgatá-lo!

— Senhor Navarco, vai resgatá-lo? Mas por quê? — perguntou Abimael.

— Para termos certeza do que aconteceu; conforme o que disser, teremos que nos prepararmos para o pior!

— Não se preocupe, um problema de cada vez, vamos ver quem é o homem; se estiver vivo, poderá nos contar o que aconteceu — disse Heliano para acalmar Abimael que a essa altura estava preocupado.

A embarcação estava indo rapidamente em direção ao homem, em pouco tempo alcançariam e resgatariam aquele pobre náufrago.

Viram que era realmente um homem, estava segurando um enorme tronco de madeira que possibilitou sua segurança; estava desorientado, ferido e assustado. Os soldados o puxaram para dentro da embarcação, deram-lhe água e um pouco de comida, e o deixaram recuperar as forças.

Navarco olhava para ele, estava impaciente para fazer as perguntas. O ajudante que estava cuidando do homem fez um sinal de que já poderiam interrogá-lo, e Navarco não perdeu tempo.

— O que aconteceu?

O homem, ainda buscando forças para falar, disse somente uma palavra.

— Piratas!

— Em quantos vocês estavam? Quantas embarcações os piratas tinham?

— Estávamos em três, e eles com mais de dez, daquelas com pontas de ferro na frente. Perfuraram o casco e invadiram, matando todo mundo, não tinha o que fazer a não ser pular na água, tive sorte de não ser ferido.

— Quantos mais sobreviveram? Alguma embarcação conseguiu escapar?

O homem, com um olhar de medo e de tristeza, balançou a cabeça fazendo sinal de negativo.

— Isso faz quanto tempo?

— Um dia.

— Está dizendo a verdade, porque, se fosse mais de um dia, ele estaria mais desidratado e com queimaduras mais profundas pelo sol — disse Heliano.

— Estamos em perigo, envie mensagens às embarcações de guerra para se prepararem para uma possível guerra naval.

— O senhor acha provável o encontro com eles? Estamos bem próximos da terra firme — disse Heliano.

— Acredito que não passa dessa noite, eles são traiçoeiros e vão querer nos pegar desprevenidos, mas, se depender de mim, vão ter uma surpresa!

Abimael se afastou preocupado, temia por sua missão; morrer sem ver a profecia se cumprir e sem ver o filho nascer. "Pobre Nara!", pensou.

Heliano puxou-o para o outro lado do navio, queria dizer algo importante.

— Lembra o que você me perguntou no começo dessa viagem? Por que estou nesse navio te fazendo companhia?

— Agora você vai me falar? — disse Abimael.

— Na situação em que estamos, não há outro jeito. O Domitius me fez prometer que, a qualquer custo, te defenderia de qualquer perigo, ele sabia que poderiam surgir imprevistos, por isso estou aqui, para te proteger.

— Essa missão ficou mais perigosa do que imaginava, e eu agradeço a sua proteção! — falou Abimael com uma voz trêmula.

— Está entardecendo e parece que vem uma chuva forte; quando chegar o momento certo, não questione, apenas faça o que eu disser, mesmo que seja algo que pareça perigoso. Quero que confie em mim! Quando eu der a ordem, não questione, simplesmente faça o que eu mandar, sem pensar ou hesitar, entendeu?

— Sim, entendi! Mas o que você está planejando?

— Se não conseguirmos sair dessa batalha, tudo estará acabado, mas tenho um plano para você tentar escapar vivo, vamos precisar de muita sorte e coragem.

Abimael percebeu que os navios que estavam distantes começavam a se aproximar e se agrupar como faziam os legionários em combate, formando um círculo para se manter na defensiva e preparar para atacar.

Estava escurecendo, mas não era pelo entardecer, e sim por nuvens que se formavam, uma forte chuva ia cair. Abimael não sabia se isso era bom ou ruim, pelo menos não tinha sinal de nenhum navio pirata, mas começaram a aparecer pedaços de madeira, cada vez era maior a quantidade.

CAPÍTULO 33

A BATALHA

A noite chegou e com ela uma chuva fraca, parecia o respingo de uma cachoeira. Heliano sabia que, mais cedo ou mais tarde, a chuva forte viria, as águas começavam a se agitar devido ao vento, parecia o prelúdio de um desastre. Um sentimento de pavor tomou conta de Abimael, que olhava para todos os lados; quando olhou para Navarco, percebeu que ele estava preocupado, mas era um homem corajoso. "Se tivermos sorte, poderíamos passar pela chuva sem qualquer dificuldade e sem os piratas pela frente", pensou Abimael.

Logo em seguida, Navarco com uma tocha fez um sinal para as outras embarcações pararem de remar e ficarem só com as velas, assim deixava apenas a velocidade do vento e fazia menos barulho. Tentava ouvir algum som estranho, mas a chuva atrapalhava, era incrível como as embarcações se moviam lenta e silenciosamente com a força do vento, as de guerra acompanhavam a principal como um cachorro que seguia seu dono.

Abimael ficou ao lado de Navarco, tentando ver algum sinal de piratas, o comandante tirou de seu casaco os dois fundos de garrafa e alinhou-os para o horizonte.

— Ele está fazendo aquilo de novo — disse Heliano.

— Aqueles fundos de garrafa aumentam o campo de visão, ele me mostrou há dois dias, é impressionante. Não fica muito nítido, mas ajuda bastante; ele disse que certa vez o ajudaram a antecipar um ataque pirata, espero que o ajude também desta vez.

Enquanto Abimael falava, Heliano separou dois troncos grossos e maiores que o seu tamanho, colocou um do lado do outro com um espaço e os fixava com dois pedaços de madeira menores amarrados por cordas. Abimael não estava entendendo por que ele estava fazendo aquilo, e, quando ia perguntar, apareceu Navarco.

— Era isso mesmo que você precisava? Está dando certo? — perguntou.

— Muito obrigado, era isso mesmo! Só peço que não conte a ninguém para que serve isso, para não causar confusão — respondeu Heliano.

— O que vocês estão escondendo de mim? — quis saber Abimael.

Heliano olhou para Navarco, que, sem cerimônia, colocou as cartas na mesa.

— Se, por acaso, os piratas aparecerem e houver uma batalha, espero que possamos sair bem nessa; mas, se der tudo errado, você, Abimael, vai se atirar ao mar e se agarrar a esses troncos. É como um pequeno barco, há um remo está fixado para ajudá-lo a ir o mais longe possível. Seguindo as ondas, você estará na direção certa.

Abimael olhou com cara de espanto e reprovação para Heliano.

— Desde quando você estava planejando isso? Nesse negócio aí não cabe mais do que uma pessoa!

— Não se preocupe comigo Abimael, primeiro temos que dar um jeito de você escapar, lembra que essa é a minha missão?

— Não sou covarde, Heliano, vou ficar ao seu lado até o final e estamos conversados!

Heliano pegou no braço de Abimael e o encostou junto à cantoneira.

— Você vai de qualquer jeito, com ou sem esses troncos, vou lhe jogar no mar como se joga um cachorro, você não tem escolha. Deixa de querer ser um valentão, sua missão é outra, e eu estou aqui para certificar que tudo dará certo!

— Meu jovem, você não tem escolha; se ele precisar de ajuda para te jogar, pode acreditar vai ter mais um para te carregar — disse Navarco.

Abimael bruscamente se soltou das mãos de Heliano, contrariado, não gostou nem um pouco das palavras dele, a situação era constrangedora, escapar sozinho e deixá-lo para trás.

— Tudo bem, vou nesse treco que você construiu, contrariado e me sentindo humilhado por não ficar!

— Humilhação maior seria a minha se o deixasse ficar e morrer nessa embarcação. Você não sabe o que é realmente uma humilhação!

Abimael ia se retirando quando o Navarco segurou seu braço.

— É melhor assim, ele não se perdoaria em deixá-lo aqui para lutar arriscando a sua vida; no futuro você vai entender o mundo dos soldados romanos, mas antes quero te dar uma coisa.

Navarco tirou os dois fundos de garrafa e entregou-os para Abimael, que ficou olhando-os estranhamente.

— Mas você não disse que me entregaria quando desembarcarmos? Estou sentindo que está pessimista! — falou Abimael meio confuso.

— Eu acredito que isso não vai acontecer, por isso estou lhe dando; deixe esses vidros nessa sacola e amarre por dentro de sua roupa, assim estará seguro!

— Mas nem sabemos se vamos encontrar os piratas… talvez nem tenha essa batalha!

— Meu jovem, a hora se aproxima, sabe por quê? Estou começando a sentir o cheiro fétido desses piratas, o vento úmido da chuva está denunciando a presença deles. Meu sentido não me engana, falta pouco tempo; quando começar a chover mais forte e não pudermos ver mais adiante, eles vão atacar.

Abimael tomou um gole de absinto e foi para a frente da embarcação, dali percebeu que a chuva começava a ficar mais forte, com uma ventania. Ele tentava perceber um som ou qualquer outra coisa que pudesse indicar a presença dos piratas.

Alguns minutos depois, Navarco deu sinal com a tocha para as outras embarcações, e os bumbos começaram a soar aumentando a velocidade gradualmente, fazendo os movimentos serem mais fortes e mais rápidos. Abimael percebeu que era uma forma de confundi-los, nunca tinha visto tanta força e rapidez nas remadas. Continuou olhando para frente, torcendo para passar por eles sem qualquer problema; parecia que estava dando certo, ele olhou para trás e viu Heliano em pé segurando numa haste presa no mastro principal, deu uma risada para ele como se estivesse dando certo, mas Heliano não sorriu de volta e logo em seguida gritou:

— Segura bem forte na cantoneira, Abimael!

O sorriso de Abimael foi se transformando em preocupação, viu que Heliano estava segurando com muita força naquela haste e, quando se virou, viu um navio pirata em sua frente e mais dois ao lado; de repente a embarcação de guerra levou uma pancada forte que estraçalhou a frontal como uma pedra quebrando um ovo.

A embarcação de Abimael se chocou com a de guerra, e tudo começou a balançar; só ouviam-se os gritos dos piratas e dos soldados romanos lutando, Abimael não sabia o que fazer. Heliano se aproximou.

— Os piratas estão nos encurralando, estão pressionando as nossas embarcações, vai levar algum tempo para que eles passem pelos nossos soldados.

Navarco desceu para o interior da embarcação e autorizou os remadores a saírem e pegarem as espadas; ele precisava de toda ajuda possível para salvar a embarcação e suas vidas.

Abimael observava tudo aquilo, eram muitos homens lutando entre si, gritos de morte e de vitória, homens caindo ao mar dos dois lados, não parava de aparecer mais piratas.

Abimael e Heliano viam que cada vez mais os piratas estavam avançando, já tinham tomado as primeiras embarcações de guerra. A luta era aterrorizante, era questão de tempo para tomarem a embarcação deles; alguns soldados começaram a pular para a embarcação principal, quando Abimael viu Claudius subindo pela cantoneira e indo em sua direção, ficou surpreso com presença dele.

— Vamos deixar as diferenças de lado e lutar juntos até a morte! — gritou Claudius.

— Temos que nos colocar em ordem para a luta, como fazíamos na Legião Romana — falou Heliano.

Mais alguns soldados, e até Navarco, fizeram uma linha de frente, segurando os escudos e as espadas em ordem de batalha. A embarcação estava cheia de soldados, e os piratas começaram e entrar. A luta começou, e Abimael ficou olhando como eram habilidosos os soldados romanos, um só derrubava dois piratas, mas, para cada pirata que caía, surgiam mais três. Os soldados não conseguiam dar conta; aos poucos um por um caía, e os piratas se aproximavam. Heliano e Claudius avançaram e derrubavam mais piratas que qualquer outro soldado.

Enfim Heliano virou-se para Abimael e disse:

— A hora é agora, pegue os troncos, jogue-os no mar e se atire! É a sua chance!

Abimael ficou pasmo, estava assustado, olhou para os troncos e com muita força foi levantando-se até a cantoneira na ponta da embarcação.

— É agora, Abimael! Jogue no mar e se atire, não consigo segurá-los por muito tempo!

Abimael finalmente jogou os troncos no mar, subiu na cantoneira e, antes de pular, olhou para Heliano e Claudius que lutavam bravamente. A tristeza bateu bem fundo no seu coração, e as lágrimas corriam pelo seu rosto, ele hesitou, não queria deixar Heliano naquela situação, mas Heliano recuou e, com uma mão, o empurrou nas águas.

Abimael nadou até os troncos, subiu e começou a remar na direção que Heliano indicara sem olhar para trás. Não tinha certeza se conseguiria escapar, talvez algum pirata poderia ir atrás dele, as águas estavam violentas, e as ondas jogavam a pequena embarcação para frente. Abimael às vezes tinham que remar e às vezes que se segurar para não cair; se caísse, com certeza se afogaria.

Algum tempo depois, parecia já muito distante, a escuridão e a chuva atrapalhavam a visão, não conseguia mais ver as embarcações. Ficou olhando para os lados, tinha perdido a noção de localidade; pensava onde estariam, pensava em Heliano e no Claudius, mas continuou a remar. Conforme ia mais longe, menos ouvia os gritos ou qualquer barulho da batalha.

Abimael ficou flutuando sobre as águas por algum tempo e de repente viu uma pequena luz no horizonte, lembrou-se dos fundos da garrafa de Navarco e alinhou-os para ver o que era.

— Meu Deus! Não é possível!

Abimael viu que as embarcações estavam em chamas, os piratas tinham saqueado tudo e ateado fogo porque elas agora de nada serviam.

Ele voltou a remar, seguindo o movimento das ondas, e não parava de pensar em Heliano, Claudius, Navarco e todos os outros que estavam em combate. Com isso, nasceu uma revolta dentro dele e, com mais força e rapidez, remava, tinha que alcançar a terra firma o mais rápido possível, mas o cansaço e as dores no corpo o fizeram desmaiar.

CAPÍTULO 34

O RESGATE DE ABIMAEL

Ao amanhecer, Abimael ainda estava desacordado, boiando sobre a pequena embarcação feita por Heliano. O sol já começava a arder sobre seu corpo, as ondas estavam calmas, e aos poucos ele foi despertando; olhou para os lados e só havia água, não havia qualquer sinal das embarcações. Ficou aliviado, pois tinha escapado dos piratas, mas não sabia se estava próximo da terra firme; sentou-se e começou a pensar no que tinha acontecido, ficou assim por um tempo, desiludido e sozinho.

Durante a manhã inteira, Abimael ficou sob a improvisada embarcação e deixou que as águas o conduzissem, não fazia ideia se estava sendo levado para a direção da terra ou se distanciando dela. Estava exausto, desidratado e com sede; conforme o tempo passava, ficava mais difícil suportar o sol, e o desânimo tomava conta dele. Não tinha mais forças para remar, torcia para aparecer qualquer tipo de ajuda, voltou a adormecer sob o sol, com as águas batendo em seu corpo.

Muito tempo depois, ainda sonolento, sentiu uma mão o pegar pelo braço e outra pela perna; alguns homens o puxavam, mas ele não tinha muita condição de pensar no que estava acontecendo, sentiu que sua sorte estava mudando. Deram-lhe água, e aos poucos começou a se sentir melhor, sua vista ficou menos embaralhada e percebeu que não eram soldados romanos, muito menos piratas.

— O que aconteceu com você, meu jovem?

— Fomos atacados por piratas — disse Abimael com a voz fraca. Sentia-se mais seguro, e responderia qualquer coisa que perguntassem.

— Há quanto tempo foi esse ataque?

— Na noite passada.

— Para onde vocês iam?

— Para o Egito, mas antes faríamos uma parada em Cesárea Marítima, onde eu desembarcaria.

— Era uma expedição com navios de guerra ou somente de transporte?

— As duas coisas, havia dois de carga e os outros de guerra.

Os homens ficaram conversando entre eles, estavam preocupados, dava para ouvir entre os cochichos que era o segundo ataque dos piratas em menos de uma semana.

— Para onde vocês vão me levar?

— Estamos perto do porto de Cesárea Marítima. Soubemos que navios romanos viriam por esses dias, você vai ficar seguro em nossa casa, precisa se alimentar e recuperar as forças. Agora beba mais água, não estamos muito longe do porto.

Abimael agradeceu, estava mais tranquilo, porém muito abalado por tudo que acontecera. Pensava em seu amigo Heliano lutando bravamente contra aqueles terríveis piratas, estava protegendo a sua vida. Ele se perguntava como tudo teria terminado. "Será que Heliano lutou até a morte ou será que conseguiu de alguma forma escapar?".

Ao chegarem ao porto de Cesareia Marítima, Abimael foi levado para uma casa onde lhe serviram água, vinho, pão e peixe assado, já era final da tarde e ele ficou descansando mais um pouco.

Ж

Quando anoiteceu, os homens estavam em círculo na sala central da casa, com suas famílias, cantando, comendo e bebendo. Era uma prática que faziam todos os dias antes de dormirem. A conversa era sobre o resgate daquele homem que vinha de Roma e que por sorte se salvou dos piratas, algo que não acontecia havia muito tempo. Abimael apareceu repentinamente na sala, e eles ficaram em silêncio olhando para ele, o mais velho se levantou e o convidou para sentar-se.

— Se junte a nós, vamos comer e beber! Qual o seu nome?

— Me chamo Abimael, sou cidadão romano.

— O que fez você vir de tão longe, de uma cidade que tem de tudo, para se aventurar nessas terras?

— É uma longa história, mas posso lhes dizer que é um assunto difícil de explicar, estou à procura de alguém muito especial.

— Tudo bem, não vamos exigir mais explicações, mas me diga uma coisa, você ia encontrar alguém conhecido quando desembarcasse?

— Acho que sim, a pessoa que estava me acompanhando ia fazer algum contato, mas acho que ele não conseguiu escapar do ataque dos piratas e agora estou sozinho.

— Podemos ir ao local onde ficam os legionários romanos, ontem estavam meio agitados, ouvimos comentários que viriam algumas embarcações de Roma por esses dias.

Abimael pegou uma taça de vinho, pão e algumas iguarias, ainda estava com fome.

— Acho uma ótima ideia irmos até a Legião Romana, mas não sei se era com eles que meu amigo ia se encontrar — disse.

— Então, amanhã de manhã, vou te levar até o centurião e vamos ver o que acontece.

Abimael ficou com eles até tarde da noite, contou um pouco sobre ele e ouviu muitas histórias e aventuras que aqueles homens viveram no mar. Estava agora se sentindo em casa, acolhido por pessoas muito diferentes daquelas que vivem em Roma.

Ж

No dia seguinte, foram se encontrar com a Legião Romana. Abimael ficou deslumbrado com a estrutura da cidade portuária.

— Tinha ouvido falar que essa cidade era grande, e é realmente como me disseram, parece uma cidade romana!

— E é uma cidade romana. Aqui futuramente será a capital romana em Israel. Herodes está preparando-a para ser a principal cidade da região!

Abimael parou um pouco, viu algumas casas de banho no estilo romano, viu também a estrutura do teatro, grandiosa, um local perfeito para entretenimento e discussões políticas.

— E esse aqueduto... de onde trazem essa água?

— Vem do monte Carmelo. Tudo isso que você está vendo foi construído por Herodes para agradar ao imperador Cesar Augusto.

Ao chegarem ao local onde ficava os soldados da Legião Romana, viram o centurião Caius, parecia agitado.

— Centurião Caius, sou pescador e ontem encontrei esse rapaz naufragando, parece que as embarcações onde ele estava foram atacadas por piratas, é o único sobrevivente.

— As embarcações que saíram de Roma? Quando saíram de lá?

— Maios ou menos há uma semana, saímos do porto de Ostia Antica, com duas embarcações de carga e outras de guerra.

— Era a expedição que estávamos aguardando, como nos foi informado pelo mensageiro do senador. Eu tinha avisado ao senador que essa expedição era perigosa, tinham que ter vindo com mais de vinte embarcações! Vamos entrar, me conte toda a história!

Abimael contou tudo o que tinha acontecido, o centurião o ouviu e teve certeza de que era verídica a história, ficou irritado pelo ocorrido, não se conformava com a rota sem parada, achou muito estranho terem seguido por aquele caminho. Reconheceu Navarco e Heliano e prometeu vingança, mas nada podia fazer no momento, a não ser enviar uma correspondência para Roma, informando a perda e que realizaria uma expedição para capturar os piratas.

O centurião Caius ordenou que as tropas organizassem vintes navios e os enchesse de legionários romanos, a partida seria em uma hora, o objetivo era vasculhar a área do ataque para saber se havia mais algum sobrevivente e, principalmente, atacar os piratas. Houve uma correria, o centurião estava com o sangue nos olhos, tinha tanta raiva que prometeu acabar com aqueles piratas.

CAPÍTULO 35

DOMITIUS
AMEAÇA O SENADOR

Abimael observava a movimentação dos legionários, que se preparavam para ir ao local do ataque, e pensava que não queria estar na pele daqueles piratas quando se deparassem com os soldados romanos. Estava torcendo por um milagre, encontrar Heliano vivo.

Nem todos os legionários iriam naquela expedição, alguns tinham que ir a Jerusalém, o destino de Abimael até chegar à cidade de Belém. Cmbinou com o centuriao que iria junto, e ele lhe preparou um cavalo. Eram quase cem legionários, metade ia a cavalo, e metade ia a pé. Abimael pensou levaria mais tempo que imaginara e foi conversar com o centurião para saber melhor os detalhes do caminho.

— Centurião, eu tinha calculado que levaria um dia e meio para chegarmos a Jerusalém, se fôssemos apenas com os cavalos, mas percebi que há legionários que vão a pé, com isso levaremos mais um dia de caminhada.

O centurião estava escrevendo algo, enquanto Abimael falava, e não parou para ouvi-lo; continuou escrevendo, deixando Abimael esperando, até que jogou a pena sobre a mesa e olhou como se fosse dar uma notícia não muito agradável.

— Seu cálculo está certo, mas acho que o percurso que você imagina está totalmente errado. Nós não vamos direto para Jerusalém; como não irei à expedição, porque tenho outra missão, vamos desviar o caminho para passarmos em algumas cidades para recolher tributos e produtos. Acho que serão mais do que dois dias de viagem.

Abimael fez uma cara de indignação, mas sabia que não podia exigir nada, não tinha Heliano agora ao seu lado.

— É melhor você se preparar porque já vamos partir. Precisa de mais alguma coisa?

Abimael tinha olhado em volta e visto vários papiros, não hesitou em pedir alguns para levar consigo.

— Queria levar alguns desses papiros em branco, pena e tinta, preciso fazer algumas anotações, o que eu trouxe de Roma se perdeu na batalha.

O centurião olhou para os armários, apontou o que Abimael poderia levar e saiu dizendo:

— Você não tem muito tempo, não vamos esperar! Assim que pegar o que precisa, saia e monte no cavalo.

Abimael pegou tudo que precisava e saiu. A legião já estava pronta, estandartes e vexilum levantados. O centurião, de sua sala gritava, deu a ordem de partida, e começaram a marchar para fora da cidade. As pessoas observavam, algumas não davam a mínima para eles, mas a maioria os saudava. Assim seguiram rumo ao território de Israel. Abimael estava uma nova jornada, conhecer uma realidade nova, a terra onde a criança que nasceria. Ele não sabia o que ia encontrar, mas era importante explorar a cultura daquele povo.

Ж

Em Roma, Domitius foi falar com o senador Maximos sobre a mudança de rota, não estava conformado e queria tirar isso a limpo.

Ao chegar ao fórum romano, viu uma movimentação de senadores saindo da assembleia, mas não viu o senador Maximus. Desceu da carroça e foi para dentro do fórum, onde os senadores discutiam e debatiam as questões políticas e deliberavam as leis. Domitius ficou ao centro e procurou o senador, que estava sentado conversando com um colega ao pé do ouvido.

Domitius não pensou duas vezes, foi em sua direção; ao chegar perto, com uma cara amarrada, não hesitou em falar:

— Senador Maximus, quero lhe falar em particular agora mesmo.

O senador olhou espantado, e o outro, incomodado com a interrupção, se levantou com raiva e disse:

— Como o senhor pode interromper uma conversa de senadores assim? Isso é um insulto!

Domitius nem olhou para ele, ficou encarando o senador Maximus, falou ao colega:

— É melhor não discutir com quem você não conhece, o senhor nos dê licença, acho que ele tem algo muito importante para falar.

O senador, olhando para Maximus, percebeu que aquele homem poderia ser mais importante que imaginava, então se retirou em silêncio, Domitius estava com tanta raiva que não tirou os olhos do senador Maximus, se aproximou sem qualquer receio dos legionários que observavam de longe os seus movimentos. Antes que pudesse haver algum tipo de intervenção, o senador acenou com as mãos que estava tudo bem.

— Algo está me cheirando muito mal, a mudança de rota que você fez da expedição naval. Estava planejando que tipo de coisa? Está arriscando a vida dos tripulantes e dos passageiros atravessando pelo mar Mediterrâneo sem as paradas ao norte?

O senador ficou com medo e, se engasgando, tentou argumentar.

— É questão de uma viagem mais rápida, só isso!

— Se o senhor pensa em me enganar com uma explicação pífia, é melhor reconsiderar sua resposta, pois vou acabar sabendo a verdade e sua cabeça vai correr a prêmio aqui nessa assembleia ou fora dela. Mandei duas pessoas nessa expedição que são importantíssimas para mim; se acontecer algo com elas, é melhor começar a se preocupar, o aviso está dado.

Domitius se virou para ir embora, desabafara o que estava preso na garganta, quando o senador Maximus nervoso falou:

— Se você acha que o imperador vai te ouvir, está muito enganado, ele vai dar razão a mim!

Domitius parou por um instante, pensou no que ia falar e se virou.

— Será que ele vai dar razão ao senhor? Com os argumentos e provas que vou conseguir? Vai precisar do melhor defensor de Roma para tentar livrar sua pele!

Domitius saiu do senado, foi até a carroça e partiu pensando que haveria algum interesse por trás dessa expedição.

CAPÍTULO 36

ENFIM A CAMINHO

Abimael ficou observando a formação daquela Legião Romana, recordava como era em Roma, a disciplina e a organização não mudavam onde estivessem. Ele estava montado num cavalo com mais alguns legionários, era cerca de cinquenta homens a pé marchando de forma sincronizada e cinquenta homens nos cavalos, alguns levavam estandartes e vexilum. Abimael não sabia qual seria o trajeto, mas sabia que haveria muitas paradas nas cidades e nos vilarejos.

— Para onde iremos? — perguntou para um dos legionários ao seu lado.

— Vamos para a cidade de Séforis e depois para Tiberíades, vai levar algumas horas; lá vamos descansar e nos alimentar, provavelmente vamos passar a noite.

Abimael não tinha noção que cidades eram essas e estava ansioso para chegar a Jerusalém. Seria ótimo conhecer melhor o povo de Israel e entender seus costumes, tinha que ter muita paciência e se familiarizar com essa nova rotina, nem tudo estava perdido.

Ж

Depois de algumas horas de viagem, ao entardecer, apareceram no horizonte sinais de que o destino deles finalmente estava chegando. De longe, Abimael viu a entrada da cidade, inacreditavelmente tinha características romanas; as paredes eram brancas, havia afrescos, mosaicos e telhados vermelhos, lindos como na cidade de Roma.

— Estamos na parte mais alta da região — disse um soldado.

EDUARDO CORREA

— Que região é essa? — perguntou Abimael.

— Galileia, é uma região pobre.

— De onde veio a mão de obra para construir essa cidade?

— Os romanos traziam construtores da região, de pequenas e médias aldeias. Não sei se vamos passar por uma delas, mas, se não me engano, tem uma cidade próxima chamada Nazaré, sei que há carpinteiros que trabalharam aqui e vão construir outras cidades.

— Como você sabe dessas coisas?

— Há alguns anos, estive nessa região e ajudei a convocar essas pessoas para o trabalho.

Abimael e a Legião Romana entraram na cidade, passaram por uma estrada feita pelos romanos. O assentamento era feito de pedras, havia outros legionários e muitas pessoas na cidade, mas o que mais chamava atenção eram as formas arquitetônicas. Algumas pessoas estavam em frente ao podium e à abside semicircular, tinha uma acústica formidável, dava para ouvir muito bem de longe os pronunciamentos e as sentenças que ocorriam naquele momento. Foram para lá o centurião e alguns legionários, os demais ficaram a distância aguardando. Abimael os acompanhou.

O centurião se apresentou ao responsável do local, parecia alguém importante; não demorou muito para surgir uma discussão entre eles, o tom estava acalorado, dava para ouvir de longe, e Abimael resolveu se afastar.

Ele estava preocupado com o desenrolar da discussão, mas, no fundo, a razão de sua preocupação era o que poderia atrapalhar a viagem até Jerusalém. Então ficou ali a distância por mais algum tempo, observando todo tipo de pessoa que entrava e saía daquele local. Percebeu que o edifício tinha uma função administrativa na cidade, era como um fórum e um mercado, frequentado principalmente pela grande elite do local.

O soldado que o acompanhava disse:

— Você sabe distinguir uma casa de rico?

Abimael ficou olhando para as casas, não tinha a certeza da resposta.

— Não faço a mínima ideia.

O soldado deu uma risada.

— Se você entrar numa dessas casas e vir um mosaico no chão, pode ter certeza o morador dela é muito rico.

Abimael olhou para ele e achou que tinha razão. Em Roma era normal ter mosaico no chão, principalmente nas casas ricas, como a dos senadores, magistrados e patrícios.

— Pensei que ia dizer alguma novidade, algo diferente do que vemos em Roma.

O soldado deu uma risada.

Abimael notara também que via características de Roma, o Império Romano se estendia em poder de dominação; até mesmo um lugar pobre eles conseguiam tornar grandioso e próspero. Achou estranho ter poucas características culturais do povo de Israel, não saberia arriscar quem seria daquela terra, parecia que todos eram cidadãos romanos numa terra de estrangeiros.

O centurião acabara de conversar e se aproximou de Abimael, aparentando irritação.

— Abimael, os planos mudaram, não vamos mais para Tiberíades! Vamos seguir para o sul, percorrer cidades e vilarejos até a margem do rio Jordão, em direção a Jerusalém.

— O que aconteceu? — perguntou Abimael, aliviado por não prejudicar a viagem.

— Por conta do que aconteceu com a expedição, recebi novas ordens. Vamos fiscalizar o controle dessas cidades e assegurar que tudo esteja em ordem; por causa do recenciamento ordenado pelo imperador, vamos em número reduzido de legionários e, para a sua sorte, levaremos menos tempo do que tínhamos previsto.

— Para qual cidade iremos primeiro?

— Vamos partir, ao amanhecer, para Nazaré e ali passaremos a noite. Você conhece bem essa região?

— Não conheço nada.

— Não vai ser muito agradável, é uma região pobre, não existe nada de bom por esses lados. Será mais um dia de viagem, e não ficaremos mais que uma noite.

Abimael foi levado a um alojamento onde ficavam os legionários, havia muitos naquela cidade, e muitos estavam do lado de fora em suas tendas, nelas cabiam oito legionários. Após se acomodar, viu que alguns legionários não gostavam de conversar, ficavam se aprimorando no manejo da espada. Na realidade queriam subir de cargo na Legião Romana, por isso ficavam no alojamento, treinando novas técnicas de luta e se exercitando. Abimael não suportou ficar por muito tempo vendo tudo aquilo e resolveu ir aonde estavam os demais legionários, instalados nas tendas fora da cidade.

Já estava começando a anoitecer. Se durante o dia era quente, à noite esfriava, e as estrelas se tornavam mais brilhantes no céu, era uma bela visão. Abimael ficou andando entre as tendas, observando o comportamento dos legionários; algumas tendas estavam mais distantes do que outras, por causa das fogueiras que faziam para se aquecer e assar alguma carne.

Havia uma fogueira mais adiante, separada das demais. Alguns legionários estavam em volta dela conversando, assando carne e outros tipos de alimentos, bebendo, pareciam mais receptíveis que os demais. Ao chegar próximo, Abimael viu outra tenda, mais distante ainda, mais para o alto da colina, o que lhe chamou atenção; quando se aproximou, percebeu que a conversa não era sobre bebida, mulheres ou qualquer outro assunto que terminava com altas gargalhadas. "Acho que vou me sentar com eles, saber o que estão conversando, assim o tempo passa mais rápido", pensou.

Devagar foi se aproximando, mas eles não deram nenhum tipo de sinal de que ele poderia se sentar com eles, mesmo assim Abimael ficou bem próximo, ouvindo o que discutiam.

Ele achou interessante a conversa, era sobre os deuses gregos; eles conheciam muito bem todas as divindades que compunham o Panteão romano. Um deles, parecia o mais velho, começou a falar sobre as estrelas que formavam as constelações e suas representações divinas. "Como esses legionários diferem do demais, são formidáveis as explicações em detalhes que esse diz", pensou Abimael.

Em algum momento, o legionário olhou para o céu com dificuldades, não enxergava bem e não estava conseguindo identificar as constelações para mostrar aos demais. Abimael pensou: "Vou ajudar e assim conseguirei alguma afeição do grupo". Pegou os vidros que ganhara do bolso de seu manto.

— Posso te ajudar a achar a constelação que procura? — disse.

O soldado olhou para ele com cara de quem não gostou nada da intromissão, mas, quando viu o que ele tinha nas mãos, ficou curioso.

— Me ajudar como?

Abimael entregou-lhe os vidros e, como Navarco havia feito, foi alinhando-os até o ponto que precisava. O soldado ficou impressionado, começou a ver melhor as estrelas e conseguia identificar as constelações, em seguida passou para os demais.

— Qual é o seu nome?

— Abimael, cidadão romano.

— Sente-se conosco e coma algo.

Abimael sentou-se, por algum tempo trocaram ideias sobre o poder das estrelas e a representação das divindades.

Em certo momento, um dos soldados notou algumas estrelas que não tinham visto antes e passou os vidros para o soldado mais velho. Este também nunca tinha visto aquela formação de estrelas.

— Verdade, não tinha reparado essas estrelas... me parece planetas que estão se alinhando, ou estou enganado?

Abimael se deu conta da profecia e percebeu que estava se cumprindo aquilo que o astrônomo dissera. Ele olhou para o céu e viu que realmente estavam lá, belas e claras; pediu os vidros para ver melhor e teve certeza de que aquele alinhamento estava prestes a acontecer. Sabia que não ficariam alinhados por muito tempo, ou seja, tinha poucos dias para ir até Belém.

Abimael ficou um bom tempo com aqueles soldados, conversaram sobre muitos assuntos, até que ele se deu conta que estava na hora de voltar para o alojamento na cidade para dormir um pouco. Então, se despediu e voltou andando entre as tendas, olhando para as estrelas e pensando, sentiu algo muito prazeroso, mas também uma ansiedade. Precisava chegar a Jerusalém o mais rápido possível, o tempo estava passando rapidamente.

CAPÍTULO 37

A CHEGADA A NAZARÉ

Ao chegar ao alojamento, Abimael deitou-se e ficou pensando na profecia, nas estrelas, no tempo que teria para chegar a Belém e, principalmente, em como encontraria a criança. Isso o preocupava muito, buscava uma resposta; pensava em todos os sinais que tinha em mãos e se outro, mais concreto, poderia aparecer.

No dia seguinte bem cedo, os soldados começaram a se organizar em formação para seguir o caminho até a cidade de Nazaré. Abimael estava ansioso, pois seria a primeira cidade totalmente com características culturais do povo de Israel.

Durante algumas horas caminhando pelas montanhas, Abimael viu camponeses e pastores com seus animais debaixo do sol forte; de longe podia contemplar a cidade de Nazaré. Ele estava impressionado com o quanto era pequena em comparação a Cesárea Marítima e Séfolis.

Quando se aproximavam, Abimael notou que Nazaré era, na verdade, um aglomerado de casas, nem podia ser chamada de cidade, nem de vilarejo; era um lugar pobre, mas bem formado. As casas eram construídas de pedra, bem alinhadas e com definições para cada atividade, havia um local para os animais e outros tipos de trabalhos, percebeu que havia carpintaria, talvez seria esse o motivo de as casas serem bem definidas e ordenadas, apesar de serem rústicas e pobres. Não havia nenhum vestígio de influência arquitetônica ou da cultura romana naquele local.

Abimael estava ansioso e pensou: "A partir de agora vou ter contato com os hebreus residentes em sua própria terra".

Ao entrarem em Nazaré, os soldados se separaram e foram passando em cada casa, mas Abimael resolveu não acompanhar aquela atividade e foi percorrer as montanhas próximas. Do topo de uma delas, observou toda a região além da cidade; o dia estava findando, e o trabalho daqueles homens também.

Abimael desceu a montanha por um caminho diferente do que subira e se deparou com um grupo de pessoas em volta de uma fogueira, pareciam estar bebendo vinho. Ele sabia que a bebida, além de aliviar as dores e o cansaço de um dia inteiro de trabalho, era para aquele povo uma forma de alimento, ajudava a ter um boa noite de sono e a revigorar as forças.

Abimael se aproximou e ouviu a melodia agradável de uma linda canção, era encantadora. Tomou coragem e se sentou próximo a eles; quando terminaram, iniciaram outra canção tão bela quanto à primeira, a melodia era como se lembrassem do passado, transmitia uma sensação de amor. Abimael ouviu atentamente cada palavra:

Na beira dos rios de Babilônia, nós nos sentamos a chorar,
com saudades de Sião.
Nos salgueiros ali perto penduramos nossas cítaras.
Lá os que nos tinham exilado pediam cânticos,
canções alegres, os nossos opressores:
"Cantai para nós um cântico de Sião!"
Como cantar os cânticos do Senhor em terra estrangeira?
Se eu te esquecer, Jerusalém, fique paralisada a minha mão direita; minha língua fique
colada ao paladar se eu perder tua lembrança, se eu não puser Jerusalém
acima de qualquer outra alegria.
Lembra—te, Senhor, contra os filhos de Edom, do dia de Jerusalém; eles diziam:
"Arrasai-a,
Arrasai-a até os alicerces!"
Filha de Babilônia, devastadora,
feliz quem te devolver o mal que nos fizeste!
Feliz quem agarrar e esmagar
teus recém-nascidos contra a rocha!

A imagem do pôr do sol, junto à canção, dava uma forte emoção a todos e contagiou Abimael, que não resistiu e disse:

— É uma bela canção! Por que vocês a cantam?

Um homem velho, com muitas rugas no rosto e as mãos calejadas do trabalho, olhou para ele e de uma forma simpática falou:

— Aproxime-se e sente-se conosco, vou te contar com prazer. Essa canção foi transmitida pelos meus antepassados de geração em geração e hoje eu a canto para os meus filhos e para os filhos deles.

— E qual é o significado?

— Quando o nosso povo estava exilado na Babilônia, há quinhentos anos, os que estavam no cativeiro sentiam saudades de nossa terra e do nosso templo em Jerusalém; cantamos para nos alegrarmos pelo retorno do cativeiro para reconstruir o que fora destruído pelos babilônicos.

— Acho que não foi nada fácil para vocês, superar a destruição de Jerusalém e, após retornarem, buscar forças para reconstruir o templo — disse Abimael.

— Para alguém que é um estrangeiro romano, você conhece bem nossa história! Onde aprendeu?

— Tive um bom professor, um rabino lá em Roma me contou a história de seu povo.

— A época em que nos deixaram sob o jugo da política grega, foi outro período terrível de perseguição e martírio, uma das consequências foi a dispersão do povo, talvez por isso você tenha encontrado alguns de nós em Roma, mas agora temos o templo e podemos realizar nossos sacrifícios e orações.

— Mas agora estão sobre o domínio romano!

— Sim, mas nos é permitido conviver sem conflito.

Enquanto Abimael pensava no que o homem dissera, os demais se levantaram.

— Para onde estão indo?

— Está ficando tarde, vamos para casa, é hora do jantar. Vamos conversar um pouco mais e dormir, amanhã é outro dia de trabalho.

Enquanto desciam a montanha, o velho homem se aproximou de Abimael e o convidou para fazer a refeição com ele e ficar aquela noite em sua casa. Abimael aceitou e ficou muito contente. Quando desciam a montanha e se aproximavam de Nazaré, ele notou algo incrível, o contraste da cidade e de seus habitantes, pessoas simples e humildes, mas com muita dignidade, muito diferente da população de Roma. "Um povo de fé, numa terra de imensa beleza, todo o vale iluminado pelo pôr do sol, como era lindo, pensava Abimael. Cada passo para descer era um prazer aos olhos e ao coração.

Ao chegar à cidade, viu os soldados já alojados em suas tendas, eles não percebiam tal beleza, pensavam somente em cumprir ordens e manter a segurança à base da força e da opressão. Tirar o pouco que esse povo tinha para levar a Roma, essa era o objetivo imperial, sem nenhuma sensibilidade e compaixão pelo lugar. Abimael estava feliz por não passar a noite com os soldados.

Abimael notou que as formações das casas eram bem próximas umas das outras como se fosse um pequeno clã. Entrou na casa daquele velho homem, era muito estranha, feita de pedras, parecia uma gruta iluminada por lamparinas; não tinha móveis, os utensílios para fazer comida e armazenar alimentos e água eram de barro, os jarros eram colocados em nichos esculpidos nas paredes, o cozimento era feito no lado de fora da casa.

Todos estavam no chão sentados em círculo, e os alimentos no centro, filhos, netos e mulheres. Abimael pegou o pão para molhar no condimento, e uma das mulheres deu um toque em sua mão para aguardar, ele então percebeu que iriam fazer uma oração. Iniciaram suas orações voltados para o templo de Jerusalém, recitavam uma prece de benção.

Depois da oração, todas alegremente foram se servindo; era um ambiente alegre, comiam, bebiam e conversavam como se estivessem festejando algo.

Após uma hora de refeição e muita conversa, que para eles era sagrado, Abimael agradeceu o alimento e se recolheu num canto da casa. O espaço era razoavelmente grande, deitou-se numa esteira de palha muito confortável e adormeceu.

CAPÍTULO 38

PARA A CIDADE DE JERUSALÉM

O sol ainda não havia apontado no horizonte, e o velho homem já tinha se levantado. Abimael já estava acordado por causa da ansiedade, deitado pensava sobre tudo o que tinha acontecido desde que recebera a carta de seu pai. Quieto em seu leito, ficou observando o velho. "O que ele está fazendo acordado? Será que vai sair?" Viu o velho homem colocando um manto sob a cabeça e devagarzinho sair da casa, sem que ninguém percebesse. "Vou segui-lo, quero saber onde ele vai a essa hora da manhã." Abimael se levantou e foi atrás do homem, lentamente o seguiu por algum tempo, o caminho levava ao topo da montanha; em certo momento, não resistiu e acelerou o passo para alcançá-lo e avisá-lo que estava indo junto. Quando chegou perto disse:

— Acordou cedo hoje? Para onde o senhor vai?

O velho homem olhou para trás e deu uma risada, não demonstrando nenhum espanto com sua presença.

— Pensei que você me seguiria em silêncio até o topo da montanha!

— O senhor sabia?

— Era inevitável! Seu cheiro é diferente de tudo que há neste lugar.

— Cheiro? O que quer dizer com isso?

O velho homem deu uma risada.

— Há quanto tempo você não toma banho? Dois dias?

Abimael ficou envergonhado.

— Costumo acordar cedo e ir à montanha para rezar, o melhor momento é ao nascer do sol, para conversar e agradecer a Deus, hoje você vai me acompanhar.

— Fico imensamente grato por isso!

Enfim chegaram ao topo da montanha, e o velho homem se colocou de joelhos em direção a Jerusalém, logo em seguida o sol nasceu apontando no horizonte, e ele iniciou sua prece. Abimael ficou observando a cena do nascer do sol no horizonte, iluminando a natureza e brilhando o rosto do velho homem; tomado pela imensa beleza, ele se ajoelhou e fez também uma prece.

Ao terminarem, se sentaram para olhar o horizonte, e o velho homem perguntou:

— Desde ontem, quando você se aproximou de nós e perguntou sobre o que cantávamos, senti algo no meu coração, algo em seu olhar me chamou atenção, o que busca que fez você sair de um lugar grandioso como a cidade de Roma?

Abimael ficou surpreso com a pergunta, não sabia como responder.

— Se não quiser falar, vou entender, mas talvez eu possa te ajudar.

Abimael, mais uma vez, ficou calado e pensativo: "Como ele pôde perceber algo a meu respeito?". Enfim decidiu contar, em seu coração sentiu que poderia confiar naquele homem.

— Estou em busca da realização de uma profecia, um menino que seu povo espera, um descendente de Davi, que vai nascer em Belém segundo as escrituras. O que o senhor pode me dizer sobre isso?

O velho homem não ficou surpreso com a pergunta, olhou profundamente nos olhos de Abimael, respirou fundo, virou o rosto para o sol que brilhava no horizonte e disse:

— Um descendente de Davi, um Profeta ou o Messias, é realmente esperado por nós, mas quando ele virá não sabemos, por isso venho toda manhã nesta montanha, para ter a honra de um dia poder vê-lo nascer, seria maravilhoso, eu morreria feliz. Ah se eu pudesse pegá-lo em meus braços! Mas estou velho e tenho certeza que não vou concretizar esse sonho.

— Quem sabe? Talvez saiba que ele tenha chegado!

— Você pode garantir isso? Estou esperando há muitos anos, talvez aconteça o mesmo com você.

— Há outra razão para rezar em direção a Jerusalém? — perguntou Abimael.

— Há um oráculo de um grande profeta, chamado Isaias, que diz o seguinte:

"O Senhor disse: visto que este povo se chega junto a mim com palavras e me glorifica com os lábios, mas o seu coração está longe de mim, e a sua reverencia para comigo não passa de mandamento humanos, de coisas aprendida por rotina, o que se resta é continuar a assustar este povo com coisas espantosas e assombrosas, a sabedoria dos seus sábios perecerá e o entendimento dos seus entendidos de desfará."

— O que o profeta quer dizer com isso?

— Que o povo ainda não aprendeu, luta entre si, faz divisões e tem sede de poder, louva a Deus com a boca, mas por dentro há corrupção. Rezo para que, quando essa criança chegar e se tornar homem, tudo possa mudar nos corações das pessoas. Quando você chegar a Jerusalém, vai ver.

Abimael ficou em silêncio, não podia falar mais detalhes para não dar falsas esperanças ao homem.

— Gostaria de fazer outra pergunta. Como ele seria?

— Essa criança não nascerá numa corte, nem em palácio, mas num lugar onde ninguém pode imaginar, nem mesmo eu. Sei que nascerá num lugar pobre, desprovido de tudo, e, quando ele for adulto, se presentará com rei montado num jumento, numa das entradas de Jerusalém, é o que está escrito na profecia. Mas não se engane, não será um rei desse mundo, pois será um servo de Deus, um sofredor, será causa de contradição para esse povo, para quem não quiser ouvir o que ele tem a dizer, e será entregue nas mãos dos homens para morrer!

— Que horrível morrer nas mãos dos homens, não tem misericórdia esse tipo de gente que mata!

— Mas ele vencerá! Seu reino será nos corações dos homens, sua vida será de ensinamentos para todos, sem distinção de pessoas; essas serão características dele, misericórdia e compaixão. Como desejo que Jerusalém acolha sua mensagem e sua prática de vida!

Abimael ficou impressionado com o que ouvia, naquele momento ouviu o som da trombeta dos soldados romanos, era o sinal para se agruparem. Ele se despediu do velho com um abraço forte e foi descendo a montanha; quando já estava um pouco distante, homem disse:

— Você saberá perfeitamente quem é a criança quando pegá-la em seus braços! Não perca tempo, as estrelas darão o caminho para encontrá-la!

Abimael olhou para ele, e o velho deu um leve sorriso de quem sabia da proximidade do nascimento do Messias.

Abimael desceu a montanha rapidamente, pensando: "Como aquele velho homem tinha certeza que o tempo estava chegando?". Ele estava feliz, chegou aonde estava a Legião Romana, que já estava pronta para partir, pegou sua bolsa e montou em seu cavalo.

— Por mais alguns minutos, iriamos deixá-lo aqui, preste atenção porque na próxima vez não vamos esperar ninguém! — disse o centurião irritado e em alta voz.

Partiram em direção ao sul rumo a Jerusalém. Abimael não tirava de seu rosto o sorriso de quem alcançaria seu objetivo. Olhando para trás, se despediu da cidade de Nazaré, pequena e pobre aos olhos do mundo, mas rica no sentido mais profundo da fé.

Ж

Durante a viagem, passaram por vilarejos, plantações e aldeias, entre vales e planícies. Abimael achou muito estranho o caminho, depois de horas estavam próximos do rio Jordão e seguiriam a estrada rumo ao sul, ele foi em direção ao centurião e perguntou:

— Mudanças de rota? Não íamos parar nas cidades? O que está acontecendo?

— Você faz muitas perguntas, meu jovem, mas vou responder. Nossa nova missão é seguir o caminho que todos que vêm do norte fazem, é assegurar que nada aconteça com os carregamentos enviados a Jerusalém.

Abimael ficou feliz com a notícia, o caminho parecia ser mais rápido; em seus cálculos, em menos de um dia, com a velocidade dos cavalos, chegariam, e ele teria tempo suficiente para procurar a criança. Estava confiante, as palavras do velho homem não saíam de sua cabeça e lhe davam esperança e confiança em sua missão. Agora só restava esperar, descansar e seguir viagem ao amanhecer para Jerusalém e, depois, Belém.

— Vamos fazer alguma parada?

— Sim, vamos parar em Scythopolis, mas não vamos demorar; se precisarmos, passaremos a noite lá, se não, seguiremos o caminho.

CAPÍTULO 39

O ATAQUE

Foi um alívio chegar a Scythopolis, outra cidade com características romanas. Tinha sido um dia cheio, entre vales e montanhas; passaram por vilarejos, aldeias, plantações e pastoreios. Abimael não pensava em outra coisa senão em descansar, estava exausto pela noite mal dormida e pela viagem desgastante debaixo do sol.

Os soldados armaram suas tendas, e Abimael viu que passariam a noite ali. Alguns ficaram cuidando dos cavalos, mas ele só pensava onde ia dormir; assim que a primeira tenda foi montada, entrou e se acomodou, depois de se alimentar, pois estava faminto.

Quando já estava deitado e começando a pegar no sono, alguns soldados conversavam em voz alta, o que fez Abimael despertar. Eles falavam, aliviados, que não ficariam de sentinela, e algo chamou atenção em um dos comentários.

— Ainda bem que a maior parte da legião vai ficar na cidade, e apenas alguns vão seguir para Jerusalém!

Abimael despertou e não se conteve:

— Quem deu essa ordem?

— O centurião da Legião conversou com o da cidade por muito tempo, mas não sei o motivo da mudança?

Abimael voltou a se deitar e ficou pensando: "com menos soldados, vai ser mais rápida a viagem!".

Ao amanhecer, o centurião entrou na tenda de Abimael e o sacudiu gritando:

— Levante-se! Pegue seu cavalo, vamos partir o mais rápido possível!

Abimael não pensou duas vezes, meio sonolento pegou sua bolsa e foi correndo montar em seu cavalo.

Havia aproximadamente vinte legionários, pareciam os mais fortes e experientes. Partiram seguindo a estrada próxima ao rio Jordão, rumo ao sul. Abimael ficou aliviado por não terem mudado a rota.

A velocidade com que a tropa cavalgava era impressionante, entre vales, campos e pastoreio de ovelhas que encontravam pelo caminho, características do povo da região. Depois de duas horas, entraram num território cheio de vales e montanhas, eram mais altas e mais próximas, tudo foi indo muito rápido, e Abimael achou estranho: "O olhar do centurião está diferente, parece focado em alguma coisa". Ele então apertou o passo de seu cavalo para alcançar o centurião.

— Há algum problema? Vejo que está preocupado com alguma coisa!

— Você está vendo esses vales e as montanhas?

— O que têm de diferente? Não vejo nada que possa preocupar?

— Engano seu, nelas existem o que chamamos bandidos ou baderneiros.

— E quem são?

— Camponeses desalojados que preferem lutar se escondendo nas montanhas e atacando nos vales; são revoltosos contra o domínio do Império Romano em suas terras e tentam saquear; preferem morrer nas trincheiras em vez de pedir esmolas.

— Camponeses? Não parecem tão perigosos! Por que fazem isso?

— Para nós, romanos, são perigosos, mas para o povo que vive nos campos e nas pequenas vilas, são considerados libertadores, lutam por uma causa, é questão religiosa.

— Eles querem a liberdade política, não é? Acho justo!

— Justo para eles, não para nós. Esse desejo de liberdade é uma das formas de manifestarem resistência lutando e nos enfrentando, por isso fique atento; quando você menos espera, eles atacam!

Abimael ficou desconfiado com o que poderia acontecer durante a viagem, embora, até aquele momento, nada tivesse ocorrido. O medo tomou conta dele, que resolveu ficar no meio dos cavaleiros; dali ficou olhando para as montanhas, talvez pudesse encontrar algum sinal desses bandidos ou libertadores.

Por volta do meio-dia, nada havia acontecido até que o centurião deu um sinal levantando o braço, e a tropa automaticamente parou. Ele vira algo estranho mais à frente do caminho, contornou seu cavalo e, percorrendo a tropa, deu ordem para que ficassem em posição de ataque.

Abimael tentava ver algo, mas não dava porque estava longe. "Não estou conseguindo ver direito o que está acontecendo, vou pegar os vidros em minha bolsa para ver se consigo identificar o que acontece, talvez eu possa ajudar", pensou. Em seguida alinhou os vidros e conseguiu notar uma movimentação que parecia uma luta, foi até o centurião e disse:

— É uma luta, mas não dá para identificar.

— Como você sabe disso? Não consegui ver direito, só suspeitei.

— Não tenho como explicar, mas acho melhor tomar alguma providência, antes que seja tarde demais.

O centurião levantou o braço e, com um sinal, ordenou que a tropa ficasse preparada para o ataque. Em seguida gritou: — Ao ataque!

A legião disparou com as espadas em punho e os escudos armados para posição de proteção. Abimael deixou que todos passassem e os acompanhou logo atrás; quando chegaram ao local, constataram que era um ataque de bandidos a outra caravana de legionários romanos. Os bandidos eram muitos, e os romanos estavam em menor número, pareciam carregar algo de valor em uma carroça. Quando os legionários chegaram, a luta tornou-se mais violenta. A visão da batalha não era muito diferente do que Abimael tinha visto no navio; os romanos da tropa foram derrubando um por um dos bandidos, o restante se espalhou ao pé da montanha, com os soldados os perseguindo. Algum tempo depois, os bandidos se juntaram novamente e retomaram à batalha pela retaguarda, mas os soldados eram bem experientes e preparados, fizeram uma linha de defesa e dominaram a luta.

Durante o confronto, algo atingiu Abimael, que caiu do cavalo. Ele olhou para seu ombro e viu uma lança enfincada. "Não acredito, fui atingido, atravessou meu ombro!" Na queda, bateu a cabeça no chão, sua vista começou a escurecer e lentamente foi perdendo a consciência.

CAPÍTULO 40

UM FERIMENTO QUASE MORTAL

Quando a luta acabou, os romanos começaram a separar os corpos, e o centurião ficou preocupado com Abimael: "Onde ele está? Será que foi ferido?".

— Procurem o rapaz que nos acompanhava, vasculhem todo o lugar.

Os soldados vasculharam cada pedaço do lugar e o acharam as pedras. Um deles gritou para o centurião:

— Encontrei o rapaz, está desacordado!

— Está vivo? Qual a situação?

O soldado fez sinal de que estava vivo, o centurião foi correndo ver com seus próprios e constatou que sobrevivera com alguns ferimentos. "Pelo menos está vivo!", pensou. Havia sangue, mas aparentemente não era grave, tentou despertá-lo, mas foi em vão.

— Deve ter batido a cabeça quando caiu — disse o centurião.

— A lança quebrou no ombro dele, vai ser difícil retirar — falou um dos soldados.

— Vamos ter que arrancar esse fragmento da lança, sorte dele que não é grossa, mas deve ter feito um estrago no ombro! Vai aquecendo o meu punhal, vou ter que estancar o sangramento depois de tirar a lança, vai rápido!

O centurião foi tirando o pedaço de lança devagarzinho, Abimael despertou em gritos de dor, e o soldado chegou com o punhal em brasa.

— Abimael, agora é que vai doer, e muito, mas vai ser rápido!

Abimael olhou para o punhal e para o ferimento.

— Faça logo isso!

O centurião não pensou duas vezes, Abimael gritava de dor e novamente desmaiou. O centurião chamou outro soldado para ajudá-lo a colocar Abimael na pequena carroça que era o meio de transporte dos mantimentos dos romanos. Foi avisado que havia dois bandidos vivos, estavam feridos.

— Vamos levá-los conosco até o ponto de recebimento, próximo a Jerusalém, assim saberemos o que fazer.

Os soldados amarraram os dois num dos cavalos e partiram. Abimael, ainda desacordado, ficou na pequena carroça.

Uma hora depois, ele começa a despertar com uma imensa dor de cabeça e uma dor insuportável no ombro; sentiu que algo ainda estava em seu ombro, um possível pedaço de lança talvez. Meio atordoado, tentou se erguer para ver o que estava acontecendo, notou que estava sendo levado pelos soldados e se sentiu aliviado, pois estava a caminho da cidade e poderia tratar melhor o ferimento. Então se deitou novamente, tentando suportar a dor, não sabia se era grave.

Durante o percurso, encontraram outros soldados vindo em sentido contrário, o centurião comunicou-lhes o ocorrido e mandou que recolhessem os corpos de alguns soldados romanos mortos na batalha e que deixassem ao lado da estrada, para serem enterrados dignamente. Nessa parada aproveitou para ver como estava Abimael.

— Recobrou a consciência? Está sentindo algo diferente? Sente vontade de vomitar?

— Estou bem, a não ser pela dor de cabeça e uma dor insuportável no ombro quando a carroça balança, de resto estou bem.

— Fiz o que pude para arrancar a lança, atravessou seu ombro, mas ficou um estilhaço de madeira, não deve ser muito grande, por isso é que incomoda.

— Melhor assim, obrigado!

— Alguém com mais experiência vai tirar isso de você assim que chegarmos ao posto de abastecimento antes de entrarmos em Jerusalém, eles vão te dar um medicamento que vai aliviar a dor e ajudar na cicatrização. Você vai ficar bem! Vamos seguir caminho, em alguns minutos chegaremos.

Ao final da tarde, quando chegaram ao posto romano, levaram Abimael para um estabelecimento e o deixaram nas mãos de alguns homens que cuidavam de feridos.

— Cuidem bem dele, deve haver algum pedaço de lança no ombro, façam o melhor! — disse o centurião.

Eles deram algumas ervas com vinagre para Abimael beber.

— Que bebida forte e horrível! O que é isso?

— É para aliviar a dor, agora deite-se que vamos lavar o ferimento e ver o que tem em seu ombro.

Abimael deitou-se e começou a sentir algo no corpo, como se tudo estivesse adormecendo, logo em seguida jogaram o mesmo líquido no ferimento.

Com uma faca fizeram um corte mais profundo e, com uma pinça, tiraram o pedaço de madeira. Abimael, mesmo anestesiado, sentia muita dor.

— Vai ser rápido, já vimos ferimentos muito mais complicados!

Abimael percebeu que aqueles homens eram experientes e sabiam o que estavam fazendo; depois de alguns minutos, já estavam costurando seu ombro, cada ponto feito era uma dor arrepiante. No final jogaram outro líquido e enfaixaram seu braço.

— Está tudo feito, pode descansar! Antes beba esse remédio, vai lhe ajudar a dormir e evitar a infeccionar, além de diminuir a dor.

Abimael bebeu e aos poucos começou a adormecer.

Ж

Na manhã seguinte, Abimael acordou mais disposto, com menos dor nos ombros e sem dor de cabeça; se levantou e saiu da tenda com o braço enfaixado junto ao corpo, a vista estava turva pela bebida, mas notou que o centurião conversava com outros soldados. Devagar foi ao encontro deles.

— Está melhor, Abimael? Parece que a bebida que você tomou ontem lhe fez bem! — E deu uma risada, como quem já tivesse tomado aquela bebida.

— Sim, estou bem melhor! A vista ainda está meia turva, mas não estou sentindo muita dor nos ombros.

— Deixa passar o efeito do remédio, acho que você vai querer outra bebida daquela, mas não se preocupe, há coisas piores, poderia ter levado uma lança no coração.

— Como terminou a batalha?

— Não foi fácil, mas conseguimos derrubar a maioria dos bandidos, alguns conseguiram fugir, temos dois deles presos conosco.

— O que vocês vão fazer com eles?

— Mandamos mensagem para Herodes em Jerusalém, vão enviar instruções do que fazer, ou os matamos aqui mesmo, ou vamos crucificar próximo à cidade.

— Para que isso? Não basta prendê-los?

— Para esse tipo de gente só a morte, mataram quatro soldados nossos, provavelmente vão ser crucificados, vão ser exemplo para os outros, conosco não tem segundo aviso.

Abimael se afastou e foi em direção aos dois prisioneiros; cambaleando e com a mão no ombro, se aproximou, mas não disse nada, ficou olhando para eles, imaginando o que passariam nas mãos dos romanos.

— Não somos os primeiros nem seremos os últimos condenados por eles, outros virão até que Israel seja liberta — disse um dos condenados.

Abimael se afastou, queria comer algo, mas um dos soldados o conduziu até o local onde a cirurgia tinha sido feita.

— Estão te chamando para refazer o curativo e trocar as ataduras, querem ver como está seu braço!

Ao chegar ao local, o homem que tinha lhe tratado foi logo tirando as ataduras.

— Você está sentindo algo além da dor?

— Um pouco de formigamento nas mãos.

— É normal, pode ser por causa da inflamação, deve passar assim que diminuir o inchaço do ombro.

Abimael sabia que, se o formigamento não passasse, poderia perder os movimentos das mãos ou dos braços, a lança poderia ter afetado algo a mais no ombro, já havia lido sobre isso na biblioteca.

Assim que terminou de limpar o ferimento, o homem deu um pequeno apertão.

— Não está muito inflamado nem saindo secreção, é um bom sinal. Você vai tomar essa outra bebida que vai acelerar a recuperação e desinchar esse ombro, pode ficar tranquilo que não lhe causará sono. Logo esse formigamento vai sumir, mas não garanto que os movimentos de seu braço voltem tão cedo.

— Você é o tipo de pessoa que dá uma boa notícia e uma péssima de uma vez, não é?

— Agradeça a boa notícia meu rapaz, geralmente não dou boas notícias aos feridos que chegam aqui!

— Mesmo assim, eu te agradeço!

— Espere uma hora para se alimentar, não é bom misturar comida com o remédio, pode causar vômito. Tome-a antes do jantar e na hora de dormir.

Após o tempo recomendado, Abimael foi se alimentar, estava faminto. De repente ouviu gritos do lado de fora e foi ver o que estava acontecendo; eram os dois bandidos sendo chicoteados por soldados romanos. Abimael se aproximou; indignado, procurava o centurião, mas um soldado se aproximou.

— Não se preocupe, vai acabar logo! Estão adiantando o serviço, torturando-os para tirar alguma informação.

— Mas não iam esperar as ordens de Herodes?

— Pela nossa experiência, uma das ordens é torturar e tirar alguma informação; para não perdermos tempo, vamos adiantando — E deu uma risada.

— E a outra ordem qual vai ser?

— Com certeza vão ser crucificados próximo à cidade de Jerusalém.

Abimael não acreditava no que estava ouvindo, sentiu pena dos dois bandidos, pelo sofrimento deles.

CAPÍTULO 41

A EXECUÇÃO

Abimael ficou calado e se afastou; quando se virou, o centurião de longe fez um sinal para que fosse ao seu encontro.

— Vamos caminhar um pouco, quero te levar até o topo daquele monte, vai levar algum tempo, mas vai lhe fazer bem, circular o sangue do seu corpo. Estou levando água e um pouco do remédio no caso de sentir dor.

— O que tem de especial naquele monte?

— Você não queria ir à cidade de Jerusalém? Então, vamos poder olhar de longe, é a melhor vista da cidade, se chama monte das oliveiras, um belo local, gosto de ir até lá quando posso.

— Então estamos próximos a Jerusalém?

— Mais do que você imagina! O posto onde estamos é provisório, fica a menos de uma hora da cidade.

Após uma boa caminhada, chegaram ao topo do monte.

— Agora veja com seus próprios olhos a cidade, que para esse povo é considerada sagrada! Daqui a alguns anos, vão construir outro muro para ampliá-la, já tem muitas casas no lado de fora dos muros.

Abimael via a cidade, mas algumas árvores de oliveira atrapalhavam. Avistou uma grande pedra e subiu nela, dali conseguiu ter uma vista privilegiada de toda a cidade de Jerusalém.

Sentimentos despertaram nele nesse momento, euforia e tristeza ao mesmo tempo. Sentiu algo inexplicável, que o fez chorar como uma criança que acaba de perder seus pais. Sentou-se na pedra e percebeu que aquele lugar tinha algo de especial, mas não sabia o quê. Começou a se lembrar dos sonhos, algo lhe dizia ser referente ao cumprimento da profecia que velho homem de Nazaré comentou, "o servo sofredor".

Aquele lugar, de alguma forma, estava ligado à criança que procurava. O que estava sentindo era significativo, algo que não podia descrever. "Como posso descrever algo que é indescritível?! Poderia ficar aqui por horas... a contemplação da cidade e a beleza desse local me prendem!".

O centurião andava pelas oliveiras contemplando a paz que aquele local trazia.

Abimael não queria descer da pedra, pois sabia que talvez nunca mais sentiria o que estava vivenciando, desejava que o tempo parasse.

O centurião viu Abimael sentado sobre aquela grande pedra, percebeu que estava com uma fisionomia estranha, os olhos fixos no horizonte, em direção à cidade de Jerusalém; resolveu se aproximar e subir na pedra também. Sentou-se ao seu lado e, sem dizer nada, ficou contemplando a beleza daquela vista. O silêncio o incomodava, sentiu que Abimael não percebera sua presença, então resolveu dizer algo e observar a reação dele.

— Bela vista, não é? Você precisa andar entre as arvores de oliveiras, é um belo jardim, traz paz e tranquilidade.

Abimael olhou para ele e disse.

— Você está sentindo algo diferente aqui?

— Não, por quê?

— Nada, só uma pergunta.

Abimael percebeu que o que ele estava sentindo não era para sentido por qualquer pessoa, muito menos por um centurião romano. Talvez seu dom de mago estivesse falando mais alto, seria inútil descrever para alguém como ele.

— Vamos descer e passear pelo jardim — disse Abimael.

Abimael queria mesmo era ficar mais algum tempo observando Jerusalém e sentindo aquele momento inesquecível, mas teve que descer. Foi andando pelo jardim das oliveiras, mas o sentimento não passava, era a mesma emoção.

— Esse lugar é maravilhoso, não sei por que nem como explicar, mas tem algo de especial!

— É realmente maravilhoso! Daqui você pode ver toda a cidade.

— Nunca vim para essa terra nem imaginava como era essa cidade que os hebreus tanto falam.

— Então vou lhe mostrar alguns pontos importantes, quer saber?

— Sim! Por onde você começaria?

— Pelo templo, está ao seu lado direito, é um prédio não muito grande, com um átrio amplo, onde fica os pórticos. Essa parte mais alta é o monte onde Abraão teria que fazer o sacrifício de seu filho, o local era conhecido como monte Moriá ou monte Sião, foi ali que Salomão construiu o primeiro templo. Você sabia que o templo de Salomão não era maior que este que está vendo?

— Você está dizendo que o templo de Jerusalém é aquela pequena construção? — disse Abimael. Não imaginava que toda aquela construção eram pavimentos ao redor de um pequeno prédio.

— Sim, em volta é o espaço onde os peregrinos ficam antes de entrar no átrio dos pórticos.

— Imaginava que a cidade fosse o templo, que fosse bem maior! Você conhece bem Jerusalém, onde aprendeu tudo isso?

— Tenho um amigo comerciante e, durante os jantares, conversamos muitos. Ele me explicou tudo sobre a cidade, a casa dele fica na parte alta da cidade, é onde moram os mais ricos, é lá que você vai ficar; ele tem muitas criadas que vão tratar melhor esse ferimento. Mais abaixo fica a chamada cidade baixa, onde moram os mais pobres, artesão e trabalhadores. Logo acima da cidade alta fica o palácio de Herodes, cercado por muros com soldados em sentinela.

— Essa cidade é muito complexa, acho que vamos ficar o dia todo para entendê-la.

— É verdade, mas não temos tempo, gostaria de lhe mostrar melhor esse monte das oliveiras, mas temos que descer. Sobre a cidade, acho que você vai conhecê-la melhor quando entrar.

Eles foram andando entre as árvores, e Abimael parecia estar em êxtase, não parava de observar e sentir a importância de andar entre as oliveiras. Era um jardim que transcendia qualquer explicação pela razão, foram andando até que um soldado veio trazendo uma mensagem.

O centurião recebeu a mensagem e abriu.

— O que está dizendo a mensagem? — quis saber Abimael.

— Vamos voltar, temos que crucificar os dois bandidos.

Chegando ao posto, o centurião reuniu os soldados e deu a ordem de irem até o local onde estavam os prisioneiros aguardando a execução.

O sentimento que Abimael experimentara naquele monte das oliveiras ficou gravado em sua mente; ele sabia que não era devido à bebida, pois já havia passado o efeito, o braço estava começando a doer novamente. O centurião ofereceu-lhe mais bebida, ele tomou um pouco para tirar a dor, foram se colocando em posição para partir. Abimael já estava em seu cavalo quando começaram a levar os condenados para serem executados.

— Que caminho vamos fazer?

— Vamos contornar a cidade, não quero passar por dentro dela, vamos perder muito tempo.

Foram pela estrada principal que levava a uma das entradas de Jerusalém. Quanto se aproximaram do muro, o centurião levantou a mão dando sinal para desviarem para o outro lado, então seguiram por um caminho que contornava a cidade.

— Que local é esse aonde vamos? — perguntou Abimael.

— É o monte da caveira, vamos passar por uma pequena aldeia, é lá que executaremos os condenados.

Quando contornavam os muros de Jerusalém, Abimael viu que era uma fortaleza e cercava toda a cidade, era bem maior do imaginava. Sentiu uma grande emoção, na realidade era a responsabilidade de estar vivenciando algo tão extraordinário, a cidade de Jerusalém, que aquele velho homem de Nazaré cantava, e a importância que tinha para aquele povo. Agora era sentir e vivenciar a realidade.

Ao chegarem ao monte da caveira, próximo ao muro de Jerusalém, Abimael viu muitas pessoas. Parecia que estavam aguardando a chegada deles. A notícia da execução dos condenados logo se espalhou, e estavam ali para presenciá-la. Havia todo tipo de gente, desde pessoas simples e até pessoas que aparentemente seriam de classes abastadas.

— Aqui é o lugar, preparemos as estacas!

Abimael ficou montado no cavalo para ver melhor o processo de execução. Os soldados pegaram os dois condenados e os deitaram sobre uma madeira, abriram seus braços, e sem dó ou piedade, pregaram em cada punho um prego que perfurou o braço e se fixou na madeira. Os gritos eram aterrorizantes, e Abimael imaginou o que eles sentiram. Depois pregaram também os pés e levantaram as cruzes; fixaram-nas num buraco de modo que ficaram pendurados, assim todos poderiam ver. Aquela cena era horrível para Abimael, ele sabia como eram feitas as crucificações, pelas leituras que fazia na biblioteca do senado, mas ver pessoalmente era algo que não desejava para ninguém. Enquanto isso, as pessoas gritavam palavras de ofensas aos condenados, Abimael não aguentou ver tudo aquilo e quis se afastar, mas o centurião se aproximou dele e o impediu de sair.

— Você vai ficar para ver o que vai acontecer com eles!

Parecia uma ordem. Abimael estranhou a atitude, mas não quis questionar ou contrariá-lo, não estava em condições para isso. Ficou ali vendo o sofrimento daqueles homens por três horas, era uma agonia terrível; houve um momento em que eles não conseguiam respirar, forçavam os punhos nos pregos para levantar a cabeça, como se estivessem se afogando. O centurião fez sinal a um dos soldados, que se aproximou com um martelo e quebrou as pernas deles.

— Por que está fazendo isso? Não basta o sofrimento que estão passando?

— Estou sendo misericordioso! É para morrer logo sufocado pela água em seus pulmões.

Abimael não acreditava no que ouvia, era muita crueldade. Aos poucos foram morrendo sufocado pela água nos pulmões.

Despois de tudo acabado, o centurião deu sinal para seguirem pela estrada que levava a uma das entradas de Jerusalém. Seu trabalho terminara, deixou os corpos pendurados na cruz.

Durante toda a execução, Abimael sentiu algo totalmente diferente do que sentira no monte das oliveiras, era algo que não podia ser explicado. Sentiu também que tudo fazia parte de um sentido único, mas não conseguia entender; com o coração vazio, foi cavalgando em direção a uma das entradas da cidade, sentia-se desanimado e deprimido, mas tentava entender quando veio em sua memória uma frase que havia lido sobre como era terrível morrer nas mãos dos homens.

Ficou pensando no futuro daquela criança, que tipo de destino ela enfrentaria para cumprir a sua missão.

CAPÍTULO 42

ENFIM JERUSALÉM

Finalmente estavam entrando na cidade de Jerusalém! Abimael observava o movimento; passando por ruas estreitas, notou uma realidade diferente, era uma cidade em crescimento. Não era tão pobre quanto as terras da Galileia e de Samaria, era uma cidade maior, as casas ficavam bem próximas umas das outras, tudo era novidade. Ele queria entender a realidade daquele povo e, principalmente, chegar ao templo, o centro e a vida daquela cidade.

O centurião e seu destacamento de legionários entraram na via principal, imponentes, pareciam os donos do lugar. Abimael foi conduzido até o local que chamavam cidade alta, onde os mais afortunados moravam. Chegando lá, foi levado a uma casa grandiosa, onde foi recebido por um hebreu, aparentemente influente; se cumprimentaram e conversaram por um bom tempo até que o centurião chamou Abimael.

— Quero lhe apresentar o Hillel, ele vai hospedá-lo pelo tempo que precisar, é um homem de confiança e lhe dará tudo o que precisar.

— Obrigado! Não sei como retribuir sua ajuda.

— Hillel, você não vai acreditar! O Abimael é amigo de Heliano, viajou de Roma pelo mar Mediterrâneo — disse o centurião.

— Amigo de Heliano é nosso amigo também! Ele não veio com você? Tenho tantos assuntos para conversar com ele, depois que começou a ser segurança do Domitius, não veio mais nos visitar.

Abimael ficou sem graça em responder, então o centurião colocou o braço no ombro de Hillel e tomou a iniciativa de falar.

— Não tenho boas notícias! Durante a viagem, próximo à Cesárea Marítima, foram atacados por piratas, e, ao que parece, ele morreu em combate no navio. Abimael foi o único a se salvar.

— Que noticia triste! Mas como você conseguiu se salvar e Heliano não?

— Na verdade, foi Heliano que me salvou, me jogando no mar, ele previu o ataque e fez uma pequena embarcação com duas toras de madeira. A batalha foi dura, invadiram nossa embarcação, Heliano e outro amigo, que se chamava Claudius, lutaram muito. Depois que caí no mar, não vi mais nada.

— Claudius também estava na embarcação? Não gostava dele, espero que tenha morrido, mas Heliano é uma perda grande, era mais que um amigo — disse Hillel.

— Conhecia Claudius? — perguntou Abimael espantado.

— Já lutamos juntos, convidei-o para fazer parte da legião aqui em Israel, mas ele era meio maluco, buscava algo que nunca entendi.

— Será que Heliano também não escapou? — disse Hillel.

— Se o conheço bem, deve ter ficado até o final; ele não é de sair de uma batalha antes do fim. Mandamos várias embarcações averiguar, mas acho que seu fim foi trágico.

— É verdade! Ele não sairia de uma batalha até que o último homem fosse derrubado, nunca vi um homem tão forte e habilidoso com a espada, que triste!

Abimael colocou a mão no ombro, como se estivesse incomodando, Hillel percebeu e perguntou:

— Você está ferido? Foi na batalha com os piratas? O centurião acalmou o amigo.

— Foi ferido num ataque de bandidos quando estávamos vindo para Jerusalém, uma lança atravessou seu ombro, vai precisar refazer o curativo.

— Não vamos perder tempo, deve estar cansado da viagem, vou chamar as criadas para levá-lo até seu aposento — disse Hillel.

Abimael foi levado pelas criadas até um quarto no andar de cima da casa.

— O senhor pode se banhar, há algumas frutas se sentir fome, mais tarde pode descer e jantar.

Finalmente Abimael pôde descansar depois de um banho; com muita dificuldade pelo ferimento, conseguiu se deitar por algumas horas.

Ж

Era início da noite quando Abimael, com muito esforço, se levantou e, com dificuldade, se vestiu. Desceu para a sala principal e viu algumas pessoas além de Hillel, pareciam aguardar a refeição noturna, bebiam vinho e conversavam muito.

— Venha sentar conosco, Abimael! — disse Hillel.

Com dificuldade sentou-se, não conseguia mover o braço. Estava com fome, e havia muita comida; era costume comerem entre estofados e almofadas, mas Hillel percebeu que o ferimento do braço de Abimael estava incomodando.

— O que você tem? Seu braço está doendo muito?

— É devido à lança que me atingiu, mas tiraram o pedaço que ainda estava no meu ombro no posto antes de chegarmos à cidade.

— Aqueles carniceiros não sabem fazer as coisas direito, temos que dar uma olhada nisso.

Hillel quis ver a gravidade do ferimento e chamou a criada para tratá-lo.

— Ela vai ver o ferimento e vai dar um jeito nisso. Você vai ficar novinho em folha! — Hillel deu uma risada.

A criada tirou o manto e começou a retirar as ataduras, olhou para Hillel e fez uma cara de que não estava muito bem; ele se aproximou.

— Meu Deus! Está horrível, vamos dar um jeito nisso.

Hillel ordenou que trouxessem os medicamentos, e a criada começou a tratar do ferimento.

— Pode ficar tranquilo que esses medicamentos vêm de muito longe, têm resolvido muitos casos que me aparecem aqui. Vejo que, no seu caso, vai levar meses para os movimentos do braço voltarem ao normal.

— Agradeço por tudo, acredito que estou nas mãos certas.

— Nosso povo trata os peregrinos e os hóspedes como se fossem da família, ainda mais alguém que é amigo de Heliano. Que Deus o tenha!

— Posso lhe fazer uma pergunta?

— Claro! Pergunte o que quiser.

— De onde você conhece o Heliano?

— É uma longa história! A família dele sempre viveu nessa região, foi uma época muito difícil quando deixamos de ser dominados pelos gregos; esta cidade que você veio conhecer era palco de lutas internas, matanças por vários grupos religiosos e políticos.

— Não conseguiam entrar em um acordo?

— De forma alguma! Vou lhe contar uma coisa, lembro como se fosse hoje, meu avô dizendo que muitos agradeciam a invasão romana, foram eles que colocaram ordem em Israel, principalmente aqui em Jerusalém, mas hoje a gente não pode ficar dizendo essas coisas, sabe como é, há muita gente lutando para se libertar das garras romanas. Esses bandidos que atacaram são uma parte deles. Mas não posso reclamar, os romanos nos garantem paz e segurança.

— Isso é incrível! Um império dominador, que muitos querem fora e outros que agradecem sua presença... meio contraditório, você não acha?

— Depende do ponto de vista. Nós, que somos mais ricos, pagamos por nossa segurança; quem sofre são os mais pobres, que pagam impostos pelo pouco que têm, por isso que surgem revoltas e bandidismo, ou, como eles chamam, libertadores.

— E a família de Heliano ajudou de que forma?

A família dele e a minha ficaram muito unidas para não se envolverem nas brigas religiosa e política, até que, em certo momento, o avô de Heliano deixou tudo e foi para Roma para fazer parte do Exército Romano. Muito tempo depois, ele retornou para nos ajudar na segurança de nossas famílias e garantir meu negócio de comércio, desde então é meu sustento, por isso sou grato a ele e aos seus antepassados.

— Era por esse outro motivo que ele queria vir para Israel! E onde a família está?

— Até hoje mantemos contato, apesar de eles estarem mais ao norte, pela região de Samaria, gostam daquele lugar.

— Que tipo de mercadoria você comercializa?

— Faço comércio interno abastecendo a cidade de Jerusalém e a região da Galileia, mas meu forte é o comércio para outros reinos, desde seda até pedras preciosas... até para Roma envio mercadorias, por meio dos hebreus que vivem lá, por isso que consolido uma amizade com eles.

— Não imaginava que houvesse esse tipo de comércio aqui.

— E você de onde é? Não me parece que tenha nascido em Roma!

— Moro em Roma há muitos anos, mas sou do reino de Sabá. Em Roma me casei e consegui um trabalho na biblioteca do senado.

— Conheço o reino de Sabá, bela terra, alguns colegas recebem mercadorias minhas; em Roma conheço alguns senadores, das pouquíssimas vezes em que fui lá. Só vou quando preciso resolver problemas internos. Sabe como é, preciso fazer política!

— Conheci alguns hebreus, não faz muito tempo, antes de vir para Jerusalém. Conheci o rabino Gamaliel em uma sinagoga de Roma, tive uma longa conversa com ele, foi assim que conheci a história do povo hebreu.

— Gamaliel é muito conhecido aqui, mas tem algumas divergências com os rabinos locais, principalmente com os escribas e sacerdotes, por isso ele viaja muito. Afinal de contas, o que você veio fazer aqui vindo de tão longe?

Abimael não tinha tanta confiança em Hillel como tinha no velho homem de Nazaré, pensou rapidamente em algo que não revelasse toda a verdade, pois a amizade que ele tinha com os soldados romanos o preocupava, poderia colocar em risco a vida da criança.

— Vim conhecer melhor a vida religiosa do povo hebreu, aproveitei que Heliano viria para essa região e decidi acompanhá-lo.

— Pois veio ao lugar certo, por onde quer começar? Minha sugestão é passear pela cidade em direção ao templo, o que acha?

— Seria ótimo!

A criada estava terminando de fazer o curativo e ajudou Abimael a vestir seu manto.

— E como está o ferimento? — perguntou Hillel para ela.

A criada juntou as ataduras e mostrou que tinha um pouco de secreção.

— Vai ficar tudo bem, injetei um pouco de remédio, ele nem percebeu! Isso vai resolver! — disse a criada para Hillel.

A refeição foi servida, vários tipos de pratos foram postos no centro da roda, assim todos podiam se servir à vontade. Abimael, sabendo que estava em casa de hebreu, esperou que fizessem a prece antes de se servir. Então comeram, beberam e conversaram sobre muitos assuntos. Ao final Abimael se despediu, agradeceu a refeição e a conversa e se retirou para seus aposentos. Hillel fez questão de acompanhá-lo; quando chegaram, Abimael sentou-se na cama. "Acho que ele quer falar algo importante comigo", pensou.

— Amanhã vamos percorrer a cidade e visitar o templo de Jerusalém, mas antes gostaria de lhe dizer algumas coisas. Aqui na cidade, temos que ter cuidado com alguns grupos, como os fariseus e saduceus, e os que estão ligados ao templo, como os sacerdotes e escribas. É bom não tomar partido de nenhum deles, senão teremos problemas, principalmente quando entrarmos no templo. Não se pode andar em qualquer lugar; como você não é hebreu, tem um local onde não pode passar, mas não se preocupe, é só seguir as nossas orientações e tudo ficará bem.

— Pode ficar tranquilo, estou ansioso para conhecer a cidade e tomarei cuidado.

— Agora descanse, acho que vai dormir muito bem; assim que acordar, nós partiremos.

Abimael estava animado pelo dia seguinte, não via a hora para dar os últimos passos para concretizar a sua missão, sabia que o momento estava chegando.

CAPÍTULO 43

A VISITA AO TEMPLO

Na manhã seguinte, Abimael despertou, desceu as escadas e viu Hillel sentado conversando com um dos seus seguranças. A refeição da manhã já tinha sido servida, e havia uma porção de comida separada para ele.

— Acho que dormi demais! — disse.

— Você precisava descansar mesmo. Acho que um bom vinho e uma boa comida fez você relaxar e cair num sono profundo! — disse Hillel.

— Você não imagina como, estou muito animado, só está atrapalhando este meu braço que não consigo movimentar direito.

— Vai levar muito tempo, talvez mais de um ano! — Hillel deu uma risada. — Mas fica tranquilo que vai melhorar com o tempo. Vamos partir, vamos andando pela via principal, alguns seguranças vão nos acompanhar.

— Seguranças? Mas para quê?

— No caminho te explicando, não se preocupe, é apenas prevenção.

Ao andar pela via principal saindo da cidade alta, a primeira impressão de Abimael foi a quantidade de pessoas simples que circulavam pelas ruas estreitas. Ele observava as casas, eram de todos os tamanhos, e uma coisa chamou sua atenção, nelas havia terraços onde pessoas trabalhavam; o mais incrível é que era possível passar de uma casa para outra pelos terraços.

— O que você está achando da cidade? — perguntou Helliel.

— É incrível como tem tanta gente nas ruas, em cima das casas, parece que preferem ficar nos terraços, do que em casa.

— Imagina que você tem três ou quatro filhos, mais uma mulher que te perturba o dia todo numa casa que não é muito grande, aguentaria ficar muito tempo em casa? — E deu uma risada sabendo da resposta de Abimael.

— Com certeza ficaria no terraço! — E deu uma risada.

Em Roma não havia esse tipo de escapatória, aliás, estava explicado por que muitos iam se alistar na Legião Romana ou trabalhavam o dia todo fora.

Durante o percurso, Hillel mostrava a Abimael os pontos principais da cidade, a residência de Herodes, o teatro, o hipódromo, a fortaleza onde ficavam os soldados romanos, de onde vigiavam toda a movimentação da população; caso houvesse alguma desordem, rapidamente interviam. O que mais impressionava Abimael era a mistura da arquitetura simples dos hebreus com a arquitetura romana feita por Herodes na maioria das construções.

— Tudo isso que está vendo ainda está em construção, Herodes tem ideias arquitetônicas fabulosas, você vai se impressionar ainda mais no templo.

— Hoje não está tão movimentado como ontem, isso é bom para a gente explorar melhor o templo — disse o segurança.

— Ontem muita gente chegou de vários lugares, pois estão fazendo o recenciamento, decretado pelo imperador, outros vêm para os rituais de purificação por ocasião do nascimento de seus filhos no templo — disse Hillel.

— Eles não podem fazer o recenciamento na cidade onde moram?

— Muitos que vivem em outras localidades precisam vir para declarar suas terras; por exemplo, quem vive em Samaria e tem alguma propriedade, precisa vir para comprovar a posse.

— Ah sim, notei, durante o caminho, algumas caravanas.

— Há viajantes que chegam a Jerusalém para se hospedar e depois seguir para a cidade natal.

Ao chegarem à entrada principal do templo, Abimael ficou olhando toda a arquitetura, não havia muitas pessoas. Hillel aproveitou a oportunidade e tomou uma providência que Abimael achou estranho.

— Abimael, use esse manto e essas peças de roupas para você ficar bem parecido com um judeu romano, principalmente para esconder esse braço ferido, podemos ter problemas se acharem você neste estado.

Abimael vestiu meio contrariado o manto e as peças de roupas.

— Por que tudo isso?

— Vou te explicar! Você está vendo aquela casa de banho, é um local de purificação; se uma pessoa estiver impura, deve esperar sete dias e depois banhar-se ali, só assim pode entrar no templo. Você está com grande ferimento e, não sendo judeu, pode causar problemas para mim e até correr risco de vida, por isso que trouxe alguns seguranças.

— Aquela casa de banho serve só para isso?

— Sim, as mulheres que dão à luz a um filho também devem ser purificar ali após quarenta dias; se for uma filha depois de oitenta dias.

— Para onde vamos agora?

— Está vendo aqueles três portões triplos? São chamados portões de entrada de Hulda, em homenagem a uma profetisa que, há muitos séculos, era respeitada pelo povo, e aqueles dois portões à esquerda é a saída de Hulda.

— E essa passagem vai dar aonde quando entrarmos nos portões?

— Logo em seguida tem as escadas para os átrios, dali não podemos passar, ficaremos no átrio dos gentios e tentaremos observar o templo mais de perto dali mesmo.

Entraram pelo portão triplo de Hulda e subiram as escadas, Abimael ficou espantado com a beleza da arquitetura e o esplendor do local.

— Cuidado! Não passe de forma nenhuma pelas barreiras, senão pode ser levado para fora da cidade e executado.

Abimael ficou assustado, cobriu mais a cabeça e ficou disfarçando o ferimento do braço, para ninguém perceber.

— Esse não é o templo, é? — perguntou.

— Não, está lá atrás, é uma construção pequena, do tamanho de minha casa, é ali que fica o Santo dos Santos, onde apenas o sumo sacerdote pode entrar uma vez por ano para fazer a cerimônia de perdão do povo. É o local mais sagrado.

— Tem como ver por dento dessa estrutura e observar o templo?

— A entrada principal fica mais adiante, mas tome cuidado, temos pouco tempo.

Hillel e seus seguranças levaram Abimael com descrição até um ponto que dava para avistar a porta principal do templo.

229

— Daqui é possível ver a entrada principal do templo que acessa o Santo dos Santos, mas não passe do limite; se a claridade ajudar, você terá uma visão privilegiada, talvez consiga ver o interior do templo, mas acho muito difícil! — disse Hillel aflito, pois poderia deixá-lo encrencado com os sacerdotes e doutores da Lei.

— Então vamos aproveitar o sol matinal, a hora é agora! — falou Abimael.

Foram discretamente até a entrada principal que dá acesso à porta do templo, parecia que tudo estava dando certo, Abimael lentamente foi se aproximando, precisava ter uma visão melhor do Templo.

— Está conseguindo ver alguma coisa? — perguntou Hillel.

Abimael olhava fixamente, era uma vista maravilhosa, a luz do sol clareava a entrada até o interior do templo.

— Essa é uma chance em mil; se eu perder a oportunidade, vai ser difícil ou impossível ter essa bela visão! — disse Abimael. Precisava ver mais de perto e se lembrou dos vidros.

— Rápido, façam um círculo em volta de mim! — disse.

— O que você vai fazer? — perguntou Hillel.

— Vou tentar ver mais de perto daqui mesmo!

Os seguranças disfarçadamente fizeram uma roda, e ninguém percebeu nada de estranho.

Abimael pediu para Hillel segurar um dos vidros e, com a outra mão, posicionou o outro até ter o foco necessário para ver de perto a entrada do templo. Hillel observava e se perguntava o que seriam aqueles vidros. Abimael conseguiu ver dos portões até o interior do templo; a luz do sol clareava até o final do corredor no centro do templo.

— Acho que... — a voz de Abimael ficou engasgada. — Estou vendo algo estranho. — Seu semblante mudou completamente, estava com os olhos arregalados, parecia em transe. Hillel ficou assustado.

— Abimael, o que está acontecendo? Você não parece bem!

Ele nada respondeu, estava totalmente parado, olhando fixamente pelos vidros. De repente seus olhos ficaram embaçados, começou a perder a consciência e desmaiou.

Hillel e os seguranças rapidamente o levaram para um canto do átrio e deram-lhe água, mas ele não despertava, estava profundamente inconsciente. Resolveram levá-lo para fora do átrio, desceram as escadas e saíram pelas duas portas de Hulda; pediram um cavalo e o colocaram rapidamente.

— O que vamos fazer? Ele não está despertando! — perguntou o segurança.

— Vamos levá-lo para casa o mais rápido possível — respondeu Hillel.

Durante o caminho, Hillel tentava despertar Abimael, mas sem sucesso; ficou preocupado.

— O que será que aconteceu com ele?

— Será que desmaiou por causa do ferimento? — comentou um dos seguranças.

— Estou achando muito estranho tudo isso! Foi depois que ele pegou aqueles vidros, você sabe para que serve? — perguntou outro.

— Não tenho ideia, mas os recolhi, estão comigo; assim que chegarmos, veremos o que ele diz. O que será que viu? — disse Hillel.

Ж

Na casa de Hillel, deixaram Abimael em seus aposentos, uma criada ficou ao seu lado, tomando conta e para ajudá-lo se necessário fosse.

Algum tempo depois, Abimael despertou, e a criada rapidamente foi chamar Hillel.

— Ele acordou!

— Ele está bem? Está delirando ou com febre?

— Não, me parece muito calmo.

Hillel subiu as escadas correndo e entrou no quarto, encontrou Abimael sentado com as mãos na cabeça.

— O que foi que aconteceu, Abimael? Você nos deu um grande susto, pensamos que tinha acontecido algo terrível?

— Sabe quando usei aqueles vidros?

— Sim, mas não entendo… o que aqueles vidros fazem?

— Servem para ver mais de perto o que está distante, é uma longa história, conto depois.

— Mas o que você conseguiu ver?

— Acho que era a sala que dava acesso ao Santo dos Santos, de repente começaram a aparecer umas imagens estranhas, e a minha vista começou a ficar turva, depois desmaiei.

— Só isso? Será que aqueles vidros lhe fizeram mal?

— Não! Não foram os vidros, mas não foi … Quando desmaiei, várias imagens passaram pela minha cabeça; era como um sonho, mas, ao mesmo tempo, era real; cenas apareciam e logo sumiam.

—Já aconteceu algo semelhante antes com você?

— Sim, há algum tempo em Roma.

— Que cenas você viu?

— Você não vai acreditar! Enquanto estava usando aqueles vidros, vi um véu e um sumo- sacerdote, ele estava entrando no Santo dos Santos, de repente esse véu começou a se rasgar de cima a baixo, sem que ninguém fizesse nada!

— Impossível! Aquele véu tem quase vinte metros de altura, e metade da palma da minha mão de grossura, nem cavalos poderiam parti-lo ao meio.

— Mas foi isso que eu vi!

— Me diga uma coisa! Você poderia descrever?

— Era de cor azul, roxo e escarlate, e algo parecido com linho fino torcido. Estava bem nítido, ele se rasgou do alto até o chão.

— E que mais você viu?

— Depois que desmaiei, começaram a surgir cenas que sumiam rapidamente… era uma criança recém-nascida, estava num local meio escuro e pobre, uma bela criança; depois algo que não consigo lembrar.

— É uma visão misteriosa, devemos ver o que significa.

Abimael não queria estender a conversa, mas sabia que se referia à criança que estava para nascer.

—Já sei o que vou fazer, vou chamar alguns escribas mais velhos, eles conhecem bem as escrituras, podemos investigar mais sobre isso, estou curioso agora com esse sonho!

— Por favor, não me coloque com eles, não quero ser interrogado, não quero me envolver em assuntos de seu povo.

— Pode ficar tranquilo! Vou mandar chamá-los para um jantar hoje à noite e vou tocar no assunto, como se tivesse acontecido há algum tempo, só para ver que resultado vai dar.

— Combinado então, eu fico aqui em cima ouvindo!

— Não se preocupe, vão ser quatro ou cinco escribas, já vou mandar o mensageiro convidando-os para o jantar, sei que não vão recusar, nunca recusam uma bela comida e um bom vinho.

Abimael deu um sorriso e agradeceu a ajuda.

CAPÍTULO 44

OS ESCRIBAS E A PROFECIA

Era final da tarde, Abimael estava em seu quarto pensando em Nara. Vários dias tinham se passado desde sua partida, e ele não tinha a menor ideia de quando voltaria a Roma. Lembrava-se do momento em que recebera a carta de seu pai e de tudo que passara para entender e presenciar o cumprimento da profecia, e encontrar a criança. Recordou-se das palavras de Domitius "há sempre um motivo para continuar".

Os motivos que surgiam eram cada vez mais fortes, como algo ou alguém que queria revelar mais do que qualquer poder. O que acontecera naquela manhã deixou mais claro que tais manifestações indicavam que a hora estava chegando, não havia mais planos ou estratégias, somente o instinto de seus antepassados que floresciam com suas pesquisas. Se ser um mago era um dom ou um fardo, não sabia, também não era o momento de chegar a qualquer conclusão.

Da janela do quarto, via boa parte de Jerusalém. Apesar do entardecer, dava para ver a circulação de pessoas, ele estava aguardando a chegada dos escribas. Não demorou muito e viu alguns homens se dirigindo à casa de Hillel.

"Finalmente chegaram", pensou. Disfarçadamente saiu do quarto e ficou na parte de cima, de uma das escadas que dava para a sala principal, dali poderia observar e ouvir a conversa. Abimael ficou imaginando que tipo de pessoas eram.

Hillel foi recepcioná-los, eram em seis. Abimael ficou olhando, tentando saber mais sobre eles. Havia um homem muito velho, parecia ser o mais conhecedor das escrituras, viu também um jovem, imaginou que seria seu neto, um futuro escriba.

— Sejam bem-vindos! Asafe, que bom que o senhor veio, vamos nos acomodar, já vou servir um vinho para alegrar a noite! — disse Hillel.

— Recebemos seu convite, é claro que não recusaríamos, acredito que você tem muita coisa para contar? Alguma mercadoria nova para nós?

— Mas é claro, vou mostrar, vem do Egito, tecidos finos! Vejo que trouxe um belo jovem, não me lembro dele?

— É meu neto, chama-se Nicodemos, é muito inteligente e está estudando para ser escriba. Um dia vai fazer parte do sinédrio, se for a vontade de Deus.

— Agora me lembro! Como esse menino cresceu, é um rapaz agora! Tenho certeza de que vai seguir os passos do avô!

Eles se sentaram, fizeram as preces, começaram a tomar vinho e a conversar sobre vários assuntos. Abimael observava tudo, tinha certeza de que Hillel tocaria no assunto somente no final, mesmo assim ficou sentado no topo da escada aguardando o momento oportuno.

Sempre que Hillel tentava mudar o rumo da conversa, eles não deixavam, o assunto sempre era negócios e política.

Abimael já estava impaciente, o assunto não era abordado, o tempo se passava, e ele gritava em seus pensamentos: "Pergunta! Pergunta logo!".

Hillel teve a ideia de fazer um brinde e saudar a boa amizade; após todos beberem, pediu atenção ao escriba mais velho. Hillel sabia muito bem chamar a atenção de alguém, aprendera desde criança para lidar com negócios, era a oportunidade para entrar no assunto.

— Depois de muito conversar, gostaria de aproveitar a presença do nosso grande e velho amigo, experiente nas Escrituras e sábio nas palavras.

Asafe ficou olhando com uma cara de desconfiado, demonstrou claramente entender que aquele convite não era apenas para mostrar alguma mercadoria nova e para uma conversa. — Deixa de bajulação! Sabia haver algo por trás desse convite para uma refeição em sua casa, o que está pretendendo?

Hillel viu que Asafe percebera sua intenção, pensou bem e sentiu que deveria dizer a verdade e fazer logo a pergunta.

— Além de convidá-lo para ter o prazer de sua companhia, gostaria também de lhe fazer uma pergunta, se me permitir. É sobre algo que aconteceu a um amigo e que me deixou muito curioso. Ele teve um sonho que está incomodando tanto a ele quanto a mim, e prometi que buscaria uma explicação.

— Sonhos são ótimos! Que tipo de sonho esse seu amigo teve? — disse um dos escribas.

Hillel ficou sério e se virou até ficar de frente para o escriba mais velho, Abimael estava atento. Falou olhando para Asafe e depois para todos, pairou uma tensão no ar.

— Esse meu amigo me relatou que em seu sonho apareceu a imagem do véu que fica no Santo dos Santos, ele disse que o véu se rasgava de cima para baixo, havia um sumo sacerdote, depois outra imagem surgiu, de uma criança recém-nascida!

Asafe ficou pálido, pegou a taça de vinho e tomou. Houve um alvoroço, os escribas começaram a discutir entre eles. Um deles pediu silêncio e disse em voz alta:

— Mas isso é impossível!

A discussão começou a ficar mais acalorada, até que Asafe deu um basta.

— Hillel, você só pode estar brincando conosco, isso é algo muito sério, não posso dar uma definição ou opções para tal coisa.

Fez-se um silêncio na sala. Abimael percebeu no tom de voz que o velho tinha alguma interpretação. Depois, o jovem que o acompanhava, que tinha aproximadamente 16 anos, tomou a palavra.

— Eu acho que não haveria mais sacrifícios no templo, e essa criança de alguma forma daria fim a essa prática. O véu rasgando de cima a baixo significa isso!

O silêncio continuou, e os escribas ficaram olhando para ele. Asafe virou-se para Nicodemos com um olhar de reprovação por dizer tal coisa, mas o jovem continuou.

— Se o véu se rasgar, o local ficará aberto para todos, isso só pode ser graças a essa criança, mas não sei dizer por quê? Talvez seria o que os essênios ensinam? Uma adoração a Deus ao alcance de todos? Muitos de nós não esperam o Ungido de Deus, o qual previram os profetas Isaías e Miqueias?

As palavras daquele jovem eram fortes e claras, a ponto de incomodar a todos.

Asafe se levantou, olhou para Hillel e agradeceu o convite, mas Hillel queria mais informações.

— Esse menino não pode ser tal ungido, que vai instaurar o reino Deus? — perguntou.

— Bem, acredito que está na hora de irmos, esse sonho me incomodou muito, estamos sim esperando o ungido, mas não sabemos quando e de que modo ele virá!

— Talvez seja uma nova forma de agir no comportamento dos homens diante de Deus, acredito ser essa a interpretação do sonho — disse Nicodemos!

Asafe se irritou novamente com a resposta do neto, pegou em seu braço e disse:

— Devemos parar por aqui!

Foi levando-o para a porta de saída, os demais escribas o acompanharam em silêncio. Hillel ficou pasmo pela repercussão do sonho e pela atitude do Asafe, que, antes de seguir caminho, olhou para trás e disse:

— Não fale para mais ninguém sobre esse sonho, estamos conversados?

Hillel fez um sinal com a cabeça, e eles partiram. Quando fechou a porta e se virou, viu Abimael parado com cara de espanto.

— Abimael, o que foi isso que aconteceu? O seu sonho quer dizer mais do que aquele jovem contou? O que está me escondendo?

— Posso comer um pouco? Estou com fome! — disse Abimael, constrangido.

— Suponho que, pelo rumo da conversa que teremos, não vai sobrar nem vinho! — disse Hillel.

Eles se sentaram, e Abimael começou a comer e a beber, pensando que história iria contar, não tinha a menor possibilidade de contar a verdade para Hillel, talvez uma parte dela.

Ж

Abimael contou uma pequena história sobre a profecia do Messias, disse que sua terra natal tem uma ligação muito forte com o povo de

Israel e que isso estava em sua cabeça desde criança. Falou que estava na cidade somente para conhecer melhor o local onde um dia ele surgiria, não contou nenhum detalhe e afirmou que seu sonho devia ser fruto de sua imaginação. Hillel não acreditou muito, mas fazia sentido.

— Sabe de uma coisa, acho que preciso andar um pouco para fazer digestão, queria um local mais alto, aonde podemos ir? — disse Abimael.

— Podemos andar até a torre no vale de Hinom, não é muito longe, tenho acesso; há poucos soldados, que posso subornar para ficarmos na torre, lá tem uma ótima vista.

Já era tarde, e a cidade estava vazia. Abimael e Hillel caminharam até a torre, um vento suave batia em seus rostos, e as estrelas estavam mais brilhantes. Ao chegarem, Abimael viu que as estrelas que descrevia o astrônomo estavam mais claras, dava para vê-las o olho nu. Apontou para Hillel mostrando o fenômeno e aproveitou para perguntar.

— Você sabe em que direção fica a cidade de Belém?

— É um vilarejo pequeno e pobre, a cavalo deve levar menos de três horas.

— Você sabia que o Ungido de Deus é descendente de Davi e deve nascer nessa cidade!

— Sim, mas acho difícil um rei nascer naquelas circunstâncias de pobreza, você não acha? Eu acho que ele deveria nascer num local mais apropriado para um rei!

Abimael ficou em silêncio, não quis discutir sobre esse assunto, já estava planejando ir o mais rápido possível a Belém, as estrelas estavam alinhadas não fazia muito tempo, tinha medo de perder a grande oportunidade de constatar o acontecimento da profecia. Ele sabia que era uma oportunidade única.

Tirou os vidros do bolso e, mesmo com o braço ferido, tentou ver focar as estrelas, mas não conseguia. Então Hillel ajudou, ajustando na posição certa, e Abimael viu mais de perto que o fenômeno era mais intenso que imaginava; seu coração disparou de emoção, aquela noite estava cada vez mais especial, sentia o prelúdio do acontecimento.

Ficaram ali por mais algum tempo, Abimael olhando as estrelas e na direção que Hillel indicara onde seria a cidade de Belém. "Estou tão próximo!", pensou.

CAPÍTULO 45

A CHEGADA A BELÉM

Durante a noite, Abimael teve um sonho, algo que não acontecia havia algum tempo. Teve uma visão mais clara, os sinais que indicavam o nascimento da criança, as estrelas estavam alinhadas sobre um lugar estranho que não conseguia identificar, nesse lugar havia um casal, não conseguia ver seus rostos, mas a imagem da criança estava clara. Quando acordou, sentou-se na cama e começou a pensar: "Com toda certeza, os pais dessa criança não são de Belém. Será que vão passar por Jerusalém antes? Como devo saber onde estarão hospedados? No sonho que tive ficou bem claro que o momento é esse, a criança vai nascer em poucos dias!".

As certezas e as dúvidas martelavam sua cabeça, ele tinha que tomar uma providência o mais rápido possível e começar a agir, seguir seu instinto. Seu coração batia forte, e seu sangue fervia em suas veias, seus sentimentos davam sinal de alerta e o impulsionava a fazer algo, o tempo estava chegando.

Abimael se vestiu, saiu de seu quarto e foi até a sala principal, lá estava Hillel fazendo a sua refeição da manhã com a esposa e os filhos.

— Sente-se conosco! Estava preocupado, você novamente dormiu demais, sei que a noite passada foi agitada.

— Obrigado! Preciso de sua ajuda em algumas informações.

— Antes vamos comer, sirva-se!

Abimael sentou-se, fez uma prece e a refeição com eles.

Assim que terminou, pediu que Hillel o acompanhasse para fora da casa.

— Você pode me ajudar a saber quem vem para Jerusalém e de que local vem?

— Não, você deve procurar os cobradores de impostos, alguns deles estão na cidade, outros nos vilarejos da redondeza. Tome cuidado essa gente é gananciosa e trapaceira, mas acredito que deve conseguir alguma informação. Por que precisa saber disso?

Abimael não queria contar a verdade.

— Quero saber de onde vem tanta gente para essa cidade, é interessante saber a origem de cada pessoa.

Hillel estranhou a resposta de Abimael, mas fingiu acreditar.

"Talvez eles saibam quem fica e quem está de passagem!". Abimael não tinha pensado nisso, realmente seria uma ótima ideia ir ao encontro desses cobradores de impostos.

— Então vou percorrer a cidade para saber mais informações com esses tais cobradores de impostos — disse Abimael.

— Se tiver algum problema, não se apresse em pedir ajuda. Não acha melhor que um segurança o acompanhe? Esse pessoal é perigoso.

— Eu agradeço, mas acredito que consigo me virar sozinho; se precisar de algo, venho correndo! — Deu uma risadinha e saiu.

Por horas perguntou aos cobradores de impostos, mas nenhum deles deu detalhes das pessoas que chegavam, para o recenciamento ou por outro motivo. Abimael resolveu percorrer casas e hospedarias, era impossível verificar em toda a cidade no curto espaço de tempo. Nos locais que consultou, não conseguiu nenhuma informação que valesse a pena, estava cansado de tanto trabalho e tempo perdido, a única informação que conseguira era que realmente havia muitas pessoas de outras localidades, passando por Jerusalém.

Abimael resolveu sair da cidade a pé seguindo pela via principal, imaginou que talvez encontrasse alguma informação, mas, depois de um longo tempo, saiu da estrada e resolveu subir num vale. Sentou-se e ficou pensando, pegou seus vidros e tentou observar o movimento de caravanas e se havia outros caminhos, mas tudo o que via eram os campos de plantação, algumas casas e pequenos povoados que circundavam a cidade, seu esforço era em vão.

Ficou ali sentado, pensando em uma alternativa melhor, e de repente lhe surgiu uma ideia, voltar para a casa de Hillel e verificar se ele tinha algum mapa. A única coisa a fazer era descobri o melhor caminho até Belém, se era saindo de Jerusalém ou de outras localidades, principalmente se de uma estrada ou caminho vindo do norte. Assim ele voltou rapidamente, o tempo estava passando, já estava cansado e seu ombro voltava a doer.

Ao chegar, ao final da tarde, entrou procurando por Hillel; encontrou a esposa dele e perguntou onde ele estaria, ela disse estar numa sala onde fazia anotações de suas mercadorias. Abimael entrou sem bater e logo foi perguntando:

— Por acaso você tem algum mapa das estradas da região?

Hillel não gostou de ser interrompido, mas ficou intrigado com o interesse do hóspede. Abimael notou que foi intrometido.

— Desculpe interromper seu trabalho, prometo que não vou mais atrapalhar! Preciso estudar as estradas e os caminhos da região, tirar uma dúvida.

Hillel respirou fundo, pensou bem e achou melhor ser cordial.

— Claro que tenho! Como um bom comerciante e mercador, seria impossível não ter um mapa! Abra este vaso com tampa e você vai encontrar não somente um, mas alguns mapas, pode tirar todos, vamos escolher o que precisa. Mas para que você precisa de um mapa?

— Preciso somente identificar as estradas.

— O que está planejando?

Abimael não respondeu e foi retirando os vários mapas que estavam no vaso, procurando o que queria. Colocou todos na mesa e começou a olhar um por um, até que pegou um mapa enorme, notou que havia no centro o desenho da cidade de Jerusalém e de outras cidades da redondeza, viu também as estradas que as ligavam.

— Esse parece que vai servir ao meu propósito.

Observou as estradas e reconheceu a que percorreu até Jerusalém.

— Foi essa estrada que percorri até chegar aqui. Depois desse ponto aonde ela leva?

— Essa estrada leva mais para o sul. Se pegar esse caminho, você vai mais rápido para Betânia, que fica a pouco tempos daqui, depois para Belém, em seguida Heródio e Hebron.

— E como eu faço para pegar essa estrada?

— Seguindo a via principal da cidade, você vai encontrar a passagem de entrada e saída, depois vira para o oeste e segue o caminho até chegar à estrada, talvez encontre alguma caravana no meio do caminho.

— Então, se alguém seguir por este caminho, vai encontrar uma via que leva à cidade de Jerusalém e outra para seguir em diante?

— Isso mesmo, você pode escolher parar em Jerusalém ou seguir direto para essas cidades e povoados que te falei.

— Vou precisar de duas coisas.

— O quê?

— Primeiro preciso fazer uma cópia desse mapa. Se me arrumar papiro e tinta, faço rapidamente. Segundo preciso de um cavalo, você me empresta um?

— A cavalo é difícil percorrer esse caminho, a estrada não é muito boa, vai precisar, na verdade, é de um camelo, eu tenho um, ele é velho, mas tem muita força, vai levar um pouco mais de tempo, vou pedir para deixar preparado, mas depois me devolva!

— Claro, só vou precisar de uma ajuda para montá-lo por causa de meu ombro.

— Você precisa de alguém para te acompanhar? Posso mandar uma pessoa com você.

— Não, obrigado! Tenho que partir assim que fazer essa cópia das estradas, é questão de minutos!

— Você quer ir agora? Em algumas horas, vai anoitecer.

— Acho que vai dar tempo de chegar a Betânia antes do anoitecer, fique tranquilo, na cidade eu me arranjo.

Hillel foi até a mesa, abriu uma gaveta e pegou uma pequena bolsa com moedas de prata, enquanto Abimael fazia a cópia do mapa. Hillel colocou a bolsa de dinheiro na sua frente em cima do mapa.

— O que é isso? — perguntou Abimael!

— Você vai precisar pagar a hospedagem e se alimentar, é um presente, uma ajuda para encontrar o que procura.

Abimael olhou para Hillel e viu em seu rosto que sabia que estava à procura da criança.

— Não sei como agradecer, você está sendo mais que um amigo! — disse.

— O que mais desejo é que você o encontre! — Abimael deu um sorriso de gratidão.

Logo que fez a cópia do mapa, juntou tudo o que precisa, uma criada trouxe uma bolsa com vinho e pão. Hillel o acompanhou até a saída, Abimael montou no camelo com ajuda e foi em direção à porta de saída do pátio, parou, olhou para trás e acenou agradecendo a ajuda.

— Boa sorte, amigo! Espero que encontre o que procura, tenho certeza que terá sucesso na missão!

A esposa de Hillel perguntou:

— Quando tempo ele vai ficar fora? Será que vai demorar para voltar?

Hillel olhou para ela e disse com toda a certeza:

— Quando ele encontrar o que procura, não vai voltar para Jerusalém, acho que vou perder meu camelo!

Abimael partiu seguindo a via principal de Jerusalém, os primeiros sinais da tarde já apontavam no céu. Aos poucos foi acostumando-se a controlar o camelo, observava os hebreus que circulavam, parou um pouco e ficou olhando para cidade. "Essa cidade tem muitos contrastes, divisões políticas, religiosas e econômicas para uma cidade considerada santa, onde habita o Deus vivo, nem gosto de imaginar o dia em que Messias entrar aqui. Estou partindo para não voltar mais, essa cidade não será mais a mesma com a vinda do homem que nascerá hoje!".

Abimael sabia que seria a última vez que estaria em Jerusalém; após ir a Belém, sua intenção era voltar por outro caminho direto para Cesárea Marítima. Saindo da cidade, avistou a estrada que deveria pegar para ir até Betânia e depois, Belém.

Abimael sentiu um alívio de estar saindo daquela cidade, não pelas pessoas que ali moram, mas pelos grupos religiosos e políticos que manipulavam o povo. Seguiu adiante, olhou o pequeno mapa que desenhara e seguiu pela estrada rumo a Betânia.

Foi controlado o camelo só com um braço e lentamente percorrendo a estrada, olhou para trás e viu a cidade de Jerusalém se distanciando. Após duas horas, chegou à região de Betânia, estava no alto de um vale, na realidade a cidade era um vilarejo, não muito pequeno, mas não podia ser chamado de cidade, era parecido com tantas outras pelas quais passou durante a viagem de Nazaré até Jerusalém. Resolveu não entrar, seguiu em frente, não queria perder tempo, o sol já estava se pondo.

Continuou seguindo pela estrada, a próxima parada seria Belém. O tempo para chegar seria de mais ou menos três horas, então apertou o passo do camelo.

Com uma hora de viagem, encontrou uma pequena caravana parada, algo havia acontecido com eles, chegou mais perto.

— Tudo bem com vocês? Estão precisando de ajuda? — perguntou Abimael.

— Não obrigado, estamos só fazendo uma parada. Daqui a uma hora, vai anoitecer, e vamos montar um acampamento, amanhã cedo seguiremos para Hebron — respondeu um dos homens.

— Por que não se hospedam em Belém? Não está muito longe.

— Achamos difícil a essa hora encontrar alguma hospedaria, viemos preparados para esse imprevisto.

— Por acaso vocês sabem se tem mais alguém indo para a cidade de Belém?

— Acredito que sim, vimos algumas pessoas, estavam em camelo e com menos pessoas, acho que logo chegarão; se apertar o passo, poderá alcançá-los.

— Obrigado!

Abimael não podia apertar o passo por causa do braço, então seguiu no seu ritmo; pelos seus cálculos, chegaria a Belém no início da noite.

Aproveitou para descansar um pouco e beber água, pegou seus vidros e, mesmo com dificuldade, viu as estrelas, o fenômeno estava fácil de observar mesmo sem os vidros. "Estão alinhadas. Como é belo esse fenômeno, parece que estão mais brilhantes, como se estivessem no seu maior esplendor!", pensou.

Ele sentiu em seu coração que era o grande momento, encontrar a criança prometida, o Rei dos Reis, o Ungido. Algo lhe impulsionou a seguir em frente, não havia tempo a perder, as estrelas nunca enganam, e seu brilho parecia apontar para aquela cidade; então com dificuldade subiu no camelo e partiu.

Ao se aproximar de Belém, deparou-se com uma realidade bem diferente do que imaginava. As casas eram simples, muito parecidas com Betânia, mas Belém era menor e mais pobre. Anoitecera, havia pouca movimentação nas estreitas ruas, subitamente Abimael sentiu

A PROFECIA, AS ESTRELAS E O MAGO DE SABÁ — DE ROMA A JERUSALÉM

uma tontura, a dor no braço estava insuportável. Verificou o ferimento, estava inchado e inflamado, mesmo assim foi em cada pequena casa e nas hospedarias, procurando um casal com um recém-nascido ou que estava prestes a nascer, mas nada encontrava. As casas eram como em Jerusalém e em todo Israel, os moradores moravam na parte de cima e embaixo ficavam os pequenos animai; parecida que em todas havia hóspedes de vários lugares, mas em nenhuma delas uma mulher grávida.

Abimael ficou um bom tempo circulando pelas estreitas ruas de Belém, parecia que todo o trabalho e sacrifico estava sendo em vão. Ele sentou-se num local onde tinha um poço, estava nas últimas casas, o cansaço e a ansiedade tomavam conta dele, além da dor; por um instante, fechou os olhos e adormeceu.

Ficou encostado junto ao poço, num sono leve, até que algo o fez despertar; abriu os olhos e viu, no meio da escuridão, um casal, um homem levando um camelo com uma jovem em cima, pareciam procurar um lugar para ficar. Quando Abimael os viu contornar a última casa, percebeu que a mulher estava gravida, parecia pronta para dar à luz. Ele tentou levantar-se, mas o cansaço e a dor tiraram suas últimas forças, tentou com mais força e sentiu uma tontura; tombou para lado e novamente adormeceu.

CAPÍTULO 46

O GRANDE ENCONTRO

Um homem viu Abimael desacordado no chão, carregou-o até a sua casa e tentou acordá-lo. Com fraqueza e tontura ele foi abrindo os olhos e retomando a consciência; quando já podia falar alguma coisa, ofereceram-lhe uma bebida, era um tipo de medicamento com ervas. O homem tinha percebido o ferimento em seu ombro e que estava muito inflamado; com ajuda de sua esposa, limpou e refez os curativos. Deram-lhe pão e leite, pouco tempo depois, já estava mais disposto.

— Há quanto tempo estou aqui? — perguntou Abimael.

— Faz mais ou menos três horas — disse a mulher.

— Preciso sair, estou à procura de um casal, um homem conduzia o camelo com a mulher em cima, vocês chegaram a vê-los?

— Sim, antes de te encontrar desmaiado no chão, disseram que estavam vindo da Galileia, bateram em nossa porta, mas não havia como hospedá-los; como pode ver, a casa está cheia, até mesmo onde ficam os animais. Fiquei chateado por não poder acolhê-los e indiquei-lhes um lugar no campo. Não é um local ideal, mas eles aceitaram, espero que tenham encontrado, pelo menos vão ter um abrigo para passar a noite.

— Por qual caminho eles foram?

— Há uma trilha por onde os pastores passam para levar ovelhas.

— Preciso ir encontrá-los!

— Mas você não está em condições de ir! Parece muito fraco.

— Estou melhor, seus cuidados me fizeram recuperar as forças; se cheguei até aqui, não posso parar agora, agradeço-lhes a ajuda. — Abimael deixou quatro moedas para o homem, que recebeu alegremente.

— Antes de ir, tome mais essa bebida; além de ser fortificante, ajuda a diminuir a dor — disse o homem.

— Você me ajuda a montar no camelo? Não consigo sozinho.

— Claro!

Abimael bebeu, se arrumou e, com a ajuda do homem, montou no seu camelo. Já estava no limite da cidade, ficou olhando para todos os lados e seguiu a trilha que o homem indicara; olhou as estrelas, pareciam mais fortes e belas.

Algum tempo depois, percebeu um pequeno vento, como um sopro no ouvido, parecia um sinal apontando para um lugar onde havia algumas árvores que levemente balançavam. Escolheu seguir por ali, seu instinto l que iria no caminho certo, por alguns minutos caminhando viram alguns pastores, vindo ao seu encontro, pareciam felizes e conversando, quando estavam próximo Abimael os abordou.

— Vocês viram um casal montado num camelo?

— Vimos sim, estão numa gruta mais adiante, a jovem deu à luz um menino, faz mais ou menos três horas.

Abimael foi para o lugar indicado, mas nada de encontrar. Já tinha passado um bom tempo, e ele parou para observar o fenômeno das estrelas. Cada vez mais a ansiedade e a vontade de encontrar a criança aumentavam. "Não é possível! Essa criança está tão próxima e tão distante, ao mesmo tempo, sinto algo tão forte nesse local, uma paz e uma beleza que vem do brilho das estrelas!", pensava.

O que era improvável se concretizou, ele viu de longe um lugar que parecia uma gruta, aparentemente feita de pedras, desceu do camelo com dificuldade e foi em direção ao local, mas algo estranho o fez parar a alguns metros de distância. O interior estava iluminado e, quando se aproximou mais, pôde ouvir um som diferente, que lhe chamou atenção.

Que som estranho, não parece ser do vento, é como uma brisa, nunca senti algo tão misterioso e belo — disse para si mesmo, maravilhado.

A brisa que emitia o som, parecia uma melodia, era encantador, pairava sobre o local, e Abimael resolveu prestar mais atenção. Tornava-se mais forte e mais belo, o acalmava, era transcendente. Ele olhava para todos os lados, mas não sabia de onde vinha aquela bela melodia, nem conseguia interpretá-la. "Posso jurar ser uma melodia, de vozes suaves, mas não consigo identificar, nunca ouvi nada parecido", pensava.

Quando chegou à gruta, entrou com todo cuidado, observando o casal. A mulher, debruçada numa manjedoura, olhava para a criança.

— Senhora, me desculpe entrar assim, mas os pastores disseram que aqui nasceu uma criança, vi no olhar deles algo que me encantou e resolvi ver a criança também. A senhora me permite?

A jovem olhou para Abimael, parecia muito calma.

— Pode sim, entre e veja mais de perto! — disse.

Quando Abimael entrou, observara o lugar, era pobre, onde nenhuma criança deveria nascer, mas sentiu uma paz e uma alegria que nunca sentira antes. Perguntava-se, olhando para aquele lugar humilde, como uma criança ungida por Deus poderia nascer num local como aquele, ainda mais uma criança que reinaria sobre a terra. Aproximou-se da manjedoura e viu um olhar que nenhuma criança poderia transmitir, sentiu que aquela era de fata a que aparecia em seu sonho, uma lágrima correu em seus olhos.

— Você precisa de algo? — perguntou a jovem.

— Preciso saber se essa criança é a promessa que deveria ser cumprida pelas escrituras, se é o descendente de Davi que vai reinar sobre a terra.

A mulher ficou em silêncio, observando Abimael. Ele estava encantado com a força da presença do recém-nascido, mesmo naquele local humilde; ainda ouvia aquele som maravilhoso que o acompanhava desde o lado de fora da gruta.

— Não sei seu nome nem de seu marido...

— Meu nome é Maria, o de meu esposo é José.

Abimael olhou para o canto, José estava dormindo.

— Ele está muito cansado, viajou quase o caminho todo a pé, estava precisando dormir um pouco — disse Maria.

Abimael percebeu que ele era bem mais velho que sua esposa e viu que, ao lado da manjedoura, havia alguns potes e objetos.

— O que são esses potes?

— Vieram três homens, não sei de onde, disseram belas palavras ao bebê e nos presentearam. Estavam com alguns pastores, que logo foram embora, mas os três homens ficaram algum tempo, depois também partiram.

Abimael lembrou que seu pai na carta dizia que viriam alguns magos. "É como estava escrito no texto do profeta, eles trariam presentes, realmente se cumpriu. Eu agora tenho certeza que essa criança é a promessa de Deus para reinar sobre a terra. Mas não trouxe nada para presenteá-lo, como não pensei nisso antes?", pensou Abimael.

— Preciso trocar a roupa do menino, você poderia segurar ele para mim? — disse Maria.

Abimael a princípio hesitou, mas carinhosamente a jovem pegou o bebê, colocou-o sobre o braço enfaixado, e com a outra mão o segurou com firmeza.

Assim que Abimael pegou o menino em seus braços, ele abriu os olhos e ficou olhando como se o esperasse, a criança deu um sorriso.

— Ele gostou de você! — disse Maria.

Abimael ficou contemplando o recém-nascido, não acreditava que tinha finalmente alcançado seu objetivo, a única coisa que passava pela sua cabeça era contemplá-lo, isso o deixava muito feliz. Ele lembrou o que Domitius e tantas outras pessoas disseram, que o Rei dos Reis, o Ungido, o Prometido das Escrituras, não nasceria em palácios ou em qualquer outro lugar afortunado, mas num lugar pobre. Em sua mente, vieram as visões, da criança e do véu se rasgando, e Abimael tomou consciência de que a profecia tinha se cumprido. Não tinha dúvida nenhuma que o menino que estava em seus braços era o prometido de Deus de Israel. Enquanto o segurava, Maria pegou algumas faixas e um jarro de água e pediu para pegá-lo, Abimael com todo cuidado entregou o menino para ela.

Depois ficou ali, olhando-a trocar sua roupinha, novamente observando os três potes e pensou: "Sinto por não dar um presente a essa criança, mas sei que sou eu o contemplado! Segurei em meus braços o maior presente que alguém poderia receber, muitos gostariam de estar em meu lugar".

José despertou, parecia meio preocupado, se assustou com Abimael, e foi logo o acalmando:

— Ele é como aqueles três homens que vieram e nos presentearam dizendo aquelas palavras maravilhosas!

José saudou Abimael, mas pediu para que Maria recolhesse tudo o que tinha, não poderia explicar, era preciso sair daquele local urgente.

— Precisamos partir, no caminho explico.

Ela ficou preocupada, mas não quis questionar o marido naquele momento, pegou os poucos objetos que tinham, entregou-os a José, que levou tudo até o camelo. Abimael ficou confuso, Maria olhou para ele enquanto pegava o menino e viu em seu semblante uma tristeza; quando ia saindo da gruta, ela se virou e disse:

— Quer dar um beijo no menino? Você veio de tão longe para vê-lo, acho justo se despedir dele.

Abimael ficou surpreso e abriu um sorriso, rapidamente se aproximou da criança e lhe deu um beijo na testa.

— Obrigado, Maria! Significa muito para mim.

Ela sorriu e saiu da gruta. Abimael, paralisado, ficou observando a família. A jovem montou no camelo, e José deu um sinal com a mão se despedindo, foi quando Abimael lembrou-se de algo muito importante.

— Por favor, só me responda uma coisa, qual o nome da criança?

E Maria disse: — Seu nome é Jesus!

Abimael ficou olhando-os partir no meio da escuridão, indo para o sul. Tanto tempo à procura da criança, e ela esteve em seus braços. Os minutos que ficou com ele foram uma eternidade.

Abimael, cansado, entrou na gruta, deitou-se onde José estava dormindo e ali ficou pensando no que acabara de acontecer; aos poucos foi fechando os olhos até adormecer.

CAPÍTULO 47

A GRUTA

Abimael dormiu um sono profundo naquela gruta; quando bateram os primeiros raios de sol, ele se levantou, sentou-se e ficou pensando na noite anterior. Parecia um sonho, olhou para os lados e viu que era realidade; o mais impressionante foi quando, ao sair da gruta, percebeu que seu ombro não doía mais; por impulso se movimentou e não sentia mais incômodo. Rapidamente tirou as ataduras e viu que o ferimento havia se fechado, deixando somente uma cicatriz. Lentamente levantou o braço sem qualquer tipo de dificuldade e percebeu estar totalmente restabelecido; assustado, começou a mover o braço para cima e para baixo. "É inacreditável! Meu braço está curado! Como isso aconteceu? Não sinto nenhum tipo de dor, meus movimentos estão ótimos! Depois de tudo o que passei para chegar aqui, receber uma dádiva de recuperação dessa... fui curado por simplesmente tê-lo tocado!". Tudo isso Abimael pensava olhando o dia clarear, como se fosse uma nova vida para ele.

Totalmente eufórico, ele entrou novamente na gruta, circulava feliz, depois saiu, desejava ardentemente seguir o caminho que estavam fazendo para ficar mais tempo com eles, ver a criança de novo, mas pensou: "A minha missão não é essa, e sim ver e contemplar o Rei dos Reis, presenciar o seu nascimento".

Quando tinha entrado novamente na gruta, observou na manjedoura as palhas que possivelmente José, com amor e carinho, ajeitara para acomodar o menino, viu também um pequeno pedaço de pano fino em cima das palhas. "José deve ter colocado para deixar o menino mais confortável, na pressa de sair esqueceram", pensou.

Ele recolheu o tecido e guardou-o com todo cuidado em sua bolsa, era do tamanho da criança. "Esse tecido é a maior recordação que eu poderia ter!". Seria impossível esquecer a cicatriz deixada em seu ombro, fruto de um milagre, lembrar que Ele não seria somente de grande poder, mas deixaria um sinal de vida e esperança. "Agora compreendo como Ele será quando for um homem e começar a sua vida pública no meio do povo." Abimael chorou de emoção.

Não queria sair daquela gruta, mas precisava ir embora, sua missão terminara e precisava voltar para casa. Subiu no camelo e partiu, sem parada, em direção a Cesárea Marítima, depois para Roma, não via a hora de relatar o que viu e vivenciou para Nara e Domitius, depois escreveria para seu pai relatando tudo.

Ж

Abimael seguiu seu caminho, percorrendo a pequena cidade de Belém, via a movimentação das pessoas e pensava: "Eles nem imaginam o que aconteceu nesta noite tão bela, talvez alguns tenham percebido algo diferente. Será que os pastores serão portadores da boa notícia? O que esse vilarejo se tornará futuramente?".

Saiu com o coração cheio de sentimentos que não conseguia descrever; do topo de um vale, olhou pela última vez aquela pequena cidade e ficou alegremente gravando aquela imagem para o futuro. Depois foi seguindo pela estrada até chegar a Betânia, onde ficou por tempo suficiente para se alimentar, em seguida continuou a viagem em direção a Jerusalém, seria uma jornada sem parada, não desejava outra coisa a não ser chegar a Cesárea Marítima. Ficava imaginando o momento de se preparar para voltar para casa, embarcar e seguir para Roma.

Na estrada pensava em Nara, em Heliano, a alegria e a tristeza o seguiam, fruto de uma missão cumprida que o deixava orgulhoso, mas uma pergunta pairava em seu coração, por que ele? Isso só o tempo podia responder.

No final da tarde, chegou à estrada que contornava a cidade de Jerusalém, parou e olhou para aquela que um dia veria o Rei dos Reis. A criança, quando se tornasse um homem, viria a essa cidade, que com certeza não seria a mesma. Era uma cidade considerada santa, totalmente diferente de todas que existiam no mundo conhecido, mas cheia de intrigas, desejos de poder e corrupção. Abimael lamentou e seguiu o caminho pela estrada que levaria a Emaús; tinha planos de fazer uma parada ali para descansar e recuperar as forças, o percurso ainda era longo.

No caminho para Emaús, ele encontrou uma família; como já estava tarde e precisaria de abrigo para passar a noite, se aproximou deles e perguntou:

— Boa tarde! Poderia me dizer se a cidade de Emaús está próxima, sou um peregrino e preciso de abrigo.

— Não falta muito, em menos de uma hora estaremos lá. De onde você vem?

— Venho da cidade de Belém, estou indo para a Cesárea Marítima pegar uma embarcação para Roma.

— Pode se hospedar em nossa casa, amanhã de manhã segue sua viagem. Vai precisar descansar muito para aguentar a caminhada e o sol.

— Eu agradeço muito a hospitalidade.

Chegaram à cidade de Emaús, fizeram uma refeição e conversaram sobre muitos assuntos até o horário de dormir.

Abimael subiu ao terraço da casa e ficou olhando para as estrelas, o fenômeno astronômico ainda estava lá, talvez seria a última vez que poderia contemplar tal rara beleza. Ele passou um bom tempo sentindo o ar de paz da missão cumprida e imaginando o futuro que se seguiria quando a criança se tornasse um homem.

Ж

No dia seguinte, ao acordar, Abimael fez a refeição com aquela família tão hospitaleira. O povo hebreu sempre acolhia com caridade os peregrinos e viajantes.

— Eu gostaria de agradecer vocês por terem me acolhido — disse ele.

O chefe da família deu um sorriso e fez um sinal com a cabeça.

— Você veio de tão longe, pelo menos conseguiu realizar o que veio fazer? — perguntou o dono da casa.

— Sim, consegui, agora volto carregando algo que não é somente material, mas de um valor incalculável.

— Fico feliz com a sua realização. Jerusalém fazia parte desse seu peregrinar?

— Não era meu objetivo, mas passei por lá. O que vim ver não estava no templo.

— Onde estava?

— É difícil explicar agora, mas no futuro você saberá!

O homem ficou pensativo, imaginando o que ele queria dizer, mas não quis esticar a conversa. Abimael estava já se aprontando para seguir viagem, agradeceu mais uma vez, colocou alguns pães e água na bolsa, que lhe foram oferecidos pelo homem.

— Por favor, não recuse essas moedas de prata, foram me dadas para tal oportunidade, aceite como símbolo de minha gratidão pela hospitalidade — disse Abimael.

— Não deveria receber pela hospitalidade, mas nos ajudará muito, receberei com o objetivo que me deste!

— Fico aliviado e agradecido, a sua hospitalidade realmente não tem preço.

Abimael se despediu, subiu ao camelo e seguiu em direção ao norte.

Durante dois dias, andou por pequenos vilarejos, vales e montanhas, um percurso cansativo e desgastante; pouquíssimas vezes parou, conheceu muitas pessoas, muitas delas cheias de fé, outras como ovelhas sem pastor. O que chamou mais sua atenção foi o peso de sofrimento do trabalho e o desalento de se sentirem abandonados pela religião, dominada pela elite de Jerusalém, que colocava um fardo que não podiam suportar.

Abimael estava determinado em seguir adiante, não via a hora de chegar a Cesárea Marítima e se preparar para a viagem a Roma. Sua única parada foi numa gruta, para dormir um pouco; diante de tantas dificuldades que passou, dormir em um local como aquele não fazia diferença. O que tinha vivenciado fez dele outro homem, não era mais aquele que vivia em uma biblioteca, mas um homem com olhos na realidade da vida.

Ao final de um longo dia, Abimael avistou os primeiros sinais da cidade, ficou animado e apertou o passo do camelo. Já cansado foi procurar a casa dos pescadores que o tinham resgatado em alto-mar, foi tentando lembrar onde era a casa, se dirigiu ao porto e finalmente lembrou. Desceu do camelo, estava exaurindo, suas pernas estavam fracas, foi se segurando no batente da escada que levava até a porta, bateu na esperança de encontrar aqueles pescadores. A porta se abriu, e a mulher de um deles olhou espantada, tinha o reconhecido, ela chamou seu marido, que veio rapidamente para saber o que estava acontecendo, viu ser Abimael, o homem que tinha resgatado.

A PROFECIA, AS ESTRELAS E O MAGO DE SABÁ — DE ROMA A JERUSALÉM

— Você voltou! Fico feliz que retornou!

Abimael estava tão cansado que caiu, o pescador pediu ajuda para seu irmão e o levaram para a sala, deram-lhe algumas ervas para cheirar e, assim que despertou, deram-lhe água. Aos poucos foi recuperando os sentidos, deram-lhe pão, peixe e vinho.

— O que aconteceu com você? Está exausto e desnutrido.

— Vim de muito longe, só com pão e água, foi o que me sustentou até aqui.

— Não se preocupe, vamos arranjar um lugar para você dormir essa noite e amanhã conversaremos.

Abimael terminou sua refeição e foi para o quarto dormir, mal se deitou e pegou no sono.

O pescador fechou a porta e foi para a sala conversar com sua mulher.

— Isso é incrível! Ele conseguiu ir até Jerusalém e voltou bem, deve ter passado por muitas dificuldades, e seu retorno deve ter sido muito desgastante.

— Você acha que nós devemos avisar ao posto da Legião Romana que ele chegou?

— Acho melhor não falar nada agora, deixa ele descansar; mesmo sendo uma boa notícia, vamos deixar para amanhã, vamos fingir que nada aconteceu.

Ж

Na manhã seguinte, todos já estavam acordados, menos Abimael. O pescador enviou uma mensagem até o posto do Exército Romano para avisar que Abimael estava em sua casa, pediu também que levassem a refeição da manhã no quarto, para quando ele acordasse.

Demorou muito para Abimael acordar. O pescador resolveu subir e ficar no quarto esperando-o despertar. Pegou uma cadeira e sentou-se ao lado da cama.

Algum tempo depois, Abimael despertou, estava melhor, com uma aparência forte. Ele viu o pescador sentado ao seu lado e perguntou:

— Faz tempo que está me esperando acordar?

— Já faz algum tempo, você dormiu muito, devido ao cansaço da viagem. Aqui está sua refeição da manhã, coma, vai lhe fazer bem! Tem uma bebida boa para te dar energia para, vai precisar.

— Precisar para quê?

— Logo você vai saber, não se preocupe, coma! Me conte como foi a viagem até Jerusalém? Conseguiu o que buscava?

— Sim, consegui, graças a você que me resgatou daquela tragédia. Por falar nisso, a esquadra que foi até o local do ataque dos piratas conseguiu mais alguma informação, algum sobrevivente?

O pescador ficou em silêncio, observando Abimael comer. Logo em seguida, sua esposa bateu à porta.

— Entra!

— Eles chegaram! — ela disse.

— Eles quem? — perguntou Abimael.

Acho melhor você descer e ver com seus próprios olhos.

Abimael ficou espantado. "O que poderia ser agora?". Logo se levantou e foi direto para a sala com o pescador. Viu alguns legionários romanos, a sala estava cheia. Ele ficou olhando para eles sem saber o que estava acontecendo, de repente apareceu Heliano, com um sorriso e lágrimas no rosto. Abimael começou a chorar, olhou para Heliano e viu que estava bem, mas estava usando uma muleta. Não conteve a emoção.

— Heliano! Você está vivo! — disse e foi lhe dar um abraço.

Heliano sorriu para Abimael, deixou a muleta de lado e abraçou o amigo fortemente. Eles choraram de felicidade, logo em seguida Abimael pegou em seu rosto, como que não acreditasse no que via.

— Não acredito no que estou vendo, eu achava que você não tinha sobrevivido, você salvou minha vida! Como conseguiu sobreviver? Você não deixaria a embarcação até acabar com aqueles piratas, e eram muitos!

— Depois que te empurrei na água, o Claudius e eu ficamos lutando por muito tempo, já estávamos cansados, e não parava de surgir piratas uma atrás do outro, mas de repente um dos navios pirata se chocou com a nossa embarcação, todos caíram no chão. Depois eles continuaram a avançar contra nós, eu estava me levantando junto à cantoneira, Claudius sabia que iríamos perder a batalha e que morreríamos nas mãos dos piratas. Sabendo o que aconteceria, e para me salvar, ele aproveitou a oportunidade e me empurrou para o mar, caí na água e me segurei numa haste de vela. As ondas do mar me levaram para longe do barco e, depois de algum tempo, não pude ver mais nada, dois dias depois fui resgatado por uma frota romana.

— Não esperava isso de Claudius, mas sempre achei que, no fundo, ele tinha honradez, sacrificou sua vida por você — disse Abimael.

— Fiquei muito ferido, soube que você foi resgatado, como eu imaginava. Não pude ir ao seu encontro porque fui ferido por uma espada na perna enquanto lutava, depois a queda no mar agravou o ferimento.

— Caro Heliano, quando voltarmos, vou lhe contar tudo o que aconteceu, tenho uma boa notícia, eu o encontrei!

— Então temos muito o que conversar. Está preparado para embarcar hoje à tarde?

— Mais que preparado, Heliano. Pena que não temos mais aquela sua bebida!

— Não se preocupe, na embarcação em que vamos vai ter bebida melhor!

Abimael e Heliano embarcaram rumo à cidade de Roma, desta vez com mais embarcações de guerra para evitar mais surpresas desagradáveis. Durante a viagem, Abimael foi relatando toda a sua aventura na terra dos hebreus e o dia em que encontrou a criança prometida pelas escrituras.

CAPÍTULO 48

DE VOLTA PARA CASA

O retorno para casa, ao lado de Heliano, era indescritível. A calmaria do mar, a brisa batendo no rosto, era como selar uma página da vida.

— Você conseguiu encontrar a criança da profecia, e agora? O que vai acontecer daqui em diante? — perguntou Heliano.

Abimael, olhando para as estrelas, ficou e silêncio por alguns instantes, depois colocou a mão no ombro do amigo e, com serenidade, disse:

— Um mundo novo, Heliano! Sinto que as estrelas não são mais as mesmas, elas nos dizem que o mundo não será mais o mesmo! Daqui em diante, tudo será diferente, com a presença no mundo de alguém que transformará para sempre a vida humana!

Heliano ficou pensativo, acreditava profundamente em Abimael, algo irradiava nele, uma esperança que ia além da razão.

Foi a única vez que Abimael olhou para trás e que parou ver, pela última vez, o fenômeno das estrelas usando seus vidros. Agora era olhar para frente e esperar o tempo oportuno dos acontecimentos, o tempo é o senhor da história, mas, como o grande rabino certa vez disse, Deus age na história durante o tempo. Somente pouquíssimas pessoas poderão entender isso como o povo de Israel. Abimael pensava em tudo isso, sabia que Domitius também tinha consciência, por isso o encorajou a ir nessa missão.

Ao longo da viagem, desembarcaram em portos para comer uma boa comida e beber uma boa bebida; era outra boa oportunidade de Abimael e Heliano conversaram sobre o que acontecera. Entre as taças de vinho, muita risada e lamentações, havia a emoção de algo inexplicável. Talvez Heliano nunca tivesse ouvido uma história cheia de acontecimentos assim, nem mesmo as batalhas eram tão impactantes quanto a história de Abimael. O tempo foi passando, a volta sempre era mais demorada do que a ida, mas nesse caso era também mais prazerosa e cheia de realizações.

Ж

Durante a viagem, entre as paradas nos portos e as conversas, surgiu algo inesperado na cabeça de Abimael quando se aproximava do porto de Roma.

— Heliano, agora que me dei conta...

— Do quê? Deixou algo para trás?

— Não exatamente. Quando fui resgatado e segui em diante em busca da criança, sempre pensava em Nara.

— E qual é a sua preocupação?

— Antes de seguir viagem, poderia ter enviado alguma correspondência para Roma, dizendo que eu estava bem e vivo. Nara deve ter recebido a notícia do ataque, o que acha que ela está pensando?

Heliano arregaçou os olhos.

— Fala, Heliano! O que você acha?

— Não acredito que você não pensou em mandar uma mensagem para Nara. Não se preocupou em avisá-la que estava vivo e bem? — Heliano fez uma cara de decepcionado, que deixou Abimael mais apreensivo, a dor na consciência passou a pesar mais ainda.

— Eu já vi Nara muito nervosa, não sei qual será a reação dela em te ver vivo! — Heliano colocou a mão na cabeça. Na verdade, estava encenando uma tragédia, até que deu uma risada que gelou o coração de Abimael.

— Como pode dar risada de uma situação como esta?

— Mas é claro que ela vai ficar feliz, Abimael! — disse Heliano ainda rindo.

— Acho que estou encrencado com ela!

— Que nada! Veja bem, vai acontecer o seguinte; quando você chegar, ela ficará feliz e é só depois de algum tempo é que ela vai ficar brava, por não ter dado notícia.

Abimael ficou pensando. Heliano olhou para ele, bateu em seu ombro e disse:

— Sabe de uma coisa, você tem razão, acho que está realmente encrencado, pois a briga vai ser logo que ela te encontrar, e digo mais, vai levar mais tempo do que você imagina.

Abimael olhou para Heliano, e deram uma grande gargalhada. Beberam dando um brinde ao terror que Nara faria com Abimael!

Algumas horas depois, ouviram um grito:

— Terra à vista!

— Estamos chegando ao porto, Abimael. Quando descermos, o que vamos fazer?

— Não há dúvida nenhuma, vamos para casa.

— Nada disso, vou mandar um mensageiro para Domitius vir nos buscar para irmos juntos a sua casa, enquanto isso ficaremos em terra firme para descansarmos, vai ser melhor assim.

— Você tem razão.

Assim que desembarcaram no porto de Ostia Aria, foram para o local de comando e controle das embarcações, Heliano entrou e exigiu urgentemente um mensageiro.

— Quem é você e com que autoridade vem ordenando um mensageiro? — disse o responsável pelo porto, sentado em sua cadeira.

— Venho da parte de Domitius, você deve saber quem é!

O homem se lembrou de quando Domitius solicitara a lista de passageiros e mostrara suas credenciais, logo se levantou e gritou pela janela:

— Mandem um mensageiro agora mesmo para a minha sala, é urgente!

Não demorou muito o mensageiro entrou.

— Pois não, senhor! O que precisa ser entregue?

— Faça tudo o que esse senhor pedir!

— Quero que leve esta mensagem para Domitius, o local é esse, faça tudo para ser entregue em mãos agora mesmo!

— Pegue meu cavalo e vá o mais rápido possível! — disse o chefe do porto.

O mensageiro saiu em disparada.

— E agora o que vamos fazer? — falou Abimael.

— Comer e beber, conheço um local ótimo aqui perto, depois do porto. Lá que nos encontraremos com Domitius.

Foram até o estabelecimento e lá comeram e beberam, encontraram alguns amigos de Heliano, o tempo foi passando, estava tudo tranquilo. Abimael estava feliz, pois já não corria mais perigo, já estava em terra firme e em casa.

Durante a conversa, um homem perguntou:

— Vocês acabaram de chegar de viagem? Souberam do ataque pirata que aconteceu há algumas semanas?

— Soubemos! — Abimael não quis falar que estava naquela expedição.

— Como vocês souberam do ataque? — perguntou Heliano.

— A notícia veio por terra, por um mensageiro. O senador que organizou a expedição ficou furioso, mas o mais triste foram as famílias que vieram até o porto em busca de informações, era de cortar o coração.

Abimael olhou para Heliano imaginando o que Nara passou com a notícia, sem saber se ele tinha sobrevivido.

— Entre ela te ver e ficar feliz, acredito que vai demorar algum tempo! — disse Heliano rindo, enquanto Abimael pensava na reação da esposa.

Após duas horas, Heliano notou de longe que a carruagem de Domitius estava chegando, era impossível não reconhecê-la.

— Abimael, a carruagem de Domitius está chegando, vamos sair que ele precisa nos ver. Domitius abriu a cortina da janela da carruagem para saber se eram eles mesmo.

Quando a carruagem parou, Nara pulou em prantos foi correndo na direção de Abimael, se abraçaram e se beijaram longamente.

— Eu achei que tivesse lhe perdido... Quando Domitius foi em casa hoje avisando que você estava vivo e estava no porto, eu não me contive, não acredito que está vivo!

— Imagino o que você passou, não tinha como enviar notícias.

— Você está ferido, está tudo bem? Nara ficou olhando para Abimael dos pés à cabeça.

— É uma longa história que depois vou contar em detalhes. Passei por muita dificuldade, mas consegui, Nara!

Domitius abraçou Heliano fortemente, ele não era de se expressar emoção com ninguém, mas desta vez foi diferente, agradeceu a missão cumprida, se voltou para Abimael e deu-lhe um grande abraço também.

— Você conseguiu, Abimael! Parabéns! Sabia que conseguiria!

— Como você ficou sabendo?

— A mensagem que Heliano enviou pelo mensageiro, ele descreveu brevemente a sua história. Agora vou levá-los para casa, você precisa estar com Nara, depois vamos marcar um dia para me contar todos os detalhes da missão!

Entraram na carruagem e foram para Roma. Tudo tinha dado certo, dias depois vários encontros foram marcados entre Domitius e Heliano, Nara e Abimael, que detalhou tudo, cada momento, as sensações, quando segurou a criança em seus braços e a repentina cura de seu ferimento.

CAPÍTULO 49

A MENSAGEM PARA O PAI

Havia alguns dias que Abimael pensava em escrever uma carta para seu pai, sabia que ele estava aguardando uma resposta. Então acordou mais cedo, o sol estava começando a nascer, foi até a varanda superior observar os primeiros raios de luz e ficou pensando como escreveria.

Desceu até a cozinha e viu que Nara já estava preparando a refeição da manhã.

— Acordou cedo hoje, por quê? — perguntou ela.

— Decidi que vou escrever para meu pai, já está mais que na hora de dar satisfação a ele e gostaria que você estivesse junto, pois, além de escrever, tomei outra decisão.

Após fazerem a refeição, Abimael Nara recolheu os pratos, as taças e foi para a cozinha, Abimael foi para o escritório, sentou-se e ficou aguardando a esposa. Quando ela entrou e sentou-se junto à mesa, Abimael pegou a caixa em que guardara o tecido trazido de Belém e esticou sobre a mesa.

— O que você vai fazer? — perguntou Nara.

— É nesse tecido que vou escrever tudo o que meu pai precisa saber; acho que ele vai ficar emocionado e feliz, vai ser o meu presente para ele.

— Mas é o tecido em que a criança ficou quando nasceu, é uma relíquia!

— Eu sei disso, mas tem uma história e deve fazer parte dela, e vai ficar nas mãos certas, não nos pertence, aliás, nem a meu pai, só Deus sabe qual será seu destino.

— Se você tomou essa decisão, não vou discutir.

Abimael pegou o tinteiro e a pena para escrever, foi escrevendo letra por letra, como se desenhasse. Nara observava e acompanhava cada

263

palavra que ele escrevia, aquela cena a fez se emocionar, imaginando todo o trabalho e sofrimento pelo qual o marido tinha passado e a alegria de ter encontrado a criança.

Abimael era minucioso e cuidadoso em cada palavra, descreveu cada momento, usou toda sua habilidade na escrita e na emoção e, ao terminar, ficou olhando para aquele tecido esperando secar a tinta. Por horas seu semblante não mudou. Nara tinha saído e entrado várias vezes no escritório e observava o marido que parecia estar em êxtase.

Quando a tinta secou, Abimael colocou um tecido de couro por cima do tecido escrito para deixá-lo mais conservado, depois enrolou-o em um pedaço maior de tecido de couro, amarrou-o com corda, selou com cera e o guardou novamente na caixa.

— Quando você vai mandar esta carta?

— Não sei. Lembro o dia em que recebi a mensagem de meu pai. O mensageiro disse que, quando tudo tivesse terminado, ele viria pegar a resposta, mas não me pergunte quando vai acontecer.

— Mas como ele vai saber se você concluiu o que a mensagem pedia?

— Não sei, mas um dia ele vai chegar para cobrar a resposta, e acho que logo ele vai bater à porta.

Ж

Dois dias depois, no final da tarde, Abimael chegou do trabalho, deu um beijo em Nara, acariciou a barriga dela, feliz que estava bem.

— Não vejo a hora dessa barriga ficar maior! — falou.

— Ainda não é tempo, mas estou sentindo a diferença — disse Nara.

Abimael se aproximou e colocou seu ouvido na barriga da esposa, sua fisionomia transmitia muita alegria.

— Deixa de ser bobo, ainda é muito pequeno para perceber algo!

— Mas que sua barriga está diferente, isso está! — disse ele com um sorriso que não conseguia segurar de alegria.

Eles se sentaram para o jantar, conversavam sobre várias coisas, planejavam um lugar maior para morar quando ouviram uma batida forte na porta. Pararam de comer e, em silêncio, ficaram olhando um para outro. A primeira coisa que imaginaram foi a chegada do mensageiro; olharam para a porta esperando nova batida, o que aconteceu em seguida, e com mais força.

Abimael se levantou e foi atender. Quando abriu, levou um susto, era o mensageiro de seu pai, que, com uma cara séria, não perdeu tempo.

— Sei que concluiu a missão que seu pai confiou a você, vim para levar a resposta para ele agora!

Abimael ficou olhando para ele e pensando: "Algo está estranho, como ele sabe que consegui cumprir a missão? Será que há algo por trás disso que eu não saiba? Preciso saber se realmente esse mensageiro foi enviado por meu pai!".

Abimael olhou para o lado de fora, para ver se havia mais alguém ou vigiando de longe.

— Quando você veio entregar a mensagem de meu pai, queria ter certeza de que eu era o filho dele, pois agora só entrego a mensagem se me provar que foi meu pai que te enviou!

O mensageiro desceu de seu cavalo, foi até a bolsa pendurada no animal, retirou um pacote que parecia pesado e entregou a Abimael.

— Exatamente como eu previ, não sei por que, mas seu pai pediu que lhe entregasse este pacote — disse o mensageiro.

Abimael pegou o pacote, parecia uma caixa de madeira, e levou-o para dentro de casa. — Aguarde um pouco! — disse, com um olhar desconfiado.

— O que é isso, Abimael? — perguntou Nara, vendo o pacote em suas mãos.

— Não sei, eu pedi que o mensageiro provasse ter sido enviado por meu pai e ele me entregou esse pacote.

Abimael abriu o pacote, havia um coelho defumado.

— Que horror! O que é isso? Um coelho morto! — disse Nara horrorizada.

Havia um cheiro não muito forte, estava ressecado e defumado pela fumaça do carvão, como uma carne seca.

Abimael pegou uma faca e começou a cortar a barriga do coelho, Nara ficou olhando sem entender, mas notou que ele sabia o que estava fazendo. Do meio da barriga do animal, Abimael tirou um pequeno pote de prata, abriu e viu que dentro havia algumas joias. Começou a revirar, Nara olhava de forma estranha, não sabia o que ele procurava e resolveu perguntar.

— O que você está procurando, Abimael?

Ele logo achou, era um pedaço de couro escondido no fundo falso da caixinha de prata, ele desenrolou, era um pequeno desenho.

— Você não vai acreditar no que estou vendo!

— O que é isso? Fala logo!

— É o desenho do fenômeno astronômico que vi em Belém. Meu pai, de alguma forma, também descobriu.

— Será que ele descobriu ou já sabia?

Abimael olhou para Nara, dando razão a ela. Atrás do pedaço de couro, estava escrito em uma língua antiga: "Pode entregar!".

Essa era a senha que, na sua infância, seu pai sempre usava, era um segredo de família.

— Agora sei que ele é realmente o mensageiro de meu pai e que não devemos nos preocupar, a mensagem vai chegar nas mãos certas.

Abimael pegou o pacote onde estava o tecido e entregou para o mensageiro.

— Leve ao meu pai e o proteja com sua própria vida!

O mensageiro se curvou e disse: — Assim será feito! — E, montado em seu cavalo, partiu.

Nara tinha saído para ver o mensageiro, Abimael colocou o braço em volta dela, e ficaram olhando o homem cavalgar pela rua principal de Roma, sumindo sob a escuridão da noite. Enfim, o que o pai de Abimael pedira e tanto esperava finalmente estava indo ao seu encontro.

— Abimael, eu não entendi uma coisa, por que seu pai enviou um coelho morto e defumado com aquela caixinha de prata com aquelas joias?

— O coelho é uma forma de despistar no caso de algum assalto, as joias eram a certeza de que o mensageiro não tinha aberto o coelho. Meu pai me ensinou essa tática de enviar mensagens importantes, eu sabia que, no fundo falso da caixinha de prata, haveria uma mensagem. Nela estava havia uma mensagem escrita numa língua que pouquíssimas pessoas poderiam entender, assim tive certeza que o mensageiro era de confiança.

— Agora é torcer para que ele consiga entregar a carta sem qualquer obstáculo!

CAPÍTULO 50

UM GRANDE PRESENTE

Em um local próximo à principal cidade do reino de Sabá, o pai de Abimael estava sentado em sua cadeira contemplando o jardim, tinha acabado de receber a visita de alguns magos, estava tomando a bebida que fazia sempre no final da tarde. Nesses momentos pensava em seu filho Abimael. Desde que enviara a carta ao filho, aguardava ansiosamente a resposta com a notícia que cumprira sua missão e com toda a informação de que conseguira.

Ficava ali olhando a estrada principal, o caminho por onde o mensageiro viria. Todas as vezes que a tarde findava, ele se recolhia triste por mais um dia sem notícias de seu filho, mas esperançoso, pois sabia da potencialidade e da força herdada pelo sangue em busca da verdade. Assim fazia todos os dias, seguindo fielmente seus afazeres e deveres; no mesmo horário, ficava por horas sentado aguardando a chegada do mensageiro.

Os dias foram passando, e muitas coisas passavam em sua cabeça... se o filho tinha ido realizar a missão, se tinha tido sucesso em encontrar a criança da profecia... Sua esposa ficava angustiada em vê-lo naquela triste situação e dava-lhe sempre esperança, para que nunca perdesse a fé no filho.

Um dia, inesperadamente ao acordar e se preparar para seus deveres, foi para fora de casa tomar o ar fresco da manhã e aproveitar os últimos momentos de uma brisa leve e fria do dia, já que, ao longo do dia, a temperatura aumentava. Ficou parado olhando para o céu, pedindo por seu filho, até que avistou um homem cavalgando. Não conseguia identificar, mas seu coração começou a bater mais forte. "Será que é o meu mensageiro?", pensou e gritou chamando a sua esposa:

— Mariah, venha até aqui, acho que é o nosso mensageiro!

Ela saiu e ficou ao lado dele, olhando com atenção. Viu que realmente era o mensageiro retornando, cavalgava lentamente, parecia estar cansado.

— É ele sim! — disse Mariah

— Deus seja louvado! Espero que traga boas notícias!

O mensageiro foi se aproximando, desceu do cavalo, fez uma saudação de reverência.

— E então o que você me traz?

Ele retirou da bolsa o pacote que recebera de Abimael e deu para o patrão.

Ao segurar o pacote, a emoção tomou conta do pai de Abimael, que olhou para a esposa, com os olhos cheios de lágrimas.

— Meu senhor, seu filho cumpriu a vossa missão, nesse pacote está o que pediste para ele, só me entregou depois que recebeu o pacote que me deste, confirmando que eu era o vosso mensageiro.

O pai de Abimael agradeceu ao mensageiro e o dispensou. Em seguida entrou e foi com Mariah para o quarto onde havia uma mesa, o mesmo local onde tinha escrito a carta para Abimael. Ele desembrulhou o pacote cuidadosamente e viu um papiro envolvendo um tecido de linho, olhou para Mariah com um olhar estranho, deixou o embrulho e o papiro que envolvia o tecido de lado e esticou na mesa.

— Porque ele escreveu nesse tecido, não seria melhor ter escrito no papiro? — perguntou Mariah.

— Não entendi também, mas acho que existe uma razão para que tenha feito assim.

Então os pais de Abimael começaram a ler o texto escrito no tecido de linho.

Querido pai,

Desde que recebi a vossa carta, fiquei meio relutante em cumprir o que me pedia, mas algo em meu coração me forçava seguir adiante. Tive ajuda de muitos amigos, busquei informações em lugares que o senhor nem imagina, recolhi todas as informações necessárias, as profecias com o povo de Israel em Roma, fui até um grande astrônomo, que me revelou algo que não imaginava, sou descendente de mago, como o senhor. Esse astrônomo me mostrou com clareza o fenômeno cósmico, ou como eles dizem astronômico, era igual ao desenho que me enviastes no fundo falso da caixa de joias.

Juntando todas as informações e revelações que descobri durante a minha pesquisa, viajei de navio pelo mar Mediterrâneo até Israel, onde passei por apuros e quase perdi a vida.

Ao chegar àquela terra, enfrentei desafios, grandes homens que também esperavam pela criança, vi um povo pobre, até chegar à cidade de Jerusalém. Ali obtive revelações importantes; em certos momentos, senti que algo maior me movia para o caminho certo. Descobri que a criança não nasceria em palácios ou em um lugar abastado, mas em Belém. Finalmente achei o local de seu nascimento, era uma gruta, pois seus pais não haviam encontrado hospedaria. O casal irradiava paz e segurança, e aquela gruta se tornou um templo. A mãe do menino era jovem, com aparência de serenidade e força; em certo momento, sem medo ou receio, ela pediu que eu segurasse a criança em meus braços, foi aí que constatei, no rosto daquele menino, que ele veio para salvar os pobres e os cativos, que o seu reino não será político, mas algo superior, um reino totalmente diferente. Tudo se confirmou quando meu braço, que estava gravemente fraturado por um acidente, foi totalmente restaurado após tê-lo segurado. Dele saía uma força que não tinha explicação.

Não sei por que eles, mas eles tiveram que sair às pressas para outro lugar, o pai da criança teve uma revelação em sonho.

Mas um presente foi deixado, um tecido de linho que estava numa manjedoura onde o menino estava após o parto, e é nesse tecido que escrevo este relato e o envio como presente para guardá-lo com muito carinho.

Nara está grávida e, assim que nosso filho ou filha nascer, partiremos para lhe fazer uma visita e contar mais detalhes da missão que o senhor me confiou!

O mago de Sabá

ABIMAEL

Os pais de Abimael choraram como duas crianças, por vários minutos, não conseguiram conter a emoção e ficaram abraçados.

— Ele cumpriu a missão melhor do que qualquer pessoa. Mais do que isso, ele confirmou o cumprimento da profecia e ainda nos deu esse presente maravilhoso, onde o Rei dos Reis, o Ungido, repousou.

Olhando para a esposa com suspiros fortes disse: — Mariah, esse pobre velho não merecia esse tão belo e maravilhoso presente!